Das Buch

Eine gespenstische G
immer mehr Mensch
keit betrügen sie die
Denn Zeit ist Leben,
ren, desto ärmer, has
desto fremder werden sie sich selbst. Am meisten bekommen die Kinder die zunehmende Leb- und Lieblosigkeit zu spüren. Doch ihr Protest verhallt ungehört. Als die Not am größten ist und die Welt endgültig jenen »grauen Herren« zu gehören scheint, entschließt sich Meister Hora, der geheimnisvolle »Verwalter der Zeit«, endlich schweren Herzens zum Eingreifen. Doch dazu braucht er Hilfe. Momo, ein kleines Mädchen mit pechschwarzem Strubbelkopf, nimmt ganz allein den Kampf mit dem Heer der Zeit-Agenten auf. »Michael Ende«, schreibt Gustav René Hocke in der ›Welt‹, »ist das Kunststück gelungen, einen Märchenroman für Kinder und Erwachsene zu schreiben, der sich bester Science-Fiction annähert ..., der aber, was Sprache, Komposition, Bilder und Begriffe angeht, die von André Gide so oft als höchstrangig bezeichnete Simplicité erreicht, die Poesie der abgründig tiefen Einfachheit.«

Der Autor

Michael Ende wurde am 12. November 1929 in Garmisch als Sohn des surrealistischen Malers Edgar Ende geboren. Bereits in den 40er Jahren schrieb er erste Gedichte und kleinere Erzählungen. Nach dem Krieg besuchte er die Schauspielschule in München, arbeitete anschließend u. a. für den Bayerischen Rundfunk und verfaßte Sketche und Lieder für Kabaretts. Von 1971 bis 1985 wohnte Michael Ende in den Albaner Bergen südlich von Rom. Heute lebt er als freier Schriftsteller in München. Er erhielt zahlreiche Literaturpreise.

Michael Ende:
Momo

oder Die seltsame Geschichte
von den Zeit-Dieben und von dem
Kind, das den Menschen die gestohlene
Zeit zurückbrachte

Ein Märchen-Roman

Deutscher
Taschenbuch
Verlag

Von Michael Ende
sind im Deutschen Taschenbuch Verlag erschienen:
Die unendliche Geschichte (10795)
Das Gauklermärchen (10903)
Das Michael Ende Lesebuch (11133)
Der Spiegel im Spiegel (11304)
Das Traumfresserchen (7989; zusammen mit Annegert Fuchshuber)
Die Vollmondlegende (79031)

Ungekürzte Ausgabe
Oktober 1988
7. Auflage Januar 1992
Deutscher Taschenbuch Verlag GmbH & Co. KG, München

ISBN 3-522-11940-1
Umschlaggestaltung: Celestino Piatti
Illustrationen: Michael Ende
Gesamtherstellung: C. H. Beck'sche Buchdruckerei, Nördlingen
Printed in Germany · ISBN 3-423-10958-0

Im Dunkel scheint dein Licht.
Woher, ich weiß es nicht.
Es scheint so nah und doch so fern.
Ich weiß nicht, wie du heißt.
Was du auch immer seist:
Schimmere, schimmere, kleiner Stern!

(Nach einem alten irischen Kinderlied)

Erster Teil:
Momo und ihre Freunde

Erstes Kapitel
Eine große Stadt und ein kleines Mädchen

In alten, alten Zeiten, als die Menschen noch in ganz anderen Sprachen redeten, gab es in den warmen Ländern schon große und prächtige Städte. Da erhoben sich die Paläste der Könige und Kaiser, da gab es breite Straßen, enge Gassen und winkelige Gäßchen, da standen herrliche Tempel mit goldenen und marmornen Götterstatuen, da gab es bunte Märkte, wo Waren aus aller Herren Länder feilgeboten wurden, und weite schöne Plätze, wo die Leute sich versammelten, um Neuigkeiten zu besprechen und Reden zu halten oder anzuhören. Und vor allem gab es dort große Theater.

Sie sahen ähnlich aus, wie ein Zirkus noch heute aussieht, nur daß sie ganz und gar aus Steinblöcken gefügt waren. Die Sitzreihen für die Zuschauer lagen stufenförmig übereinander wie in einem gewaltigen Trichter. Von oben gesehen waren manche dieser Bauwerke kreisrund, andere mehr oval, und wieder andere bildeten einen weiten Halbkreis. Man nannte sie Amphitheater.

Es gab welche, die groß waren wie ein Fußballstadion, und kleinere, in die nur ein paar hundert Zuschauer paßten. Es gab prächtige, mit Säulen und Figuren verzierte, und solche, die schlicht und schmucklos waren. Dächer hatten diese Amphitheater nicht, alles fand unter freiem Himmel statt. In den prachtvollen Theatern waren deshalb golddurchwirkte Teppiche über die Sitzreihen gespannt, um das Publikum vor der Glut der Sonne oder vor plötzlichen Regenschauern zu schützen. In den einfachen Theatern dienten Matten aus Binsen und Stroh dem gleichen Zweck. Mit einem Wort: die Theater waren so, wie die Leute es sich leisten konnten. Aber haben wollten sie alle eins, denn sie waren leidenschaftliche Zuhörer und Zuschauer.

Und wenn sie den ergreifenden oder auch den komischen

Begebenheiten lauschten, die auf der Bühne dargestellt wurden, dann war es ihnen, als ob jenes nur gespielte Leben auf geheimnisvolle Weise wirklicher wäre als ihr eigenes, alltägliches. Und sie liebten es, auf diese andere Wirklichkeit hinzuhorchen.

Jahrtausende sind seither vergangen. Die großen Städte von damals sind zerfallen, die Tempel und Paläste sind eingestürzt. Wind und Regen, Kälte und Hitze haben die Steine abgeschliffen und ausgehöhlt, und auch von den großen Theatern stehen nur noch Ruinen. Im geborstenen Gemäuer singen nun die Zikaden ihr eintöniges Lied, das sich anhört, als ob die Erde im Schlaf atmet.

Aber einige dieser alten großen Städte sind große Städte geblieben bis auf den heutigen Tag. Natürlich ist das Leben in ihnen anders geworden. Die Menschen fahren mit Autos und Straßenbahnen, haben Telefon und elektrisches Licht. Aber da und dort zwischen den neuen Gebäuden stehen noch ein paar Säulen, ein Tor, ein Stück Mauer, oder auch ein Amphitheater aus jenen alten Tagen.

Und in einer solchen Stadt hat sich die Geschichte von Momo begeben.

Draußen am südlichen Rand dieser großen Stadt, dort, wo schon die ersten Felder beginnen und die Hütten und Häuser immer armseliger werden, liegt, in einem Pinienwäldchen versteckt, die Ruine eines kleinen Amphitheaters. Es war auch in jenen alten Zeiten keines von den prächtigen, es war schon damals sozusagen ein Theater für ärmere Leute. In unseren Tagen, das heißt um jene Zeit, da die Geschichte von Momo ihren Anfang nahm, war die Ruine fast ganz vergessen. Nur ein paar Professoren der Altertumswissenschaft wußten von ihr, aber sie kümmerten sich nicht weiter um sie, weil es dort nichts mehr zu erforschen gab. Sie war auch keine Sehenswürdigkeit, die sich mit anderen, die es in der großen Stadt gab, messen konnte. So verirrten sich nur ab und zu ein paar Touristen dort hin, kletterten auf den grasbewachsenen Sitzreihen umher, machten Lärm, knipsten ein Erinnerungsfoto und gingen wieder fort. Dann kehrte die Stille in das steinerne Rund zurück, und die Zikaden stimmten die nächste Strophe ihres endlosen Liedes an, die sich übrigens in nichts von der vorigen unterschied.

Eigentlich waren es nur die Leute aus der näheren Umgebung, die das seltsame runde Bauwerk kannten. Sie ließen dort ihre Ziegen weiden, die Kinder benutzten den runden Platz in der Mitte zum Ballspielen, und manchmal trafen sich dort am Abend die Liebespaare.

Aber eines Tages sprach es sich bei den Leuten herum, daß neuerdings jemand in der Ruine wohne. Es sei ein Kind, ein kleines Mädchen vermutlich. So genau könne man das allerdings nicht sagen, weil es ein bißchen merkwürdig angezogen sei. Es hieße Momo oder so ähnlich.

Momos äußere Erscheinung war in der Tat ein wenig seltsam und konnte auf Menschen, die großen Wert auf Sauberkeit und Ordnung legen, möglicherweise etwas erschreckend wirken. Sie war klein und ziemlich mager, so daß man beim besten Willen nicht erkennen konnte, ob sie erst acht oder schon zwölf Jahre alt war. Sie hatte einen wilden, pechschwarzen Lockenkopf, der so aussah, als ob er noch nie mit einem Kamm oder einer Schere in Berührung gekommen wäre. Sie hatte sehr große, wunderschöne und ebenfalls pechschwarze Augen und Füße von der gleichen Farbe, denn sie lief fast immer barfuß. Nur im Winter trug sie manchmal Schuhe, aber es waren zwei verschiedene, die nicht zusammenpaßten und ihr außerdem viel zu groß waren. Das kam daher, daß Momo eben nichts besaß, als was sie irgendwo fand oder geschenkt bekam. Ihr Rock war aus allerlei bunten Flicken zusammengenäht und reichte ihr bis auf die Fußknöchel. Darüber trug sie eine alte, viel zu weite Männerjacke, deren Ärmel an den Handgelenken umgekrempelt waren. Abschneiden wollte Momo sie nicht, weil sie vorsorglich daran dachte, daß sie ja noch wachsen würde. Und wer konnte wissen, ob sie jemals wieder eine so schöne und praktische Jacke mit so vielen Taschen finden würde.

Unter der grasbewachsenen Bühne der Theaterruine gab es ein paar halb eingestürzte Kammern, die man durch ein Loch in der Außenmauer betreten konnte. Hier hatte Momo sich häuslich eingerichtet. Eines Mittags kamen einige Männer und Frauen aus der näheren Umgebung zu ihr und versuchten sie auszufragen. Momo stand ihnen gegenüber und guckte sie ängstlich an, weil sie fürchtete, die Leute würden sie wegjagen. Aber sie merkte bald, daß es freundliche Leute waren. Sie waren selber arm und kannten das Leben.

»So«, sagte einer der Männer, »hier gefällt es dir also?«

»Ja«, antwortete Momo.

»Und du willst hier bleiben?«

»Ja, gern.«

»Aber wirst du denn nirgendwo erwartet?«

»Nein.«

»Ich meine, mußt du denn nicht wieder nach Hause?«

»Ich bin hier zu Hause«, versicherte Momo schnell.

»Wo kommst du denn her, Kind?«

Momo machte mit der Hand eine unbestimmte Bewegung, die irgendwohin in die Ferne deutete.

»Wer sind denn deine Eltern?« forschte der Mann weiter.

Das Kind schaute ihn und die anderen Leute ratlos an und hob ein wenig die Schultern. Die Leute tauschten Blicke und seufzten.

»Du brauchst keine Angst zu haben«, fuhr der Mann fort, »wir wollen dich nicht vertreiben. Wir wollen dir helfen.«

Momo nickte stumm, aber noch nicht ganz überzeugt.

»Du sagst, daß du Momo heißt, nicht wahr?«

»Ja.«

»Das ist ein hübscher Name, aber ich hab' ihn noch nie gehört. Wer hat dir denn den Namen gegeben?«

»Ich«, sagte Momo.

»Du hast dich selbst so genannt?«

»Ja.«

»Wann bist du denn geboren?«

Momo überlegte und sagte schließlich: »Soweit ich mich erinnern kann, war ich immer schon da.«

»Hast du denn keine Tante, keinen Onkel, keine Großmutter, überhaupt keine Familie, wo du hin kannst?«

Momo schaute den Mann nur an und schwieg eine Weile. Dann murmelte sie: »Ich bin hier zu Hause.«

»Na ja«, meinte der Mann, »aber du bist doch ein Kind – wie alt bist du eigentlich?«

»Hundert«, sagte Momo zögernd.

Die Leute lachten, weil sie es für einen Spaß hielten.

»Also ernsthaft, wie alt bist du?«

»Hundertzwei«, antwortete Momo, noch ein wenig unsicherer.

Es dauerte eine Weile, bis die Leute merkten, daß das Kind nur ein paar Zahlwörter kannte, die es aufgeschnappt hatte, sich aber nichts Bestimmtes darunter vorstellen konnte, weil niemand es Zählen gelehrt hatte.

»Hör mal«, sagte der Mann, nachdem er sich mit den anderen beraten hatte, »wäre es dir recht, wenn wir der Polizei sagen, daß du hier bist? Dann würdest du in ein Heim kommen, wo du zu essen kriegst und ein Bett hast und wo du rechnen und lesen und schreiben und noch viel mehr lernen kannst. Was hältst du davon, eh?«

Momo sah ihn erschrocken an.

»Nein«, murmelte sie, »da will ich nicht hin. Da war ich schon mal. Andere Kinder waren auch da. Da waren Gitter an den Fenstern. Jeden Tag gab's Prügel – aber ganz ungerecht. Da bin ich nachts über die Mauer und weggelaufen. Da will ich nicht wieder hin.«

»Das kann ich verstehen«, sagte ein alter Mann und nickte. Und die anderen Leute konnten es auch verstehen und nickten.

»Also gut«, sagte eine Frau, »aber du bist doch noch klein. Irgendwer muß doch für dich sorgen.«

»Ich«, antwortete Momo erleichtert.

»Kannst du das denn?« fragte die Frau.

Momo schwieg eine Weile und sagte dann leise: »Ich brauch' nicht viel.«

Wieder wechselten die Leute Blicke, seufzten und nickten.

»Weißt du, Momo«, ergriff nun wieder der Mann das Wort, der zuerst gesprochen hatte, »wir meinen, du könntest vielleicht bei einem von uns unterkriechen. Wir haben zwar selber alle nur wenig Platz, und die meisten haben schon einen Haufen Kinder, die gefüttert sein wollen, aber wir meinen, auf eines mehr kommt es dann auch schon nicht mehr an. Was hältst du davon, eh?«

»Danke«, sagte Momo und lächelte zum ersten Mal, »vielen Dank! Aber könntet ihr mich nicht einfach hier wohnen lassen?«

Die Leute berieten lange hin und her, und zuletzt waren sie einverstanden. Denn hier, so meinten sie, könne das Kind schließlich genausogut wohnen wie bei einem von ihnen, und sorgen wollten sie alle gemeinsam für Momo, weil es für alle zusammen sowieso einfacher wäre, als für einen allein.

Sie fingen gleich an, indem sie zunächst einmal die halb eingestürzte steinerne Kammer, in der Momo hauste, aufräumten und instandsetzten, so gut es ging. Einer von ihnen, der Maurer war, baute sogar einen kleinen steinernen Herd. Ein rostiges Ofenrohr wurde auch aufgetrieben. Ein alter Schreiner nagelte aus ein paar Kistenbrettern ein Tischchen und zwei Stühle zusammen. Und schließlich brachten die Frauen noch ein ausgedientes, mit Schnörkeln verziertes

Eisenbett, eine Matratze, die nur wenig zerrissen war, und zwei Decken. Aus dem steinernen Loch unter der Bühne der Ruine war ein behagliches kleines Zimmerchen geworden. Der Maurer, der künstlerische Fähigkeiten besaß, malte zuletzt noch ein hübsches Blumenbild an die Wand. Sogar den Rahmen und den Nagel, an dem das Bild hing, malte er dazu.

Und dann kamen die Kinder der Leute und brachten, was man an Essen erübrigen konnte, das eine ein Stückchen Käse, das andere einen kleinen Brotwecken, das dritte etwas Obst und so fort. Und da es sehr viele Kinder waren, kam an diesem Abend eine solche Menge zusammen, daß sie alle miteinander im Amphitheater ein richtiges kleines Fest zu Ehren von Momos Einzug feiern konnten. Es war ein so vergnügtes Fest, wie nur arme Leute es zu feiern verstehen.

So begann die Freundschaft zwischen der kleinen Momo und den Leuten der näheren Umgebung.

Zweites Kapitel
Eine ungewöhnliche Eigenschaft und ein ganz gewöhnlicher Streit

Von nun an ging es der kleinen Momo gut, jedenfalls nach ihrer eigenen Meinung. Irgend etwas zu essen hatte sie jetzt immer, mal mehr, mal weniger, wie es sich eben fügte und wie die Leute es entbehren konnten. Sie hatte ein Dach über dem Kopf, sie hatte ein Bett und sie konnte sich, wenn es kalt war, ein Feuer machen. Und was das Wichtigste war: sie hatte viele gute Freunde.

Man könnte nun denken, daß Momo ganz einfach großes Glück gehabt hatte, an so freundliche Leute geraten zu sein –, und Momo selbst war durchaus dieser Ansicht. Aber auch für die Leute stellte sich schon bald heraus, daß sie nicht weniger Glück gehabt hatten. Sie brauchten Momo, und sie wunderten sich, wie sie früher ohne sie ausgekommen waren. Und je länger das kleine Mädchen bei ihnen war, desto unentbehrlicher wurde es ihnen, so unentbehrlich, daß sie nur noch fürchteten, es könnte eines Tages wieder auf und davon gehen.

So kam es, daß Momo sehr viel Besuch hatte. Man sah fast immer jemand bei ihr sitzen, der angelegentlich mit ihr redete. Und wer sie brauchte und nicht kommen konnte, schickte nach ihr, um sie zu holen. Und wer noch nicht gemerkt hatte, daß er sie brauchte, zu dem sagten die andern: »Geh doch zu Momo!«

Dieser Satz wurde nach und nach zu einer feststehenden Redensart bei den Leuten der näheren Umgebung. So wie man sagt: »Alles Gute!« oder »Gesegnete Mahlzeit!« oder »Weiß der liebe Himmel!«, genauso sagte man also bei allen möglichen Gelegenheiten: »Geh doch zu Momo!«

Aber warum? War Momo vielleicht so unglaublich klug, daß sie jedem Menschen einen guten Rat geben konnte? Fand sie immer die richtigen Worte, wenn jemand

Trost brauchte? Konnte sie weise und gerechte Urteile fällen?

Nein, das alles konnte Momo ebensowenig wie jedes andere Kind.

Konnte Momo dann vielleicht irgend etwas, das die Leute in gute Laune versetzte? Konnte sie zum Beispiel besonders schön singen? Oder konnte sie irgendein Instrument spielen? Oder konnte sie – weil sie doch in einer Art Zirkus wohnte – am Ende gar tanzen oder akrobatische Kunststükke vorführen?

Nein, das war es auch nicht.

Konnte sie vielleicht zaubern? Wußte sie irgendeinen geheimnisvollen Spruch, mit dem man alle Sorgen und Nöte vertreiben konnte? Konnte sie aus der Hand lesen oder sonstwie die Zukunft voraussagen?

Nichts von alledem.

Was die kleine Momo konnte wie kein anderer, das war: zuhören. Das ist doch nichts Besonderes, wird nun vielleicht mancher Leser sagen, zuhören kann doch jeder.

Aber das ist ein Irrtum. Wirklich zuhören können nur ganz wenige Menschen. Und so wie Momo sich aufs Zuhören verstand, war es ganz und gar einmalig.

Momo konnte so zuhören, daß dummen Leuten plötzlich sehr gescheite Gedanken kamen. Nicht etwa, weil sie etwas sagte oder fragte, was den anderen auf solche Gedanken brachte, nein, sie saß nur da und hörte einfach zu, mit aller Aufmerksamkeit und aller Anteilnahme. Dabei schaute sie den anderen mit ihren großen, dunklen Augen an, und der Betreffende fühlte, wie in ihm auf einmal Gedanken auftauchten, von denen er nie geahnt hatte, daß sie in ihm steckten.

Sie konnte so zuhören, daß ratlose oder unentschlossene Leute auf einmal ganz genau wußten, was sie wollten. Oder daß Schüchterne sich plötzlich frei und mutig fühlten. Oder daß Unglückliche und Bedrückte zuversichtlich und froh wurden. Und wenn jemand meinte, sein Leben sei ganz verfehlt und bedeutungslos und er selbst nur irgendeiner unter Millionen, einer, auf den es überhaupt nicht ankommt und der ebenso schnell ersetzt werden kann wie ein kaputter Topf – und er ging hin und erzählte alles das der kleinen Momo, dann wurde ihm, noch während er redete, auf geheimnisvolle Weise klar, daß er sich gründlich irrte, daß es ihn, genauso wie er war, unter allen Menschen nur ein einziges Mal gab und daß er deshalb auf seine besondere Weise für die Welt wichtig war.

So konnte Momo zuhören!

Eines Tages kamen zwei Männer zu ihr ins Amphitheater, die sich auf den Tod zerstritten hatten und nicht mehr miteinander reden wollten, obwohl sie Nachbarn waren. Die anderen Leute hatten ihnen geraten, doch zu Momo zu gehen, denn es ginge nicht an, daß Nachbarn in Feindschaft lebten. Die beiden Männer hatten sich anfangs geweigert und schließlich widerwillig nachgegeben.

Nun saßen sie also im Amphitheater, stumm und feindselig, jeder auf einer anderen Seite der steinernen Sitzreihen, und schauten finster vor sich hin.

Der eine war der Maurer, von dem der Ofen und das schöne Blumenbild in Momos »Wohnzimmer« stammte. Er hieß Nicola und war ein starker Kerl mit einem schwarzen, aufgezwirbelten Schnurrbart. Der andere hieß Nino. Er war mager und sah immer ein wenig müde aus. Nino war Pächter eines kleinen Lokals am Stadtrand, in dem meistens nur ein paar alte Männer saßen, die den ganzen Abend an einem einzigen Glas Wein tranken und von ihren Erinnerungen redeten. Auch Nino und dessen dicke Frau gehörten zu Momos Freunden und hatten ihr schon oft etwas Gutes zu essen gebracht.

Da Momo nun merkte, daß die beiden böse aufeinander waren, wußte sie zunächst nicht, zu welchem sie zuerst hingehen sollte. Um keinen zu kränken, setzte sie sich schließlich in gleichem Abstand von beiden auf den Rand der steinernen Bühne und schaute die zwei abwechselnd an. Sie wartete einfach ab, was geschehen würde. Manche Dinge brauchen ihre Zeit – und Zeit war ja das einzige, woran Momo reich war.

Nachdem die Männer lang so gesessen hatten, stand Nicola plötzlich auf und sagte: »Ich geh'. Ich hab' meinen guten Willen gezeigt, indem ich überhaupt gekommen bin. Aber du siehst, Momo, er ist verstockt. Wozu soll ich noch länger warten?«

Und er wandte sich tatsächlich zum Gehen.

»Ja, mach, daß du wegkommst!« rief Nino ihm nach. »Du hättest erst gar nicht zu kommen brauchen. Ich versöhne mich doch nicht mit einem Verbrecher!«

Nicola fuhr herum. Sein Gesicht war puterrot vor Zorn.

»Wer ist hier ein Verbrecher?« fragte er drohend und kam wieder zurück.

»Sag das noch mal!«

»Sooft du nur willst!« schrie Nino. »Du glaubst wohl, weil du stark und brutal bist, wagt niemand, dir die Wahrheit ins Gesicht zu sagen? Aber ich, ich sage sie dir und allen, die sie hören wollen! Ja, nur zu, komm doch her und bring mich um, wie du es schon mal tun wolltest!«

»Hätt' ich's nur getan!« brüllte Nicola und ballte die Fäuste. »Aber da siehst du, Momo, wie er lügt und verleumdet! Ich hab' ihn nur beim Kragen genommen und in die Spülwasserpfütze hinter seiner Spelunke geschmissen. Da drin kann nicht mal eine Ratte ersaufen.« Und wieder zu Nino gewandt, schrie er: »Leider lebst du ja auch noch, wie man sieht!«

Eine Zeitlang gingen die wildesten Beschimpfungen hin und her und Momo konnte nicht schlau daraus werden, worum es überhaupt ging und weshalb die beiden so erbittert aufeinander waren. Aber nach und nach kam heraus, daß Nicola diese Schandtat nur begangen hatte, weil Nino ihm zuvor in Gegenwart einiger Gäste eine Ohrfeige gegeben hatte. Dem war allerdings wieder vorausgegangen, daß Nicola versucht hatte, Ninos ganzes Geschirr zu zertrümmern.

»Ist ja überhaupt nicht wahr!« verteidigte sich Nicola erbittert. »Einen einzigen Krug hab' ich an die Wand geschmissen, und der hatte sowieso schon einen Sprung!«

»Aber es war *mein* Krug, verstehst du?« erwiderte Nino. »Und überhaupt hast du kein Recht zu so was!«

Nicola war durchaus der Ansicht, in gutem Recht gehandelt zu haben, denn Nino hatte ihn in seiner Ehre als Maurer gekränkt.

»Weißt du, was er über mich gesagt hat?« rief er Momo zu. »Er hat gesagt, ich könne keine gerade Mauer bauen, weil ich Tag und Nacht betrunken sei. Und sogar mein Urgroßvater wäre schon so gewesen, und er hätte am Schiefen Turm von Pisa mitgebaut!«

»Aber Nicola«, antwortete Nino, »das war doch nur Spaß!«

»Ein schöner Spaß!« grollte Nicola. »Über so was kann ich nicht lachen.«

Es stellte sich jedoch heraus, daß Nino damit nur einen anderen Spaß Nicolas zurückgezahlt hatte. Eines Morgens hatte nämlich in knallroten Buchstaben auf Ninos Tür gestanden: »Wer nichts wird, wird Wirt«. Und das fand wiederum Nino gar nicht komisch.

Nun stritten sie eine Weile todernst, welcher von den beiden Späßen der bessere gewesen sei und redeten sich wieder in Zorn. Aber plötzlich brachen sie ab.

Momo schaute sie groß an, und keiner der beiden konnte sich ihren Blick so recht deuten. Machte sie sich im Inneren lustig über sie? Oder war sie traurig? Ihr Gesicht verriet es nicht. Aber den Männern war plötzlich, als sähen sie sich selbst in einem Spiegel, und sie fingen an, sich zu schämen.

»Gut«, sagte Nicola, »ich hätte das vielleicht nicht auf deine Tür schreiben sollen, Nino. Ich hätte es auch nicht getan, wenn du dich nicht geweigert hättest, mir nur ein einziges Glas Wein auszuschenken. Das war gegen das Gesetz, verstehst du? Denn ich habe immer bezahlt, und du hattest keinen Grund, mich so zu behandeln.«

»Und ob ich den hatte!« gab Nino zurück. »Erinnerst du dich nicht mehr an die Sache mit dem heiligen Antonius?

Ah, jetzt wirst du blaß! Da hast du mich nämlich nach Strich und Faden übers Ohr gehauen, und so was muß ich mir nicht bieten lassen.«

»Ich dich?« rief Nicola und schlug sich wild vor den Kopf. »Umgekehrt wird ein Schuh draus! Du wolltest mich hereinlegen, nur ist es dir nicht gelungen!«

Die Sache war die: In Ninos kleinem Lokal hatte ein Bild an der Wand gehangen, das den heiligen Antonius darstellte. Es war ein Farbdruck, den Nino irgendwann einmal aus einer Illustrierten ausgeschnitten und gerahmt hatte.

Eines Tages wollte Nicola Nino dieses Bild abhandeln – angeblich, weil er es so schön fand. Und Nino hatte Nicola durch geschicktes Feilschen schließlich dazu gebracht, daß dieser seinen Radioapparat zum Tausch bot. Nino lachte sich ins Fäustchen, denn natürlich schnitt Nicola dabei ziemlich schlecht ab. Das Geschäft wurde gemacht.

Nun stellte sich aber heraus, daß zwischen dem Bild und der Rückwand aus Pappdeckel ein Geldschein steckte, von dem Nino nichts gewußt hatte. Jetzt war er plötzlich der Übervorteilte, und das ärgerte ihn. Kurz und bündig verlangte er von Nicola das Geld zurück, weil es nicht zu dem Tausch gehört habe. Nicola weigerte sich, und daraufhin wollte Nino ihm nichts mehr ausschenken. So hatte der Streit angefangen. Als die beiden die Sache nun bis zum Anfang zurückverfolgt hatten, schwiegen sie eine Weile.

Dann fragte Nino: »Sag mir jetzt einmal ganz ehrlich, Nicola – hast du schon vor dem Tausch von dem Geld gewußt oder nicht?«

»Klar, sonst hätte ich doch den Tausch nicht gemacht.«

»Dann mußt du doch zugeben, daß du mich betrogen hast!«

»Wieso? Hast du denn von dem Geld wirklich nichts gewußt?«

»Nein, mein Ehrenwort!«

»Na, also. Dann wolltest du mich doch hereinlegen. Wie konntest du mir sonst für das wertlose Stück Zeitungspapier mein Radio abnehmen, he?«

»Und wieso hast du von dem Geld gewußt?«

»Ich hab' gesehen, wie es zwei Abende vorher ein Gast als Opfergabe für den heiligen Antonius dort hineingesteckt hat.«

Nino biß sich auf die Lippen. »War es viel?«

»Nicht mehr und nicht weniger, als mein Radio wert war«, antwortete Nicola.

»Dann geht unser ganzer Streit«, meinte Nino nachdenklich, »eigentlich bloß um den heiligen Antonius, den ich aus der Zeitung ausgeschnitten habe.«

Nicola kratzte sich am Kopf. »Eigentlich ja«, brummte er, »du kannst ihn gern wiederhaben, Nino.«

»Aber nicht doch!« antwortete Nino würdevoll. »Getauscht ist getauscht! Ein Handschlag gilt unter Ehrenmännern!«

Und plötzlich fingen beide gleichzeitig an zu lachen. Sie kletterten die steinernen Stufen hinunter, trafen sich in der Mitte des grasbewachsenen runden Platzes, umarmten einander und klopften sich gegenseitig auf den Rücken. Dann nahmen sie beide Momo in den Arm und sagten: »Vielen Dank!«

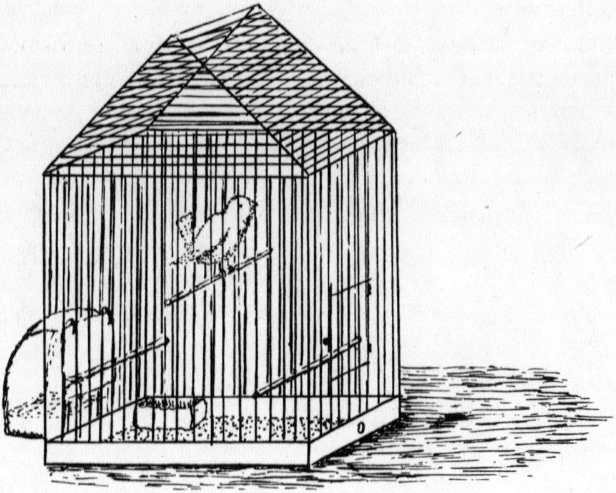

Als sie nach einer Weile abzogen, winkte Momo ihnen noch lange nach. Sie war sehr zufrieden, daß ihre beiden Freunde nun wieder gut miteinander waren.

Ein anderes Mal brachte ihr ein kleiner Junge seinen Kanarienvogel, der nicht singen wollte. Das war eine viel schwerere Aufgabe für Momo. Sie mußte ihm eine ganze Woche lang zuhören, bis er endlich wieder zu trillern und zu jubilieren begann.

Momo hörte allen zu, den Hunden und Katzen, den Grillen und Kröten, ja, sogar dem Regen und dem Wind in den Bäumen. Und alles sprach zu ihr auf seine Weise.

An manchen Abenden, wenn alle ihre Freunde nach Hause gegangen waren, saß sie noch lange allein in dem großen steinernen Rund des alten Theaters, über dem sich der sternenfunkelnde Himmel wölbte, und lauschte einfach auf die große Stille.

Dann kam es ihr so vor, als säße sie mitten in einer großen Ohrmuschel, die in die Sternenwelt hinaushorchte. Und es war ihr, als höre sie eine leise und doch gewaltige Musik, die ihr ganz seltsam zu Herzen ging.

In solchen Nächten hatte sie immer besonders schöne Träume.

Und wer nun noch immer meint, zuhören sei nichts Besonderes, der mag nur einmal versuchen, ob er es auch so gut kann.

Drittes Kapitel
Ein gespielter Sturm und ein wirkliches Gewitter

Es versteht sich wohl von selbst, daß Momo beim Zuhören keinerlei Unterschied zwischen Erwachsenen und Kindern machte. Aber die Kinder kamen noch aus einem anderen Grund so gern in das alte Amphitheater. Seit Momo da war, konnten sie so gut spielen wie nie zuvor. Es gab einfach keine langweiligen Augenblicke mehr. Das war nicht etwa deshalb so, weil Momo so gute Vorschläge machte. Nein, Momo war nur einfach da und spielte mit. Und eben dadurch – man weiß nicht wie – kamen den Kindern selbst die besten Ideen. Täglich erfanden sie neue Spiele, eines schöner als das andere.

Einmal, an einem schwülen, drückenden Tag, saßen etwa zehn, elf Kinder auf den steinernen Stufen und warteten auf Momo, die ein wenig ausgegangen war, um in der Gegend umherzustreifen, wie sie es manchmal tat. Am Himmel hingen dicke schwarze Wolken. Wahrscheinlich würde es bald ein Gewitter geben.

»Ich geh' lieber heim«, sagte ein Mädchen, das ein kleines Geschwisterchen bei sich hatte, »ich hab' Angst vor Blitz und Donner.«

»Und zu Hause?« fragte ein Junge, der eine Brille trug, »hast du zu Hause vielleicht keine Angst davor?«

»Doch«, antwortete das Mädchen.

»Dann kannst du genausogut hier bleiben«, meinte der Junge.

Das Mädchen zuckte die Schultern und nickte. Nach einer Weile sagte sie: »Aber Momo kommt vielleicht gar nicht.«

»Na und?« mischte sich nun ein Junge ins Gespräch, der etwas verwahrlost aussah. »Deswegen können wir doch trotzdem irgendwas spielen – auch ohne Momo.«

»Gut, aber was?«

»Ich weiß auch nicht. Irgendwas eben.«

»Irgendwas ist nichts. Wer hat einen Vorschlag?«

»Ich weiß was«, sagte ein dicker Junge mit einer hohen Mädchenstimme, »wir könnten spielen, daß die ganze Ruine ein großes Schiff ist, und wir fahren in unbekannte Meere und erleben Abenteuer. Ich bin der Kapitän, du bist der Erste Steuermann, und du bist ein Naturforscher, ein Professor, weil es nämlich eine Forschungsreise ist, versteht ihr? Und die anderen sind Matrosen.«

»Und wir Mädchen, was sind wir?«

»Matrosinnen. Es ist ein Zukunftsschiff.«

Das war ein guter Plan! Sie versuchten zu spielen, aber sie konnten sich nicht recht einig werden, und das Spiel kam nicht in Fluß. Nach kurzer Zeit saßen alle wieder auf den steinernen Stufen und warteten.

Und dann kam Momo.

Hoch rauschte die Bugwelle auf. Das Forschungsschiff »Argo« schwankte leise in der Dünung auf und nieder, während es in ruhiger Fahrt mit voller Kraft voraus in das südliche Korallenmeer vordrang. Seit Menschengedenken hatte kein Schiff es mehr gewagt, diese gefährlichen Gewässer zu befahren, denn es wimmelte hier von Untiefen, von Korallenriffen und von unbekannten Seeungeheuern. Und vor allem gab es hier den sogenannten »Ewigen Taifun«, einen Wirbelsturm, der niemals zur Ruhe kam. Immerwährend wanderte er auf diesem Meer umher und suchte nach Beute wie ein lebendiges, ja sogar listiges Wesen. Sein Weg war unberechenbar. Und alles, was dieser Orkan einmal in seinen riesenhaften Klauen hatte, das ließ er nicht eher wieder los, als bis er es in streichholzdünne Splitter zertrümmert hatte.

Freilich, das Forschungsschiff »Argo« war in besonderer Weise für eine Begegnung mit diesem »Wandernden Wirbelsturm« ausgerüstet. Es bestand ganz und gar aus blauem Alamont-Stahl, der biegsam und unzerbrechlich war wie eine Degenklinge. Und es war durch ein besonderes Herstellungsverfahren aus einem einzigen Stück gegossen, ohne Naht- und Schweißstelle.

Dennoch hätte wohl schwerlich ein anderer Kapitän und eine andere Mannschaft den Mut gehabt, sich diesen unerhörten Gefahren auszusetzen. Kapitän Gordon jedoch hatte ihn. Stolz blickte er von der Kommandobrücke auf seine Matrosen und Matrosinnen hinunter, die alle erprobte Fachleute auf ihren jeweiligen Spezialgebieten waren.

Neben dem Kapitän stand sein Erster Steuermann, Don Melú, ein Seebär von altem Schrot und Korn, der schon hundertsiebenundzwanzig Orkane überstanden hatte.

Weiter hinten auf dem Sonnendeck sah man Professor Eisenstein, den wissenschaftlichen Leiter der Expedition, mit seinen Assistentinnen Maurin und Sara, die ihm beide mit ihrem enormen Gedächtnis ganze Bibliotheken ersetzten. Alle drei standen über ihre Präzisions-Instrumente gebeugt und beratschlagten leise miteinander in ihrer komplizierten Wissenschaftlersprache.

Ein wenig abseits von ihnen saß die schöne Eingeborene Momosan mit untergeschlagenen Beinen. Ab und zu befragte der Forscher sie wegen besonderer Einzelheiten dieses Meeres, und sie antwortete ihm in ihrem wohlklingenden Hula-Dialekt, den nur der Professor verstand.

Ziel der Expedition war es, die Ursache für den »Wandernden Taifun« zu finden und, wenn möglich, zu beseitigen, damit dieses Meer auch für andere Schiffe wieder befahrbar werden würde. Aber noch war alles ruhig, und von dem Sturm war nichts zu spüren.

Plötzlich riß ein Schrei des Mannes im Ausguck den Kapitän aus seinen Gedanken.

»Käptn!« rief er durch die hohle Hand herunter, »entweder bin ich verrückt, oder ich sehe tatsächlich eine gläserne Insel da vorn!«

Der Kapitän und Don Melú blickten sofort durch ihre Fernrohre. Auch Professor Eisenstein und seine Assistentinnen kamen interessiert herbei. Nur die schöne Eingeborene blieb gelassen sitzen. Die rätselhaften Sitten ihres Volkes verboten es ihr, Neugier zu zeigen. Die gläserne Insel war bald erreicht. Der Professor stieg über die Strickleiter an der Außenwand des Schiffes hinunter und betrat den durchsichtigen Boden. Dieser war außerordentlich glitschig und Professor Eisenstein hatte alle Mühe, sich auf den Beinen zu halten.

Die ganze Insel war kreisrund und hatte schätzungsweise zwanzig Meter Durchmesser. Nach der Mitte zu stieg sie an wie ein Kuppeldach. Als der Professor die höchste Stelle erreicht hatte, konnte er deutlich einen pulsierenden Lichtschein tief im Innern dieser Insel wahrnehmen.

Er teilte seine Beobachtung den anderen mit, die gespannt wartend an der Reling standen.

»Demnach«, meinte die Assistentin Maurin, »muß es sich wohl um ein Oggelmumpf bistrozinalis handeln.«

»Möglich«, erwiderte die Assistentin Sara, »aber es kann auch ebensogut eine Schluckula tapetozifera sein.«

Professor Eisenstein richtete sich auf, rückte seine Brille zurecht und rief hinauf: »Nach meiner Ansicht haben wir es hier mit einer Abart des gewöhnlichen Strumpfus quietschinensus zu tun. Aber das können wir erst entscheiden, wenn wir die Sache von unten erforscht haben.«

Daraufhin sprangen drei Matrosinnen, die außerdem weltberühmte Sporttaucherinnen waren und sich in der Zwischenzeit bereits Taucheranzüge angezogen hatten, ins Wasser und verschwanden in der blauen Tiefe.

Eine Weile lang erschienen nur Luftblasen an der Meeresoberfläche, aber dann tauchte plötzlich eines der Mädchen, Sandra mit Namen, auf und rief keuchend: »Es handelt sich um eine Riesenqualle! Die beiden anderen hängen in ihren Fangarmen fest und können sich nicht mehr befreien. Wir müssen ihnen zu Hilfe kommen, ehe es zu spät ist!«

Damit verschwand sie wieder.

Sofort stürzten sich hundert Froschmänner unter der Führung ihres erfahrenen Hauptmannes Franco, genannt »der Delphin«, in die Fluten. Ein ungeheurer Kampf entbrannte unter Wasser, dessen Oberfläche sich mit Schaum bedeckte.

Aber es gelang selbst diesen Männern nicht, die beiden Mädchen aus der schrecklichen Umklammerung zu befreien. Zu gewaltig war die Kraft dieses riesenhaften Quallentieres!

»Irgend etwas«, sagte der Professor mit gerunzelter Stirn zu seinen Assistentinnen, »irgend etwas scheint in diesem Meer eine Art Riesenwachstum zu verursachen. Das ist hochinteressant!«

Inzwischen hatten Kapitän Gordon und sein Erster Steuermann Don Melú sich beraten und waren zu einer Entscheidung gekommen.

»Zurück!« rief Don Melú, »alle Mann wieder an Bord! Wir werden das Untier in zwei Stücke schneiden, anders können wir die beiden Mädchen nicht befreien.«

»Der Delphin« und seine Froschmänner kletterten an Bord zurück. Die »Argo« fuhr nun zunächst ein wenig rückwärts und dann mit voller Kraft voraus, auf die Riesenqualle zu. Der Bug des stählernen Schiffes war scharf wie ein Rasiermesser. Lautlos und beinahe ohne fühlbare Erschütterung teilte er die Riesenqualle in zwei Hälften.

Das war zwar nicht ganz ungefährlich für die beiden in den Fangarmen festgehaltenen Mädchen, aber der Erste Steuermann Don Melú hatte deren Lage haargenau berechnet und fuhr mitten zwischen ihnen hindurch. Sofort hingen die Fangarme beider Quallenhälften schlaff und kraftlos herunter, und die Gefangenen konnten sich herauswinden.

Freudig wurden sie auf dem Schiff empfangen. Professor Eisenstein trat auf die beiden Mädchen zu und sprach: »Es war meine Schuld. Ich hätte euch nicht hinunterschicken dürfen. Verzeiht mir, daß ich euch in Gefahr gebracht habe!«

»Nichts zu verzeihen, Professor«, antwortete das eine Mädchen und lachte fröhlich, »dazu sind wir schließlich mitgefahren.«

Und das andere Mädchen setzte hinzu: »Die Gefahr ist unser Beruf.« Zu einem längeren Wortwechsel blieb jedoch keine Zeit mehr. Über den Rettungsarbeiten hatten Kapitän und Besatzung gänzlich vergessen, das Meer zu beobachten. Und so wurden sie erst jetzt, in letzter Minute, gewahr, daß inzwischen der »Wandernde Wirbelsturm« am Horizont aufgetaucht war und sich mit rasender Geschwindigkeit auf die »Argo« zubewegte.

Eine erste gewaltige Sturzwelle packte das stählerne Schiff, riß es in die Höhe, warf es auf die Seite und stürzte es in ein Wellental von gut fünfzig Metern Tiefe hinab. Schon bei diesem ersten Anprall wären weniger erfahrene und tapfere Seeleute als die der »Argo« zweifellos zur einen Hälfte über Bord gespült worden und zur anderen in Ohnmacht gefallen. Kapitän Gordon jedoch stand breitbeinig auf der Kommandobrücke, als sei nichts geschehen, und seine Mannschaft hatte ebenso ungerührt standgehalten. Nur die schöne Eingeborene Momosan, an solche wilden Seefahrten nicht gewöhnt, war in ein Rettungsboot geklettert.

In wenigen Sekunden war der ganze Himmel pechschwarz. Heulend und brüllend warf sich der Wirbelsturm auf das Schiff, schleuderte es turmhoch hinauf und abgrundtief hinunter. Und es war, als steigere sich seine Wut von Minute zu Minute, weil er der stählernen »Argo« nichts anhaben konnte.

Mit ruhiger Stimme gab der Kapitän seine Anweisungen, die dann vom Ersten Steuermann laut ausgerufen wurden. Jedermann stand an seinem Platz. Sogar Professor Eisenstein und seine Assistentinnen hatten ihre Instrumente nicht im Stich gelassen. Sie berechneten, wo der innerste Kern des Wirbelsturmes sein mußte, denn dorthin sollte die Fahrt ja gehen. Kapitän Gordon bewunderte im stillen die Kaltblütigkeit dieser Wissenschaftler, die ja nicht wie er und seine Leute mit dem Meer auf du und du standen.

Ein erster Blitzstrahl zuckte hernieder und traf das stählerne Schiff, welches daraufhin natürlich ganz und gar elektrisch geladen war. Wo man hinfaßte, sprangen einem die Funken entgegen. Aber darauf war jeder an Bord der »Argo« in monatelangen harten Übungen trainiert worden. Es machte keinem mehr etwas aus.

Nur, daß die dünneren Teile des Schiffes, Stahltrossen und Eisenstangen zu glühen begannen, wie der Draht in einer elektrischen Birne, das erschwerte der Besatzung doch etwas die Arbeit, obgleich alle Asbest-Handschuhe anzogen. Aber zum Glück wurde diese Glut schnell wieder gelöscht, denn nun stürzte der Regen hernieder, wie ihn noch keiner der Teilnehmer – Don Melú ausgenommen – je erlebt hatte, ein Regen, der so dicht war, daß er bald die ganze Luft zum Atmen verdrängte. Die Besatzung mußte Tauchermasken und Atemgeräte anlegen.

Blitz auf Blitz und Donnerschlag auf Donnerschlag! Heulender Sturm! Haushohe Wogen und weißer Schaum!

Meter für Meter kämpfte sich die »Argo«, alle Maschinen auf Volldampf, gegen die Urgewalt dieses Taifuns vorwärts. Die Maschinisten und Heizer in der Tiefe der Kesselräume leisteten Übermenschliches. Sie hatten sich mit dikken Tauen festgebunden, um nicht von dem grausamen Schlingern und Stampfen des Schiffes in den offenen Feuerrachen der Dampfkessel geschleudert zu werden.

Und dann endlich war der innerste Kern des Wirbelsturms erreicht. Aber welch ein Anblick bot sich ihnen da!

Auf der Meeresoberfläche, die hier spiegelglatt war, weil alle Wellen einfach von der Gewalt des Sturmes flachgefegt wurden, tanzte ein riesenhaftes Wesen. Es stand auf einem Bein, wurde nach oben immer dicker und sah tatsächlich so aus wie ein Brummkreisel von der Größe eines Berges. Es drehte sich mit solcher Schnelligkeit um sich selbst, daß Einzelheiten nicht auszumachen waren.

»Ein Schum-Schum gummilastikum!« rief der Professor begeistert und hielt seine Brille fest, die ihm der stürzende Regen immer wieder von der Nase spülte.

»Können Sie uns das vielleicht näher erklären?« brummte Don Melú. »Wir sind einfache Seeleute und . . .«

»Lassen Sie den Professor jetzt ungestört forschen«, fiel ihm die Assistentin Sara ins Wort. »Es ist eine einmalige Gelegenheit. Dieses Kreiselwesen stammt wahrscheinlich noch aus den allerersten Zeiten der Erdentwicklung. Es muß über eine Milliarde Jahre alt sein. Heute gibt es davon nur noch eine mikroskopisch kleine Abart, die man manchmal in Tomatensoße, noch seltener in grüner Tinte findet. Ein Exemplar dieser Größe ist vermutlich das einzige seiner Art, das es noch gibt.«

»Aber wir sind hier«, rief der Kapitän durch das Heulen des Sturms, »um die Ursache des ›Ewigen Taifuns‹ zu beseitigen. Der Professor soll uns also sagen, wie man dieses Ding da zum Stillstehen bringt!«

»Das«, sagte der Professor, »weiß ich allerdings auch nicht. Die Wissenschaft hat ja noch keine Gelegenheit gehabt, es zu erforschen.«

»Gut«, meinte der Kapitän, »wir werden es erst einmal beschießen, dann werden wir ja sehen, was passiert.«

»Es ist ein Jammer!« klagte der Professor. »Das einzige Exemplar eines Schum-Schum gummilastikum beschießen!«

Aber die Kontrafiktions-Kanone war bereits auf den Riesenkreisel eingestellt.

»Feuer!« befahl der Kapitän.

Eine blaue Stichflamme von einem Kilometer Länge schoß aus dem Zwillingsrohr. Zu hören war natürlich nichts, denn eine Kontrafiktions-Kanone schießt ja bekanntlich mit Proteinen.

Das leuchtende Geschoß flog auf das Schum-Schum zu, wurde aber von dem riesigen Wirbel erfaßt und abgelenkt, umkreiste das Gebilde einige Male immer schneller und wurde schließlich in die Höhe gerissen, wo es im Schwarz der Wolken verschwand.

»Es ist zwecklos!« rief Kapitän Gordon. »Wir müssen unbedingt näher an das Ding heran!«

»Näher kommen wir nicht mehr!« schrie Don Melú zurück. »Die Maschinen laufen schon auf Volldampf. Aber das genügt gerade, um vom Sturm nicht zurückgeblasen zu werden.«

»Haben Sie einen Vorschlag, Professor?« wollte der Kapitän wissen. Aber Professor Eisenstein zuckte nur die Schultern, und auch seine Assistentinnen wußten keinen Rat. Es sah so aus, als müsse man diese Expedition erfolglos abbrechen.

In diesem Augenblick zupfte jemand den Professor am Ärmel. Es war die schöne Eingeborene.

»Malumba!« sagte sie mit anmutigen Gebärden, »Malumba oisitu sono! Erweini samba insaltu lolobindra. Kramuna heu beni beni sadogau.«

»Babalu?« fragte der Professor erstaunt. »Didi maha feinosi intu ge doinen malumba?«

Die schöne Eingeborene nickte eifrig und erwiderte: »Dodo um aufu schulamat wawada.«

»Oi-oi«, antwortete der Professor und strich sich gedankenvoll das Kinn.

»Was will sie denn?« erkundigte sich der Erste Steuermann.

»Sie sagt«, erklärte der Professor, »es gebe in ihrem Volk ein uraltes Lied, das den ›Wandernden Taifun‹ zum Einschlafen bringen könne, falls jemand den Mut hätte, es ihm vorzusingen.«

»Daß ich nicht lache!« brummte Don Melú. »Ein Schlafliedchen für einen Orkan!«

»Was halten Sie davon, Professor?« wollte die Assistentin Sara wissen. »Wäre so etwas möglich?«

»Man darf keine Vorurteile haben«, meinte Professor Eisenstein. »Oft steckt in den Überlieferungen der Eingeborenen ein wahrer Kern. Vielleicht gibt es bestimmte Tonschwingungen, die einen Einfluß auf das Schum-Schum gummilastikum haben. Wir wissen einfach noch zu wenig über dessen Lebensbedingungen.«

»Schaden kann es nichts«, entschied der Kapitän. »Darum sollten wir's einfach versuchen. Sagen Sie ihr, sie soll singen.«

Der Professor wandte sich an die schöne Eingeborene und sagte: »Malumba didi oisafal huna-huna, wawadu?«

Momosan nickte und begann sogleich einen höchst eigentümlichen Gesang, der nur aus wenigen Tönen bestand, die immerfort wiederkehrten.

»Eni meni allubeni
wanna tai susura teni!«

Dazu klatschte sie in die Hände und sprang im Takt herum.

Die einfache Melodie und die Worte waren leicht zu behalten. Andere stimmten nach und nach ein, und bald sang die ganze Mannschaft, klatschte dazu in die Hände und sprang im Takt herum. Es war ziemlich erstaunlich anzusehen, wie auch der alte Seebär Don Melú und schließlich der Professor sangen und klatschten, als seien sie Kinder auf einem Spielplatz.

Und tatsächlich, was keiner von ihnen geglaubt hatte, geschah! Der riesenhafte Kreisel drehte sich langsamer und langsamer, blieb schließlich stehen und begann zu versinken. Donnernd schlossen sich die Wassermassen über ihm. Der Sturm ebbte ganz plötzlich ab, der Regen hörte auf, der Himmel wurde klar und blau, und die Wellen des Meeres beruhigten sich. Die »Argo« lag still auf dem glitzernden Wasserspiegel, als sei hier nie etwas anderes gewesen als Ruhe und Frieden.

»Leute«, sagte Kapitän Gordon und blickte jedem einzelnen anerkennend ins Gesicht, »das hätten wir geschafft!« Er sagte nie viel, das wußten alle. Um so mehr zählte es, daß er diesmal noch hinzufügte: »Ich bin stolz auf euch!«

»Ich glaube«, sagte das Mädchen, das sein kleines Geschwisterchen mitgebracht hatte, »es hat wirklich geregnet. Ich bin jedenfalls patschnaß.«

In der Tat war inzwischen das Gewitter niedergegangen. Und vor allem das Mädchen mit dem kleinen Geschwisterchen wunderte sich, daß es ganz vergessen hatte, sich vor Blitz und Donner zu fürchten, solange es auf dem stählernen Schiff gewesen war.

Sie sprachen noch eine Weile über das Abenteuer und erzählten sich gegenseitig Einzelheiten, die jeder für sich erlebt hatte. Dann trennten sie sich, um heimzugehen und sich zu trocknen.

Nur einer war mit dem Verlauf des Spiels nicht ganz zufrieden, und das war der Junge mit der Brille. Beim Abschied sagte er zu Momo: »Schade ist es doch, daß wir das Schum-Schum gummilastikum einfach versenkt haben. Das letzte Exemplar seiner Art! Ich hätte es wirklich gern noch etwas genauer erforscht.«

Aber über eines waren sich nach wie vor alle einig: So wie bei Momo konnte man sonst nirgends spielen.

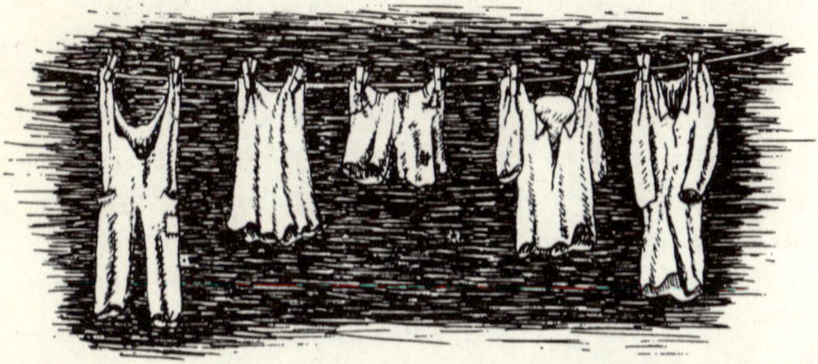

Viertes Kapitel
Ein schweigsamer Alter und ein zungenfertiger Junger

Wenn jemand auch sehr viele Freunde hat, so gibt es darunter doch immer einige wenige, die einem ganz besonders nahestehen und die einem die allerliebsten sind. Und so war es auch bei Momo.

Sie hatte zwei allerbeste Freunde, die beide jeden Tag zu ihr kamen und alles mit ihr teilten, was sie hatten. Der eine war jung, und der andere war alt. Und Momo hätte nicht sagen können, welchen von beiden sie lieber hatte.

Der Alte hieß Beppo Straßenkehrer. In Wirklichkeit hatte er wohl einen anderen Nachnamen, aber da er von Beruf Straßenkehrer war und alle ihn deshalb so nannten, nannte er sich selbst auch so.

Beppo Straßenkehrer wohnte in der Nähe des Amphitheaters in einer Hütte, die er sich aus Ziegelsteinen, Wellblechstücken und Dachpappe selbst zusammengebaut hatte. Er war ungewöhnlich klein und ging obendrein immer ein bißchen gebückt, so daß er Momo nur wenig überragte. Seinen großen Kopf, auf dem ein kurzer weißer Haarschopf in die Höhe stand, hielt er stets etwas schräg, und auf der Nase trug er eine kleine Brille.

Manche Leute waren der Ansicht, Beppo Straßenkehrer sei nicht ganz richtig im Kopf. Das kam daher, daß er auf Fragen nur freundlich lächelte und keine Antwort gab. Er dachte nach. Und wenn er eine Antwort nicht nötig fand, schwieg er. Wenn er aber eine für nötig hielt, dann dachte er über diese Antwort nach. Manchmal dauerte es zwei Stunden, mitunter aber auch einen ganzen Tag, bis er etwas erwiderte. Inzwischen hatte der andere natürlich vergessen, was er gefragt hatte, und Beppos Worte kamen ihm wunderlich vor.

Nur Momo konnte so lange warten und verstand, was er

sagte. Sie wußte, daß er sich so viel Zeit nahm, um niemals etwas Unwahres zu sagen. Denn nach seiner Meinung kam alles Unglück der Welt von den vielen Lügen, den absichtlichen, aber auch den unabsichtlichen, die nur aus Eile oder Ungenauigkeit entstehen.

Er fuhr jeden Morgen lange vor Tagesanbruch mit seinem alten, quietschenden Fahrrad in die Stadt zu einem großen Gebäude. Dort wartete er in einem Hof zusammen mit seinen Kollegen, bis man ihm einen Besen und einen Karren gab und ihm eine bestimmte Straße zuwies, die er kehren sollte.

Beppo liebte diese Stunden vor Tagesanbruch, wenn die Stadt noch schlief. Und er tat seine Arbeit gern und gründlich. Er wußte, es war eine sehr notwendige Arbeit.

Wenn er so die Straßen kehrte, tat er es langsam, aber stetig: Bei jedem Schritt einen Atemzug und bei jedem Atemzug einen Besenstrich. Schritt – Atemzug – Besenstrich. Schritt – Atemzug – Besenstrich. Dazwischen blieb er manchmal ein Weilchen stehen und blickte nachdenklich vor sich hin. Und dann ging es wieder weiter – Schritt – Atemzug – Besenstrich – – –.

Während er sich so dahinbewegte, vor sich die schmutzige Straße und hinter sich die saubere, kamen ihm oft große Gedanken. Aber es waren Gedanken ohne Worte, Gedanken, die sich so schwer mitteilen ließen wie ein bestimmter Duft, an den man sich nur gerade eben noch erinnert, oder wie eine Farbe, von der man geträumt hat. Nach der Arbeit, wenn er bei Momo saß, erklärte er ihr seine großen Gedanken. Und da sie auf ihre besondere Art zuhörte, löste sich seine Zunge, und er fand die richtigen Worte.

»Siehst du, Momo«, sagte er dann zum Beispiel, »es ist so: Manchmal hat man eine sehr lange Straße vor sich. Man denkt, die ist so schrecklich lang; das kann man niemals schaffen, denkt man.«

Er blickte eine Weile schweigend vor sich hin, dann fuhr er fort: »Und dann fängt man an, sich zu eilen. Und man eilt sich immer mehr. Jedesmal, wenn man aufblickt, sieht man, daß es gar nicht weniger wird, was noch vor einem liegt. Und man strengt sich noch mehr an, man kriegt es mit der Angst, und zum Schluß ist man ganz außer Puste und kann nicht mehr. Und die Straße liegt immer noch vor einem. So darf man es nicht machen.«

Er dachte einige Zeit nach. Dann sprach er weiter: »Man darf nie an die ganze Straße auf einmal denken, verstehst du? Man muß nur an den nächsten Schritt denken, an den nächsten Atemzug, an den nächsten Besenstrich. Und immer wieder nur an den nächsten.«

Wieder hielt er inne und überlegte, ehe er hinzufügte: »Dann macht es Freude; das ist wichtig, dann macht man seine Sache gut. Und so soll es sein.«

Und abermals nach einer langen Pause fuhr er fort: »Auf einmal merkt man, daß man Schritt für Schritt die ganze Straße gemacht hat. Man hat gar nicht gemerkt wie, und man ist nicht außer Puste.« Er nickte vor sich hin und sagte abschließend: »Das ist wichtig.«

Oder ein anderes Mal kam er, setzte sich schweigend neben Momo, und sie sah, daß er nachdachte und etwas ganz Besonderes sagen wollte. Plötzlich blickte er ihr in die Augen und begann: »Ich hab' uns wiedererkannt.« Es dauerte lange, ehe er mit leiser Stimme fortfuhr: »Das gibt es manchmal – am Mittag –, wenn alles in der Hitze schläft. – Dann wird die Welt durchsichtig. – Wie ein Fluß, verstehst du? – Man kann auf den Grund sehen.«

Er nickte und schwieg ein Weilchen, dann sagte er noch leiser: »Da liegen andere Zeiten, da unten auf dem Grund.«

Wieder dachte er lange nach und suchte nach den richtigen Worten. Aber er schien sie noch nicht zu finden, denn er erklärte auf einmal in ganz gewöhnlichem Ton: »Heute war ich an der alten Stadtmauer zum Kehren. Da sind fünf Steine von einer anderen Farbe in der Mauer. So, verstehst du?«

Und er zeichnete mit dem Finger in den Staub ein großes T. Er betrachtete es mit schrägem Kopf, dann flüsterte er plötzlich: »Ich hab' sie wiedererkannt, die Steine.«

Nach einer weiteren Pause fuhr er stockend fort: »Das

waren solche anderen Zeiten, damals, als die Mauer gebaut wurde. – Viele haben da gearbeitet. – Aber zwei waren dabei, die haben die Steine dort hineingemauert. – Es war ein Zeichen, verstehst du? – Ich hab's wiedererkannt.«

Er strich sich mit der Hand über die Augen. Es schien ihn anzustrengen, was er sagen wollte, denn als er nun weitersprach, klangen seine Worte mühsam: »Sie haben anders ausgesehen, die zwei damals, ganz anders.« Dann stieß er in abschließendem Ton und beinahe zornig hervor: »Aber ich habe uns wiedererkannt – dich und mich. Ich habe uns wiedererkannt!«

Man kann es den Leuten nicht verübeln, daß sie lächelten, wenn sie Beppo Straßenkehrer so reden hörten, und manche tippten sich hinter seinem Rücken an die Stirn. Aber Momo hatte ihn lieb und bewahrte alle seine Worte in ihrem Herzen.

Der andere beste Freund, den Momo hatte, war jung und in jeder Hinsicht das genaue Gegenteil von Beppo Straßenkehrer. Er war ein hübscher Bursche mit verträumten Augen, aber einem schier unglaublichen Mundwerk. Er steckte immer voller Späße und Flausen und konnte so leichtsinnig lachen, daß man einfach mitlachen mußte, ob man wollte oder nicht. Sein Name war Girolamo, aber er wurde einfach Gigi gerufen.

Da wir den alten Beppo nach seinem Beruf genannt haben, wollen wir es bei Gigi genauso halten, obwohl er überhaupt keinen richtigen Beruf hatte. Nennen wir ihn also Gigi Fremdenführer. Aber wie gesagt, Fremdenführer war nur einer von vielen Berufen, die er je nach Gelegenheit ausübte, und er war es durchaus nicht von Amts wegen.

Die einzige Voraussetzung, die er für diese Tätigkeit besaß, war eine Schirmmütze. Die setzte er sofort auf, wenn sich tatsächlich einmal ein paar Reisende in diese Gegend verirrten. Dann trat er mit ernster Miene auf sie zu und bot ihnen an, sie herumzuführen und ihnen alles zu erklären. Wenn die Fremden sich darauf einließen, dann legte er los und erzählte das Blaue vom Himmel herunter. Er warf mit erfundenen Ereignissen, Namen und Jahreszahlen um sich, daß den armen Zuhörern ganz wirr im Kopf wurde. Manche merkten es und gingen ärgerlich davon, aber die meisten nahmen alles für bare Münze und bezahlten deshalb auch in barer Münze, wenn Gigi zuletzt seine Schirmmütze hinhielt.

Die Leute aus der näheren Umgebung lachten über Gigis Einfälle, aber manchmal machten sie auch bedenkliche Gesichter und meinten, es ginge doch eigentlich nicht an, sich für Geschichten, die bloß erfunden seien, auch noch gutes Geld geben zu lassen.

»Das machen doch alle Dichter«, sagte Gigi dann. »Und haben die Leute vielleicht nichts bekommen für ihr Geld? Ich sage euch, sie haben genau das bekommen, was sie wollten! Und was macht es für einen Unterschied, ob das alles in einem gelehrten Buch steht oder nicht? Wer sagt euch denn, daß die Geschichten in den gelehrten Büchern nicht auch bloß erfunden sind, nur weiß es vielleicht keiner mehr?«

Oder ein anderes Mal meinte er: »Ach, was heißt überhaupt wahr oder nicht wahr? Wer kann schon wissen, was hier vor tausend oder zweitausend Jahren passiert ist? Wißt ihr es vielleicht?«

»Nein«, gaben die andern zu.

»Na also!« rief Gigi Fremdenführer. »Wieso könnt ihr dann einfach behaupten, daß meine Geschichten nicht wahr sind? Es kann doch zufällig genauso passiert sein. Dann habe ich die pure Wahrheit gesagt!« Dagegen war schwer etwas einzuwenden. Ja, was das Mundwerk betraf, konnte mit Gigi nicht leicht einer fertig werden.

Leider kamen allerdings nur sehr selten Reisende, die das Amphitheater besichtigen wollten, und so mußte Gigi häufig andere Berufe ergreifen. Je nach Gelegenheit war er Parkwächter, Trauzeuge, Hundespazierenführer, Liebesbriefträger, Beerdigungsteilnehmer, Andenkenhändler, Katzenfutterverkäufer und noch vieles andere.

Aber Gigi träumte davon, einmal berühmt und reich zu werden. Er würde in einem märchenhaft schönen Haus wohnen, umgeben von einem Park; er würde von vergoldeten Tellern essen und auf seidenen Kissen schlafen. Und sich selbst sah er im Glanz seines zukünftigen Ruhms wie eine Sonne, deren Strahlen ihn schon jetzt in seiner Armseligkeit, sozusagen aus der Entfernung, wärmten.

»Und ich werde es schaffen!« rief er, wenn die anderen über seine Träume lachten, »ihr alle werdet noch an meine Worte denken!«

Womit er das allerdings schaffen wollte, hätte er selbst nicht sagen können. Denn von unermüdlichem Fleiß und harter Arbeit hielt er nicht sehr viel.

»Das ist kein Kunststück«, sagte er zu Momo, »damit soll reich werden, wer will. – Schau sie dir doch an, wie sie aussehen, die für ein bißchen Wohlstand ihr Leben und ihre Seele verkauft haben! Nein, da mach' ich nicht mit, so nicht. Und wenn ich auch oft nicht mal das Geld habe, eine Tasse Kaffee zu bezahlen – aber Gigi bleibt Gigi!« –

Eigentlich sollte man denken, es sei ganz unmöglich gewesen, daß zwei so verschiedene Leute, mit so verschiedenen Ansichten über die Welt und das Leben, wie Gigi Fremdenführer und Beppo Straßenkehrer sich miteinander anfreundeten. Und doch war es so. Seltsamerweise war der einzige, der Gigi niemals wegen seiner Leichtfertigkeit tadelte, gerade der alte Beppo. Und ebenso seltsamerweise war es gerade der zungenfertige Gigi, der als einziger niemals über den wunderlichen alten Beppo spottete.

Das lag wohl auch an der Art, wie die kleine Momo ihnen beiden zuhörte. –

Keiner von den dreien ahnte, daß schon bald ein Schatten über ihre Freundschaft fallen würde. Und nicht nur über ihre Freundschaft, sondern über die ganze Gegend – ein Schatten, der wuchs und wuchs und sich schon jetzt, dunkel und kalt, über die große Stadt ausbreitete.

Es war wie eine lautlose und unmerkliche Eroberung, die tagtäglich weiter vordrang, und gegen die sich niemand wehrte, weil niemand sie so recht bemerkte. Und die Eroberer – wer waren sie?

Sogar der alte Beppo, der doch manches sah, was andere nicht sehen, bemerkte die grauen Herren nicht, die immer zahlreicher in der großen Stadt umherstreiften und unermüdlich beschäftigt schienen. Dabei waren sie keineswegs unsichtbar. Man sah sie –, und man sah sie doch nicht. Sie verstanden es auf unheimliche Weise, sich unauffällig zu machen, so daß man einfach über sie hinwegsah oder ihren Anblick sofort wieder vergaß. So konnten sie im geheimen arbeiten, gerade weil sie sich nicht versteckten. Und da sie niemand auffielen, fragte sich natürlich auch niemand, woher sie gekommen waren und noch immer kamen, denn es wurden täglich mehr.

Sie fuhren in eleganten grauen Autos auf den Straßen, sie gingen in alle Häuser, sie saßen in allen Restaurants. Oft schrieben sie etwas in ihre kleinen Notizbüchlein.

Es waren Herren, die ganz in spinnwebfarbenes Grau gekleidet waren. Selbst ihre Gesichter sahen aus wie graue Asche. Sie trugen runde steife Hüte auf den Köpfen und rauchten kleine, aschenfarbene Zigarren. Jeder von ihnen hatte stets eine bleigraue Aktentasche bei sich. Auch Gigi Fremdenführer hatte nicht bemerkt, daß schon einige Male mehrere dieser grauen Herren die Gegend um das Amphitheater durchstreift und dabei allerlei in ihre Notizbüchlein geschrieben hatten.

Nur Momo hatte sie beobachtet, als eines Abends ihre dunklen Silhouetten auf dem obersten Rand der Ruine aufgetaucht waren. Sie hatten einander Zeichen gemacht und später die Köpfe zusammengesteckt, als ob sie sich berieten. Zu hören war nichts gewesen, aber Momo hatte es plötzlich auf eine Art gefroren, die sie noch nie empfunden hatte. Es nützte auch nichts, daß sie sich fester in ihre große Jacke wickelte, denn es war keine gewöhnliche Kälte.

Dann waren die grauen Herren wieder fortgegangen und seither nicht mehr erschienen.

An diesem Abend hatte Momo die leise und doch gewaltige Musik nicht hören können wie sonst. Aber am nächsten Tag war das Leben weitergegangen wie immer, und Momo machte sich keine Gedanken mehr über die seltsamen Besucher. Auch sie hatte sie vergessen.

Fünftes Kapitel
Geschichten für viele und Geschichten für eine

Nach und nach war Momo für Gigi Fremdenführer ganz unentbehrlich geworden. Er hatte, sofern man das von einem so unsteten leichtherzigen jungen Kerl überhaupt sagen kann, eine tiefe Liebe zu dem struppigen kleinen Mädchen gefaßt und hätte es am liebsten überallhin mitgeschleppt.

Geschichtenerzählen war, wie wir ja schon wissen, seine Leidenschaft. Und gerade in diesem Punkt war eine Veränderung mit ihm vorgegangen, die er selbst sehr deutlich fühlte. Früher waren seine Erzählungen manchmal etwas kümmerlich geraten, es war ihm einfach nichts Rechtes eingefallen, er hatte manches wiederholt oder auf irgendeinen Film, den er gesehen, oder eine Zeitungsgeschichte, die er gelesen hatte, zurückgegriffen. Seine Geschichten waren sozusagen zu Fuß gegangen, aber seit er Momo kannte, hatten sie plötzlich Flügel bekommen.

Besonders dann, wenn Momo dabei war und ihm zuhörte, blühte seine Phantasie auf wie eine Frühlingswiese. Kinder und Erwachsene drängten sich um ihn. Er konnte jetzt Geschichten erzählen, die sich in vielen Fortsetzungen durch Tage und Wochen zogen, und er war unerschöpflich an Einfällen. Übrigens hörte er sich selbst ebenso gespannt zu, denn er hatte keine Ahnung, wohin ihn seine Phantasie führen würde.

Als wieder einmal Reisende kamen, die das Amphitheater besichtigen wollten (Momo saß ein wenig abseits auf den steinernen Stufen), da begann er folgendermaßen: »Hochverehrte Damen und Herren! Wie Ihnen ja allen bekannt sein dürfte, führte die Kaiserin Strapazia Augustina unzählige Kriege, um ihr Reich gegen die ständigen Angriffe der Zittern und Zagen zu verteidigen.

Als sie diese Völker wieder einmal unterworfen hatte,

war sie so erzürnt über die unaufhörliche Belästigung, daß sie drohte, die Angreifer mit Mann und Maus auszurotten, es sei denn, deren König Xaxotraxolus überlasse ihr zur Strafe seinen Goldfisch.

Zu jener Zeit nämlich, meine Damen und Herren, waren Goldfische hierzulande noch unbekannt. Die Kaiserin Strapazia hatte jedoch von einem Reisenden erfahren, jener König Xaxotraxolus besitze einen kleinen Fisch, der sich, sobald er ausgewachsen sei, in pures Gold verwandeln würde. Und diese Rarität wollte die Kaiserin nun also unbedingt haben.

Der König Xaxotraxolus lachte sich ins Fäustchen. Seinen Goldfisch, den er tatsächlich besaß, versteckte er unter seinem Bett. Der Kaiserin aber ließ er statt dessen einen jungen Walfisch in einer juwelengeschmückten Suppenterrine überbringen.

Die Kaiserin war zwar etwas überrascht von der Größe des Tiers, denn sie hatte sich den Goldfisch kleiner vorgestellt. Aber, so sagte sie sich, je größer, desto besser, denn um so mehr Gold würde der Fisch ja schließlich liefern. Allerdings schimmerte dieser Goldfisch kein bißchen golden, und das beunruhigte sie. Aber der Abgesandte des Königs Xaxotraxolus erklärte ihr, erst wenn der Fisch ausgewachsen sei, würde er sich in Gold verwandeln, vorher nicht. Es sei deshalb unbedingt nötig, daß seine Entwicklung nicht gestört werde. Damit gab sich die Kaiserin Strapazia zufrieden.

Der junge Fisch wuchs nun von Tag zu Tag und verbrauchte Unmengen Futter. Aber die Kaiserin Strapazia war ja nicht arm, und der Fisch bekam so viel, wie er nur verdrücken konnte, und wurde dick und fett. Bald war die Suppenterrine für ihn zu klein.

›Je größer, desto besser‹, sagte die Kaiserin Strapazia und ließ ihn in ihre Badewanne umquartieren. Aber schon kurze Zeit später paßte er auch in die Badewanne nicht mehr hinein. Er wuchs und wuchs. Nun wurde er in das kaiserliche Schwimmbecken gebracht. Das war bereits ein ziemlich umständlicher Transport, denn der Fisch wog nun schon so viel wie ein Ochse. Einer der Sklaven, die ihn schleppen mußten, rutschte aus, und die Kaiserin ließ den Unglücklichen sofort den Löwen vorwerfen, denn der Fisch war nun ihr ein und alles.

Jeden Tag saß sie viele Stunden am Rand des Schwimmbeckens und sah ihm beim Wachsen zu. Sie dachte nur noch an das viele Gold, denn sie führte ja bekanntlich ein sehr luxuriöses Leben und konnte daher niemals genug Gold haben.

›Je größer, desto besser‹, murmelte sie immer wieder vor sich hin. Dieser Satz wurde zur allgemeinen Richtschnur erklärt und in ehernen Lettern auf alle staatlichen Gebäude geschrieben.

Zuletzt war dem Fisch aber auch das kaiserliche Schwimmbecken zu eng geworden. Da ließ Strapazia dieses Gebäude errichten, dessen Ruinen Sie hier vor sich sehen, meine Damen und Herren. Es war ein gewaltiges, kreisrundes Aquarium, bis zum obersten Rand mit Wasser gefüllt, und darin konnte der Fisch sich endlich so richtig ausstrekken. Nun saß die Kaiserin höchstpersönlich bei Tag und Nacht auf jener Stelle dort und beobachtete den Riesenfisch, ob er sich schon in Gold verwandle. Sie traute nämlich keinem mehr, weder ihren Sklaven noch ihren Verwandten, und hatte Angst, der Fisch könne ihr gestohlen werden. So saß sie also da, magerte vor Angst und Sorge mehr und mehr ab, tat kein Auge zu und bewachte den Fisch, der lustig herumplätscherte und nicht daran dachte, sich in Gold zu verwandeln. Und mehr und mehr vernachlässigte Strapazia ihre Regierungsgeschäfte.

Genau darauf hatten die Zittern und Zagen nur gewartet. Unter Führung ihres Königs Xaxotraxolus unternahmen sie einen letzten Kriegszug und eroberten im Handumdrehen das ganze Reich. Sie begegneten überhaupt keinem Soldaten mehr, und dem Volk war es sowieso gleich, wer es beherrschte.

Als die Kaiserin Strapazia schließlich von der Sache erfuhr, rief sie die bekannten Worte ›Weh mir! O daß ich doch . . .‹ Der Rest ist uns leider nicht überliefert. Sicher ist jedoch, daß sie sich in dieses Aquarium stürzte und neben dem Fisch, dem Grab all ihrer Hoffnungen, ertrank. König Xaxotraxolus ließ zur Feier seines Sieges den Walfisch schlachten, und acht Tage lang bekam das ganze Volk gebratenes Fischfilet. Sie sehen daraus, meine Damen und Herren, wohin die Leichtgläubigkeit führen kann!«

Mit diesen Worten schloß Gigi die Führung, und die Zuhörer waren sichtlich beeindruckt. Sie betrachteten die Ruine mit ehrfürchtigen Blicken. Nur einer von ihnen war mißtrauisch und fragte: »Und wann soll das alles gewesen sein?«

Aber Gigi war niemals um eine Antwort verlegen und sagte: »Die Kaiserin Strapazia war bekanntlich eine Zeitgenossin des berühmten Philosophen Noiosius, des Älteren.«

Der Zweifler mochte nun natürlich nicht zugeben, daß er keine Ahnung hatte, wann der berühmte Philosoph Noiosius, der Ältere, gelebt hatte, und sagte deshalb nur: »Aha, vielen Dank.«

Alle Zuhörer waren tief befriedigt und sagten, diese Besichtigung habe sich wirklich gelohnt, und so anschaulich und interessant hätte ihnen noch niemand jene alten Zeiten dargestellt. Dann hielt Gigi bescheiden seine Schirmmütze hin, und die Leute zeigten sich entsprechend freigebig. Sogar der Zweifler warf einige Münzen hinein. Übrigens erzählte Gigi, seit Momo da war, nie mehr dieselbe Geschichte zweimal. Das wäre ihm viel zu langweilig gewesen. Wenn Momo unter den Zuhörern war, dann kam es ihm vor, als sei eine Schleuse in seinem Inneren geöffnet, und immer neue Erfindungen strömten und sprudelten hervor, ohne daß er überhaupt nachdenken mußte.

Im Gegenteil, er mußte oft sogar versuchen, sich zu bremsen, um nicht wieder zu weit zu gehen wie jenes eine Mal, als die beiden vornehmen, älteren Damen aus Amerika seine Dienste angenommen hatten. Denen hatte er nämlich keinen schlechten Schrecken eingejagt, als er ihnen folgendes erzählte:

»Selbstverständlich ist es sogar bei Ihnen im schönen, freien Amerika bekannt, meine hochverehrten Damen, daß der überaus grausame Tyrann Marxentius Communus, genannt der Rote, den Plan gefaßt hatte, die gesamte damalige Welt nach seinen Vorstellungen zu ändern. Aber was er auch tat, es zeigte sich, daß die Menschen trotz allem so ziemlich die gleichen blieben und sich einfach nicht ändern ließen. Da verfiel Marxentius Communus auf seine alten Tage in Wahnsinn. Damals gab es ja, wie Sie natürlich wissen, meine Damen, noch keine Seelenärzte, die solche Erkrankungen heilen konnten. So mußte man den Tyrannen eben rasen lassen, wie er wollte. In seinem Wahn verfiel Marxentius Communus nun auf die Idee, die bestehende Welt hinfort sich selbst zu überlassen und lieber eine vollkommen nagelneue Welt zu bauen.

Er befahl also, einen Globus herzustellen, der genauso groß sein sollte wie die alte Erde und auf dem alles, jedes Haus und jeder Baum und alle Berge, Meere und Gewässer ganz naturgetreu dargestellt sein müßten. Die gesamte damalige Menschheit wurde unter Androhung der Todesstrafe gezwungen, an dem ungeheuren Werk mitzuarbeiten.

Zuerst baute man einen Sockel, auf dem dieser Riesenglobus stehen sollte. Und die Ruine dieses Sockels sehen Sie hier vor sich.

Danach ging man daran, den Globus selbst zu bauen, eine riesenhafte Kugel, ebensogroß wie die Erde. Und als diese Kugel schließlich fertig war, wurde auf ihr sorgfältig alles nachgebildet, was sich auf der Erde befand.

Natürlich brauchte man sehr viel Material für diesen Globus, und dieses Material konnte man ja nirgends anders hernehmen als von der Erde selbst. So wurde eben langsam die Erde immer kleiner, während der Globus immer mehr wuchs.

Und als die neue Welt schließlich fertig war, hatte man dazu haargenau das letzte Steinchen, das von der alten Erde noch übriggeblieben war, wegnehmen müssen. Und natürlich waren auch alle Menschen auf den neuen Globus umgezogen, denn der alte war ja verbraucht. Als Marxentius Communus erkennen mußte, daß nun trotz allem eigentlich alles beim alten geblieben war, hüllte er sein Haupt in die Toga und ging davon. Wohin, hat man niemals erfahren.

Sehen Sie, meine Damen, diese trichterförmige Höhlung, welche die Ruine hier noch heute erkennen läßt, war früher das Fundament, das auf der Oberfläche der alten Erde ruhte. Sie müssen sich also das Ganze umgekehrt vorstellen.«

Die beiden feinen älteren Damen aus Amerika erbleichten, und eine fragte: »Und wo ist der Globus geblieben?«

»Aber Sie stehen doch darauf!« antwortete Gigi. »Die heutige Welt, meine Damen, *ist* ja der neue Globus.«

Da schrien die beiden feinen älteren Damen entsetzt auf und ergriffen die Flucht. Gigi hielt vergebens seine Schirmmütze hin. – Am allerliebsten aber erzählte Gigi der kleinen Momo allein, wenn niemand sonst zuhörte. Meistens waren es Märchen, denn die wollte Momo am liebsten hören, und es waren fast immer solche, die von Gigi und Momo selbst handelten. Und sie waren auch nur für sie beide bestimmt und hörten sich ganz anders an als alles, was Gigi sonst erzählte.

An einem schönen, warmen Abend saßen die beiden still nebeneinander auf dem obersten Rand der steinernen Stufen. Am Himmel funkelten bereits die ersten Sterne, und der Mond stieg groß und silbern über den schwarzen Umrissen der Pinien empor.

»Erzählst du mir ein Märchen?« bat Momo leise.

»Gut«, sagte Gigi, »von wem soll es handeln?«

»Von Momo und Girolamo am liebsten«, antwortete Momo.

Gigi überlegte ein wenig und fragte dann: »Und wie soll es heißen?«

»Vielleicht – das Märchen vom Zauberspiegel?«

Gigi nickte nachdenklich. »Das hört sich gut an. Wir wollen sehen, wie es geht.«

Er legte Momo einen Arm um die Schulter und fing an: »Es war einmal eine schöne Prinzessin mit Namen Momo, die ging in Samt und Seide und wohnte hoch über der Welt auf einem schneebedeckten Berggipfel in einem Schloß aus buntem Glas.

Sie hatte alles, was man sich nur wünschen kann, sie aß nur die feinsten Speisen und trank nur den süßesten Wein. Sie schlief auf seidenen Kissen und saß auf Stühlen aus Elfenbein. Sie hatte alles – aber sie war ganz allein.

Alles um sie herum, ihre Dienerschaft, ihre Kammerfrauen, ihre Hunde und Katzen und Vögel und sogar ihre Blumen, alles das waren nur Spiegelbilder.

Prinzessin Momo hatte nämlich einen Zauberspiegel, der war groß und rund und aus feinstem Silber. Den schickte sie jeden Tag und jede Nacht in die Welt hinaus. Und der große Spiegel schwebte dahin über Länder und Meere, über Städte und Felder. Die Leute, die ihn sahen, wunderten sich kein bißchen darüber, sie sagten einfach: ›Das ist der Mond.‹

Und jedesmal, wenn der Zauberspiegel zurückkam, dann schüttete er vor der Prinzessin alle Spiegelbilder aus, die er auf seiner Reise aufgefangen hatte. Es waren schöne und häßliche, interessante und langweilige, wie es eben gerade kam. Die Prinzessin suchte sich diejenigen aus, die ihr gefielen, und die anderen warf sie einfach in einen Bach. Und viel schneller, als du denken kannst, huschten die freigelassenen Spiegelbilder zurück durch die Gewässer der Erde zu ihren Eigentümern. Daher kommt es, daß einem das eigene Spiegelbild entgegenblickt, sooft man sich über einen Brunnen oder eine Pfütze beugt.

Nun habe ich noch vergessen zu sagen, daß Prinzessin Momo unsterblich war. Sie hatte nämlich noch nie sich selbst in dem Zauberspiegel gesehen. Denn wer sein eigenes Spiegelbild darin erblickte, der wurde davon sterblich. Das wußte Prinzessin Momo sehr wohl, und deshalb tat sie es nicht.

So lebte sie also mit all ihren vielen Spiegelbildern, spielte mit ihnen und war soweit ganz zufrieden.

Eines Tages geschah es jedoch, daß der Zauberspiegel ihr ein Bild mitbrachte, das ihr mehr bedeutete als alle anderen. Es war das Spiegelbild eines jungen Prinzen. Als sie es erblickt hatte, bekam sie so große Sehnsucht nach ihm, daß sie unbedingt zu ihm wollte. Aber wie sollte sie das anfangen? Sie wußte ja weder, wo er wohnte, noch wer er war, und sie kannte noch nicht einmal seinen Namen.

Da sie sich keinen anderen Rat wußte, beschloß sie, nun doch in den Zauberspiegel zu blicken. Denn sie dachte: Vielleicht kann der Spiegel mein Bild zu dem Prinzen bringen. Vielleicht blickt der gerade zufällig in die Höhe, wenn der Spiegel am Himmel dahinschwebt, und dann sieht er mein Bild. Vielleicht folgt er dem Spiegel auf seinem Weg und findet mich hier.

Nun schaute sie also lange in den Zauberspiegel und schickte ihn mit ihrem Bild über die Welt. Aber dadurch war sie nun natürlich sterblich geworden.

Du wirst gleich hören, wie es ihr weitererging, jetzt muß ich dir aber zuerst von dem Prinzen erzählen.

Dieser Prinz hieß Girolamo und herrschte über ein großes Reich, das er sich selbst erschaffen hatte. Und wo war dieses Reich? Es war nicht im Gestern und es war nicht im Heute, sondern es lag immer einen Tag in der Zukunft. Und darum hieß es das Morgen-Land. Und alle Leute, die dort wohnten, liebten und bewunderten den Prinzen. Eines Tages nun sagten die Minister zu dem Prinzen des Morgen-Landes: ›Majestät, Ihr müßt heiraten, denn das gehört sich so.‹

Prinz Girolamo hatte nichts dagegen einzuwenden, und so wurden die schönsten jungen Damen des Morgen-Landes in den Palast gebracht, damit er sich eine aussuchen konnte. Sie alle hatten sich so schön gemacht, wie sie nur konnten, denn jede wollte ihn natürlich haben.

Unter den Mädchen hatte sich aber auch eine böse Fee in den Palast geschlichen, die hatte kein rotes, warmes Blut in den Adern, sondern grünes und kaltes. Das sah man ihr freilich nicht an, denn sie hatte sich außerordentlich kunstvoll geschminkt.

Als nun der Prinz des Morgen-Landes in den großen goldenen Thronsaal trat, um seine Wahl zu treffen, da flüsterte sie rasch einen Zauberspruch, und nun sah der arme Girolamo nur noch sie und sonst keine. Und sie kam ihm so wunderschön vor, daß er sie auf der Stelle fragte, ob sie seine Frau werden wolle.

›Gern‹, zischelte die böse Fee, ›aber ich habe eine Bedingung.‹

›Ich werde sie erfüllen‹, versetzte Prinz Girolamo unbedacht.

›Gut‹, antwortete die böse Fee und lächelte so süß, daß dem unglückseligen Prinzen ganz schwindelig wurde, ›du darfst ein Jahr lang nicht zu dem schwebenden Silberspiegel hinaufschauen. Tust du es aber doch, so mußt du auf der Stelle alles vergessen, was dein ist. Du mußt vergessen, wer du in Wirklichkeit bist, und du mußt ins Heute-Land, wo niemand dich kennt, und dort mußt du als ein armer unbekannter Schlucker leben. Bist du damit einverstanden?‹

›Wenn es nur das ist!‹ rief Prinz Girolamo, ›die Bedingung ist leicht!‹

Was war nun inzwischen mit Prinzessin Momo geschehen?

Sie hatte gewartet und gewartet, aber der Prinz war nicht gekommen. Da beschloß sie, selbst in die Welt hinauszugehen und ihn zu suchen. Sie gab allen Spiegelbildern, die um sie waren, ihre Freiheit wieder. Dann ging sie ganz allein auf ihren zarten Pantöffelchen aus ihrem Schloß aus buntem Glas durch die schneebedeckten Berge in die Welt hinunter. Sie lief durch aller Herren Länder, bis sie in das Heute-Land kam. Da waren ihre Pantöffelchen durchgelaufen, und sie mußte barfuß gehen. Aber der Zauberspiegel mit ihrem Bild darin schwebte weiter hoch über der Welt dahin.

Eines Nachts saß Prinz Girolamo auf dem Dach seines goldenen Palastes und spielte Dame mit der Fee, die grünes, kaltes Blut hatte. Da fiel plötzlich ein winziges Tröpfchen auf des Prinzen Hand.

›Es beginnt zu regnen‹, sagte die Fee mit dem grünen Blut.

›Nein‹, antwortete der Prinz, ›das kann nicht sein, denn es ist keine Wolke am Himmel.‹

Und er blickte hinauf und schaute mitten in den großen, silbernen Zauberspiegel, der dort oben schwebte. Da sah er das Bild der Prinzessin Momo und bemerkte, daß sie weinte und daß eine ihrer Tränen auf seine Hand gefallen war. Und im gleichen Augenblick erkannte er, daß die Fee ihn getäuscht hatte, daß sie nicht wirklich schön war und nur grünes, kaltes Blut in ihren Adern hatte. Prinzessin Momo war es, die er in Wirklichkeit liebte.

›Nun hast du dein Versprechen gebrochen‹, sagte die grüne Fee, und ihr Gesicht verzerrte sich, daß es dem einer Schlange glich, ›und nun mußt du mir bezahlen!‹

Mit ihren grünen langen Fingern griff sie Prinz Girolamo, der wie erstarrt sitzen bleiben mußte, in die Brust und machte einen Knoten in sein Herz. Und im gleichen Augenblick vergaß er, daß er der Prinz des Morgen-Landes war. Er ging aus seinem Schloß und seinem Reich wie ein Dieb in der Nacht. Und er wanderte weit über die Welt, bis er ins Heute-Land kam, dort lebte er fortan als ein armer, unbekannter Taugenichts und nannte sich nur noch Gigi. Das einzige, was er mitgenommen hatte, war das Bild aus dem Zauberspiegel. Der war von da an leer.

Inzwischen waren auch Prinzessin Momos Kleider aus Samt und Seide ganz zerrissen. Sie trug jetzt eine alte, viel zu große Männerjacke und einen Rock aus bunten Flicken. Und sie wohnte in einer alten Ruine. Hier begegneten sich die beiden eines schönen Tages. Aber Prinzessin Momo erkannte den Prinzen aus dem Morgen-Land nicht, denn er war ja nun ein armer Schlucker. Und auch Gigi erkannte die Prinzessin nicht, denn wie eine Prinzessin sah sie eigentlich nicht mehr aus. Aber in ihrem gemeinsamen Unglück freundeten sich die beiden miteinander an und trösteten sich gegenseitig.

Eines Abends, als wieder der silberne Zauberspiegel, der

nun leer war, am Himmel dahinschwebte, holte Gigi das Spiegelbild hervor und zeigte es Momo. Es war schon sehr zerknittert und verwischt, aber die Prinzessin erkannte doch sofort, daß es ihr eigenes Bild war, das sie damals ausgeschickt hatte. Und nun erkannte sie auch unter der Maske des armen Schluckers Gigi den Prinzen Girolamo, den sie immer gesucht hatte und für den sie sterblich geworden war. Und sie erzählte ihm alles.

Aber Gigi schüttelte traurig den Kopf und sagte: ›Ich kann nichts von dem verstehen, was du sagst, denn in meinem Herzen ist ein Knoten, und deshalb kann ich mich an nichts erinnern.‹

Da griff Prinzessin Momo in seine Brust und löste ganz leicht den Knoten seines Herzens auf. Und nun wußte Prinz Girolamo plötzlich wieder, wer er war und wo er hingehörte. Er nahm die Prinzessin bei der Hand und ging mit ihr weit fort – in die Ferne, wo das Morgen-Land liegt.«

Nachdem Gigi geendet hatte, schwiegen sie beide ein Weilchen, dann fragte Momo: »Und sind sie später Mann und Frau geworden?«

»Ich glaube schon«, sagte Gigi, »– später.«

»Und sind sie inzwischen gestorben?«

»Nein«, sagte Gigi bestimmt, »das weiß ich zufällig genau. Der Zauberspiegel macht einen nur sterblich, wenn

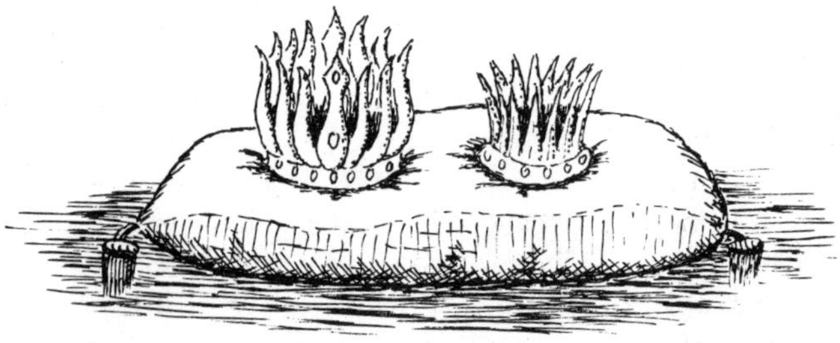

man allein hineinblickte. Schaute man aber zu zweit hinein, dann wurde man wieder unsterblich. Und das haben die beiden getan.«

Groß und silbern stand der Mond über den schwarzen Pinien und ließ die alten Steine der Ruine geheimnisvoll glänzen. Momo und Gigi saßen still nebeneinander und blickten lange zu ihm hinauf, und sie fühlten ganz deutlich, daß sie für die Dauer dieses Augenblicks beide unsterblich waren.

Zweiter Teil
Die grauen Herren

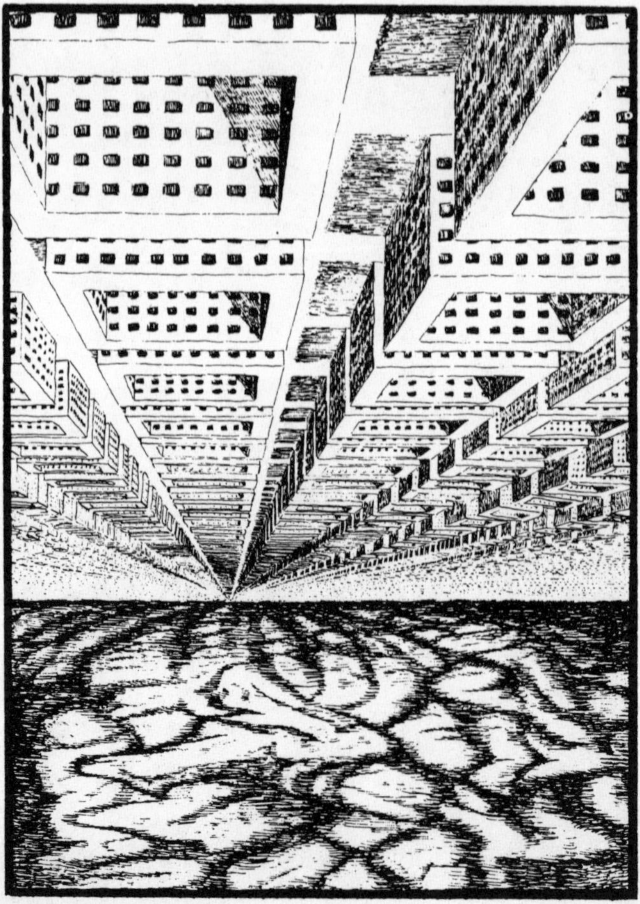

Sechstes Kapitel
Die Rechnung ist falsch und geht doch auf

Es gibt ein großes und doch ganz alltägliches Geheimnis. Alle Menschen haben daran teil, jeder kennt es, aber die wenigsten denken je darüber nach. Die meisten Leute nehmen es einfach so hin und wundern sich kein bißchen darüber. Dieses Geheimnis ist die Zeit.

Es gibt Kalender und Uhren, um sie zu messen, aber das will wenig besagen, denn jeder weiß, daß einem eine einzige Stunde wie eine Ewigkeit vorkommen kann, mitunter kann sie aber auch wie ein Augenblick vergehen – je nachdem, was man in dieser Stunde erlebt.

Denn Zeit ist Leben. Und das Leben wohnt im Herzen.

Und genau das wußte niemand besser als die grauen Herren. Niemand kannte den Wert einer Stunde, einer Minute, ja einer einzigen Sekunde Leben so wie sie. Freilich verstanden sie sich auf ihre Weise darauf, so wie Blutegel sich aufs Blut verstehen, und auf ihre Weise handelten sie danach.

Sie hatten ihre Pläne mit der Zeit der Menschen. Es waren weitgesteckte und sorgfältig vorbereitete Pläne.

Das Wichtigste war ihnen, daß niemand auf ihre Tätigkeit aufmerksam wurde. Unauffällig hatten sie sich im Leben der großen Stadt und ihrer Bewohner festgesetzt. Und Schritt für Schritt, ohne daß jemand es bemerkte, drangen sie täglich weiter vor und ergriffen Besitz von den Menschen.

Sie kannten jeden, der für ihre Absichten in Frage kam, schon lange bevor der Betreffende selbst etwas davon ahnte. Sie warteten nur den richtigen Augenblick ab, in dem sie ihn fassen konnten. Und sie taten das ihre dazu, daß dieser Augenblick eintrat.

Da war zum Beispiel der Herr Fusi, der Friseur. Er war zwar kein berühmter Haarkünstler, aber er war in seiner Straße gut angesehen. Er war nicht arm und nicht reich.

Sein Laden, der mitten in der Stadt lag, war klein, und er beschäftigte einen Lehrjungen.

Eines Tages stand Herr Fusi in der Tür seines Ladens und wartete auf Kundschaft. Der Lehrjunge hatte frei, und Herr Fusi war allein. Er sah zu, wie der Regen auf die Straße platschte, es war ein grauer Tag, und auch in Herrn Fusis Seele war trübes Wetter.

»Mein Leben geht so dahin«, dachte er, »mit Scherengeklapper und Geschwätz und Seifenschaum. Was habe ich eigentlich von meinem Dasein? Und wenn ich einmal tot bin, wird es sein, als hätte es mich nie gegeben.«

Es war nun durchaus nicht so, daß Herr Fusi etwas gegen ein Schwätzchen hatte. Er liebte es sogar sehr, den Kunden weitläufig seine Ansichten auseinanderzusetzen und von ihnen zu hören, was sie darüber dachten. Auch gegen Scherengeklapper und Seifenschaum hatte er nichts. Seine Arbeit bereitete ihm ausgesprochenes Vergnügen, und er wußte, daß er sie gut machte. Besonders beim Rasieren unter dem Kinn gegen den Strich war ihm so leicht keiner über. Aber es gibt eben manchmal Augenblicke, in denen das alles kein Gewicht hat. Das geht jedem so.

»Mein ganzes Leben ist verfehlt«, dachte Herr Fusi. »Wer bin ich schon? Ein kleiner Friseur, das ist nun aus mir geworden. Wenn ich das richtige Leben führen könnte, dann wäre ich ein ganz anderer Mensch!«

Wie dieses richtige Leben allerdings beschaffen sein sollte, war Herrn Fusi nicht klar. Er stellte sich nur irgend etwas Bedeutendes vor, etwas Luxuriöses, etwas, wie man es immer in den Illustrierten sah.

»Aber«, dachte er mißmutig, »für so etwas läßt mir meine Arbeit keine Zeit. Denn für das richtige Leben muß man Zeit haben. Man muß frei sein. Ich aber bleibe mein Leben lang ein Gefangener von Scherengeklapper, Geschwätz und Seifenschaum.«

In diesem Augenblick fuhr ein feines, aschengraues Auto vor und hielt genau vor Herrn Fusis Friseurgeschäft. Ein grauer Herr stieg aus und betrat den Laden. Er stellte seine bleigraue Aktentasche auf den Tisch vor dem Spiegel, hängte seinen runden steifen Hut an den Kleiderhaken, setzte sich auf den Rasierstuhl, nahm sein Notizbüchlein aus der Tasche und begann darin zu blättern, während er an seiner kleinen grauen Zigarre paffte.

Herr Fusi schloß die Ladentür, denn es war ihm, als würde es plötzlich ungewöhnlich kalt in dem kleinen Raum.

»Womit kann ich dienen?« fragte er verwirrt, »Rasieren oder Haare schneiden?« und verwünschte sich im gleichen Augenblick wegen seiner Taktlosigkeit, denn der Herr hatte eine spiegelnde Glatze.

»Keines von beiden«, sagte der graue Herr, ohne zu lächeln, mit einer seltsam tonlosen, sozusagen aschengrauen Stimme. »Ich komme von der Zeit-Spar-Kasse. Ich bin Agent Nr. XYQ/384/b. Wir wissen, daß Sie ein Sparkonto bei uns eröffnen wollen.«

»Das ist mir neu«, erklärte Herr Fusi noch verwirrter. »Offengestanden, ich wußte bisher nicht einmal, daß es ein solches Institut überhaupt gibt.«

»Nun, jetzt wissen Sie es«, antwortete der Agent knapp. Er blätterte in seinem Notizbüchlein und fuhr fort: »Sie sind doch Herr Fusi, der Friseur?«

»Ganz recht, der bin ich«, versetzte Herr Fusi.

»Dann bin ich an der rechten Stelle«, meinte der graue Herr und klappte das Büchlein zu. »Sie sind Anwärter bei uns.«

»Wie das?« fragte Herr Fusi, noch immer erstaunt.

»Sehen Sie, lieber Herr Fusi«, sagte der Agent, »Sie vergeuden Ihr Leben mit Scherengeklapper, Geschwätz und Seifenschaum. Wenn Sie einmal tot sind, wird es sein, als hätte es Sie nie gegeben. Wenn Sie Zeit hätten, das richtige Leben zu führen, wie Sie das wünschen, dann wären Sie ein ganz anderer Mensch. Alles, was Sie also benötigen, ist Zeit. Habe ich recht?«

»Darüber habe ich eben nachgedacht«, murmelte Herr Fusi und fröstelte, denn trotz der geschlossenen Tür wurde es immer kälter.

»Na, sehen Sie!« erwiderte der graue Herr und zog zufrieden an seiner kleinen Zigarre. »Aber woher nimmt man Zeit? Man muß sie eben ersparen! Sie, Herr Fusi, vergeuden Ihre Zeit auf ganz verantwortungslose Weise. Ich will es Ihnen durch eine kleine Rechnung beweisen. Eine Minute hat sechzig Sekunden. Und eine Stunde hat sechzig Minuten. Können Sie mir folgen?«

»Gewiß«, sagte Herr Fusi.

Der Agent Nr. XYQ/384/b begann die Zahlen mit einem grauen Stift auf den Spiegel zu schreiben.

»Sechzig mal sechzig ist dreitausendsechshundert. Also hat eine Stunde dreitausendsechshundert Sekunden.

Ein Tag hat vierundzwanzig Stunden, also dreitausendsechshundert mal vierundzwanzig, das macht sechsundachtzigtausendvierhundert Sekunden pro Tag.

Ein Jahr hat aber, wie bekannt, dreihundertfünfundsechzig Tage. Das macht mithin einunddreißigmillionenfünfhundertundsechsunddreißigtausend Sekunden pro Jahr.

Oder dreihundertfünfzehnmillionendreihundertundsechzigtausend Sekunden in zehn Jahren.

Wie lange, Herr Fusi, schätzen Sie die Dauer Ihres Lebens?«

»Nun«, stotterte Herr Fusi verwirrt, »ich hoffe so siebzig, achtzig Jahre alt zu werden, so Gott will.«

»Gut«, fuhr der graue Herr fort, »nehmen wir vorsichtshalber einmal nur siebzig Jahre an.

Das wäre also dreihundertfünfzehnmillionendreihundertsechzigtausend mal sieben. Das ergibt zweimilliardenzweihundertsiebenmillionenfünfhundertzwanzigtausend Sekunden.«

Und er schrieb diese Zahl groß an den Spiegel:

2 207 520 000 Sekunden

Dann unterstrich er sie mehrmals und erklärte: »Dies also, Herr Fusi, ist das Vermögen, welches Ihnen zur Verfügung steht.«

Herr Fusi schluckte und fuhr sich mit der Hand über die Stirn. Die Summe machte ihn schwindelig. Er hätte nie gedacht, daß er so reich sei.

»Ja«, sagte der Agent nickend und zog wieder an seiner kleinen grauen Zigarre, »es ist eine eindrucksvolle Zahl, nicht wahr? Aber nun wollen wir weitersehen. Wie alt sind Sie, Herr Fusi?«

»Zweiundvierzig«, stammelte der und fühlte sich plötzlich schuldbewußt, als habe er eine Unterschlagung begangen.

»Wie lange schlafen Sie durchschnittlich pro Nacht?« forschte der graue Herr weiter.

»Acht Stunden etwa«, gestand Herr Fusi.

Der Agent rechnete blitzgeschwind. Der Stift kreischte über das Spiegelglas, daß sich Herrn Fusi die Haut kräuselte.

»Zweiundvierzig Jahre – täglich acht Stunden – das macht also bereits vierhunderteinundvierzigmillionenfünfhundertundviertausend. Diese Summe dürfen wir wohl mit gutem Recht als verloren betrachten. Wieviel Zeit müssen Sie täglich der Arbeit opfern, Herr Fusi?«

»Auch acht Stunden, so ungefähr«, gab Herr Fusi kleinlaut zu.

»Dann müssen wir also noch einmal die gleiche Summe auf das Minuskonto verbuchen«, fuhr der Agent unerbittlich fort. »Nun kommt Ihnen aber auch noch eine gewisse Zeit abhanden durch die Notwendigkeit, sich zu ernähren. Wieviel Zeit benötigen Sie insgesamt für alle Mahlzeiten des Tages?«

»Ich weiß nicht genau«, meinte Herr Fusi ängstlich, »vielleicht zwei Stunden?«

»Das scheint mir zu wenig«, sagte der Agent, »aber nehmen wir es einmal an, dann ergibt es in zweiundvierzig Jahren den Betrag von hundertzehnmillionendreihundertsechsundsiebzigtausend. Fahren wir fort! Sie leben allein mit Ihrer alten Mutter, wie wir wissen. Täglich widmen Sie der alten Frau eine volle Stunde, das heißt, Sie sitzen bei ihr und sprechen mit ihr, obgleich sie taub ist und sie kaum noch hört. Es ist also hinausgeworfene Zeit: macht fünfundfünfzigmillioneneinhundertachtundachtzigtausend. Ferner haben Sie überflüssigerweise einen Wellensittich, dessen Pflege Sie täglich eine Viertelstunde kostet, das bedeutet umgerechnet dreizehnmillionensiebenhundertsiebenundneunzigtausend.«

»Aber ...«, warf Herr Fusi flehend ein.

»Unterbrechen Sie mich nicht!« herrschte ihn der Agent an, der immer schneller und schneller rechnete. »Da Ihre Mutter ja behindert ist, müssen Sie, Herr Fusi, einen Teil der Hausarbeit selbst machen. Sie müssen einkaufen gehen, Schuhe putzen und dergleichen lästige Dinge mehr. Wieviel Zeit kostet Sie das täglich?«

»Vielleicht eine Stunde, aber ...«

»Macht weitere fünfundfünfzigmillioneneinhundertachtundachtzigtausend, die Sie verlieren, Herr Fusi. Wir wissen ferner, daß Sie einmal wöchentlich ins Kino gehen, einmal wöchentlich in einem Gesangverein mitwirken, einen Stammtisch haben, den Sie zweimal in der Woche besuchen, und sich an den übrigen Tagen abends mit Freunden treffen oder manchmal sogar ein Buch lesen. Kurz, Sie schlagen Ihre Zeit mit nutzlosen Dingen tot, und zwar etwa drei Stunden täglich, das macht einhundertfünfundsechzigmillionenfünfhundertvierundsechzigtausend. – Ist Ihnen nicht gut, Herr Fusi?«

»Nein«, antwortete Herr Fusi, »entschuldigen Sie bitte ...«

»Wir sind gleich zu Ende«, sagte der graue Herr. »Aber wir müssen noch auf ein besonderes Kapitel Ihres Lebens zu sprechen kommen. Sie haben da nämlich dieses kleine Geheimnis, Sie wissen schon.«

Herr Fusi begann mit den Zähnen zu klappern, so kalt war ihm geworden.

»Das wissen Sie auch?« murmelte er kraftlos. »Ich dachte, außer mir und Fräulein Daria ...«

»In unserer modernen Welt«, unterbrach ihn der Agent Nr. XYQ/384/b, »haben Geheimnisse nichts mehr verloren. Betrachten Sie die Dinge einmal sachlich und realistisch, Herr Fusi. Beantworten Sie mir eine Frage: Wollen Sie Fräulein Daria heiraten?«

»Nein«, sagte Herr Fusi, »das geht doch nicht ...«

»Ganz recht«, fuhr der graue Herr fort, »denn Fräulein Daria wird ihr Leben lang an den Rollstuhl gefesselt bleiben, weil ihre Beine verkrüppelt sind. Trotzdem besuchen Sie sie täglich eine halbe Stunde, um ihr eine Blume zu bringen. Wozu?«

»Sie freut sich doch immer so«, antwortete Herr Fusi, den Tränen nah.

»Aber nüchtern betrachtet«, versetzte der Agent, »ist sie für Sie, Herr Fusi, verlorene Zeit. Und zwar insgesamt bereits siebenundzwanzigmillionenfünfhundertvierundneunzigtausend Sekunden. Und wenn wir nun dazurechnen, daß Sie die Gewohnheit haben, jeden Abend vor dem Schlafengehen eine Viertelstunde am Fenster zu sitzen und über den vergangenen Tag nachzudenken, dann bekommen wir nochmals eine abzuschreibende Summe von dreizehnmillionensiebenhundertsiebenundneunzigtausend. Nun wollen wir einmal sehen, was Ihnen eigentlich übrigbleibt, Herr Fusi.«

Auf dem Spiegel stand nun folgende Rechnung:

Schlaf	441 504 000	Sekunden
Arbeit	441 504 000	„
Nahrung	110 376 000	„
Mutter	55 188 000	„
Wellensittich	13 797 000	„
Einkauf usw.	55 188 000	„
Freunde, Singen usw.	165 564 000	„
Geheimnis	27 594 000	„
Fenster	13 797 000	„
Zusammen:	1 324 512 000	Sekunden

»Diese Summe«, sagte der graue Herr und tippte mit dem Stift mehrmals so hart gegen den Spiegel, daß es wie Revolverschüsse klang, »diese Summe also ist die Zeit, die Sie bis jetzt bereits verloren haben. Was sagen Sie dazu, Herr Fusi?«

Herr Fusi sagte gar nichts. Er setzte sich auf einen Stuhl in der Ecke und wischte sich mit dem Taschentuch die Stirn, denn trotz der eisigen Kälte brach ihm der Schweiß aus.

Der graue Herr nickte ernst.

»Ja, Sie sehen ganz recht«, sagte er, »es ist bereits mehr als die Hälfte Ihres ursprünglichen Gesamtvermögens, Herr Fusi. Aber nun wollen wir einmal sehen, was Ihnen von Ihren zweiundvierzig Jahren eigentlich geblieben ist. Ein Jahr, das sind einunddreißigmillionenfünfhundertsechsunddreißigtausend Sekunden, wie Sie wissen. Und das mal zweiundvierzig genommen macht einemilliardedreihundertvierundzwanzigmillionenfünfhundertundzwölftausend.«

Er schrieb die Zahl unter die Summe der verloren Zeit:

1 324 512 000	Sekunden
− 1 324 512 000	„
0 000 000 000	Sekunden

Er steckte seinen Stift ein und machte eine längere Pause, um den Anblick der vielen Nullen auf Herrn Fusi wirken zu lassen.

Und er tat seine Wirkung.

»Das«, dachte Herr Fusi zerschmettert, »ist also die Bilanz meines ganzen bisherigen Lebens.«

Er war so beeindruckt von der Rechnung, die so haargenau aufging, daß er alles widerspruchslos hinnahm. Und die Rechnung selbst stimmte. Das war einer der Tricks, mit denen die grauen Herren die Menschen bei tausend Gelegenheiten betrogen.

»Finden Sie nicht«, ergriff nun der Agent Nr. XYQ/384/b in sanftem Ton wieder das Wort, »daß Sie so nicht weiterwirtschaften können, Herr Fusi? Wollen Sie nicht lieber zu sparen anfangen?«

Herr Fusi nickte stumm und mit blaugefrorenen Lippen.

»Hätten Sie beispielsweise«, klang die aschenfarbene Stimme des Agenten an Herrn Fusis Ohr, »schon vor zwanzig Jahren angefangen, täglich nur eine einzige Stunde einzusparen, dann besäßen Sie jetzt ein Guthaben von sechsundzwanzigmillionenzweihundertundachtzigtausend Sekunden. Bei zwei Stunden täglich ersparter Zeit wäre es natürlich das Doppelte, also zweiundfünfzigmillionenfünfhundertundsechzigtausend. Und ich bitte Sie, Herr Fusi, was sind schon zwei lumpige kleine Stunden angesichts einer solchen Summe?«

»Nichts!« rief Herr Fusi, »eine lächerliche Kleinigkeit!«

»Es freut mich, daß Sie das einsehen«, fuhr der Agent gleichmütig fort. »Und wenn wir nun noch ausrechnen, was Sie unter denselben Bedingungen in weiteren zwanzig Jahren erspart haben würden, so kämen wir auf die stolze Summe von einhundertfünfmillioneneinhundertundzwanzigtausend Sekunden. Dieses ganze Kapital stünde Ihnen in Ihrem zweiundsechzigsten Lebensjahr zur freien Verfügung.«

»Großartig!« stammelte Herr Fusi und riß die Augen auf.

»Warten Sie ab«, fuhr der graue Herr fort, »denn es kommt noch viel besser. Wir, das heißt die Zeit-Spar-Kasse, bewahren nämlich die eingesparte Zeit nicht nur für Sie auf, sondern wir zahlen Ihnen auch noch Zinsen dafür. Das heißt, Sie hätten in Wirklichkeit noch viel mehr.«

»Wieviel mehr?« fragte Herr Fusi atemlos.

»Das läge ganz bei Ihnen«, erklärte der Agent, »je nachdem, wieviel Sie eben einsparen würden und wie lange Sie das Ersparte bei uns liegen lassen.«

»Liegen lassen?« erkundigte sich Herr Fusi, »was heißt das?«

»Nun, ganz einfach«, meinte der graue Herr. »Wenn Sie Ihre ersparte Zeit nicht vor fünf Jahren von uns zurückverlangen, dann bezahlen wir Ihnen noch einmal dieselbe Summe dazu. Ihr Vermögen verdoppelt sich alle fünf Jahre, verstehen Sie? Nach zehn Jahren wäre es bereits das Vierfache der ursprünglichen Summe, nach fünfzehn Jahren das Achtfache und so weiter. Wenn Sie vor zwanzig Jahren angefangen hätten, täglich nur zwei Stunden einzusparen, dann stünde für Sie in Ihrem zweiundsechzigsten Lebensjahr, also nach vierzig Jahren insgesamt, das Zweihundertsechsundfünfzigfache der bis dahin von Ihnen ersparten Zeit zur Verfügung. Das wären sechsundzwanzigmilliardenneunhundertundzehnmillionensiebenhundertundzwanzigtausend.«

Und er nahm noch einmal seinen grauen Stift heraus und schrieb auch diese Zahl an den Spiegel:

26910720000 Sekunden

»Sie sehen selbst, Herr Fusi«, sagte er dann und lächelte zum ersten Mal dünn, »es wäre mehr als das Zehnfache ihrer ursprünglichen gesamten Lebenszeit. Und das bei nur zwei ersparten Stunden täglich. Bedenken Sie, ob dies nicht ein lohnendes Angebot ist.«

»Das ist es!« sagte Herr Fusi erschöpft. »Das ist es ganz ohne Zweifel! Ich bin ein Unglücksrabe, daß ich nicht schon längst angefangen habe, zu sparen. Jetzt erst sehe ich es völlig ein, und ich muß gestehen – ich bin verzweifelt!«

»Dazu«, erwiderte der graue Herr sanft, »besteht durchaus kein Grund. Es ist niemals zu spät. Wenn Sie wollen, können Sie noch heute anfangen. Sie werden sehen, es lohnt sich.«

»Und ob ich will!« rief Herr Fusi. »Was muß ich tun?«

»Aber, mein Bester«, antwortete der Agent und zog die Augenbrauen hoch, »Sie werden doch wissen, wie man Zeit spart! Sie müssen zum Beispiel einfach schneller arbeiten und alles Überflüssige weglassen. Statt einer halben Stunde widmen Sie sich einem Kunden nur noch eine Viertelstunde. Sie vermeiden zeitraubende Unterhaltungen. Sie verkürzen die Stunde bei ihrer alten Mutter auf eine halbe. Am besten geben Sie sie überhaupt in ein gutes, billiges Altersheim, wo für sie gesorgt wird, dann haben Sie bereits eine ganze Stunde täglich gewonnen. Schaffen Sie den unnützen Wellensittich ab! Besuchen Sie Fräulein Daria nur noch alle vierzehn Tage einmal, wenn es überhaupt sein muß. Lassen Sie die Viertelstunde Tagesrückschau ausfallen und vor allem, vertun Sie Ihre kostbare Zeit nicht mehr so oft mit Singen, Lesen oder gar mit Ihren sogenannten Freunden. Ich empfehle Ihnen übrigens ganz nebenbei, eine große, gutgehende Uhr in Ihren Laden zu hängen, damit Sie die Arbeit Ihres Lehrjungen genau kontrollieren können.«

»Nun gut«, meinte Herr Fusi, »das alles kann ich tun, aber die Zeit, die mir auf diese Weise übrigbleibt – was soll ich mit ihr machen? Muß ich sie abliefern? Und wo? Oder soll ich sie aufbewahren? Wie geht das Ganze vor sich?«

»Darüber«, sagte der graue Herr und lächelte zum zweiten Mal dünn, »machen Sie sich nur keine Sorgen. Das überlassen Sie ruhig uns. Sie können sicher sein, daß uns von Ihrer eingesparten Zeit nicht das kleinste bißchen verlorengeht. Sie werden es schon merken, daß Ihnen nichts übrigbleibt.«

»Also gut«, entgegnete Herr Fusi verdattert, »ich verlasse mich also darauf.«

»Tun Sie das getrost, mein Bester«, sagte der Agent und stand auf. »Ich darf Sie also hiermit in der großen Gemeinde der Zeit-Sparer als neues Mitglied begrüßen. Nun sind auch Sie ein wahrhaft moderner und fortschrittlicher Mensch, Herr Fusi. Ich beglückwünsche Sie!«

Damit nahm er seinen Hut und seine Mappe.

»Einen Augenblick noch!« rief Herr Fusi. »Müssen wir denn nicht irgendeinen Vertrag abschließen? Muß ich nichts unterschreiben? Bekomme ich nicht irgendein Dokument?«

Der Agent Nr. XYQ/384/b drehte sich in der Tür um und musterte Herrn Fusi mit leichtem Unwillen.

»Wozu?« fragte er. »Das Zeit-Sparen läßt sich nicht mit irgendeiner anderen Art des Sparens vergleichen. Es ist eine Sache des vollkommenen Vertrauens – auf beiden Seiten! Uns genügt Ihre Zusage. Sie ist unwiderruflich. Und wir kümmern uns um Ihre Ersparnisse. Wieviel Sie allerdings ersparen, das liegt ganz bei Ihnen. Wir zwingen Sie zu nichts. Leben Sie wohl, Herr Fusi!«

Damit stieg der Agent in sein elegantes, graues Auto und brauste davon.

Herr Fusi sah ihm nach und rieb sich die Stirn. Langsam wurde ihm wieder wärmer, aber er fühlte sich krank und elend. Der blaue Dunst aus der kleinen Zigarre des Agenten hing noch lange in dichten Schwaden im Raum und wollte nicht weichen.

Erst als der Rauch vergangen war, wurde es Herrn Fusi wieder besser. Aber im gleichen Maß wie der Rauch verging, verblaßten auch die Zahlen auf dem Spiegel. Und als sie schließlich ganz verschwunden waren, war auch die Erinnerung an den grauen Besucher in Herrn Fusis Gedächtnis ausgelöscht – die an den Besucher, nicht aber die an den Beschluß! Den hielt er nun für seinen eigenen. Der Vorsatz, von nun an Zeit zu sparen, um irgendwann in der Zukunft ein anderes Leben beginnen zu können, saß in seiner Seele fest wie ein Stachel mit Widerhaken.

Und dann kam der erste Kunde an diesem Tag. Herr Fusi bediente ihn mürrisch, er ließ alles Überflüssige weg, schwieg und war tatsächlich statt in einer halben Stunde schon nach zwanzig Minuten fertig.

Und genauso hielt er es von nun an bei jedem Kunden. Seine Arbeit machte ihm auf diese Weise überhaupt keinen Spaß mehr, aber das war ja nun auch nicht mehr wichtig. Er stellte zusätzlich zu seinem Lehrjungen noch zwei weitere Gehilfen ein und gab scharf darauf acht, daß sie keine Sekunde verloren. Jeder Handgriff war nach einem genauen Zeitplan festgelegt. In Herrn Fusis Laden hing nun ein Schild mit der Aufschrift: GESPARTE ZEIT IST DOPPELTE ZEIT!

An Fräulein Daria schrieb er einen kurzen, sachlichen Brief, daß er wegen Zeitmangels leider nicht mehr kommen könne. Seinen Wellensittich verkaufte er einer Tierhandlung. Seine Mutter steckte er in ein gutes, aber billiges Altersheim und besuchte sie dort einmal im Monat. Und auch sonst befolgte er alle Ratschläge des grauen Herrn, die er ja nun für seine eigenen Beschlüsse hielt.

Er wurde immer nervöser und ruheloser, denn eines war

seltsam: Von all der Zeit, die er einsparte, blieb ihm tatsächlich niemals etwas übrig. Sie verschwand einfach auf rätselhafte Weise und war nicht mehr da. Seine Tage wurden erst unmerklich, dann aber deutlich spürbar kürzer und kürzer. Ehe er sich's versah, war schon wieder eine Woche, ein Monat, ein Jahr herum und noch ein Jahr und noch eines.

Da er sich ja an den Besuch des grauen Herrn nicht mehr erinnerte, hätte er sich wohl eigentlich ernstlich fragen müssen, wo all seine Zeit denn blieb. Aber diese Frage stellte er sich so wenig wie alle anderen Zeit-Sparer. Es war etwas wie eine blinde Besessenheit über ihn gekommen. Und wenn er manchmal mit Schrecken gewahr wurde, wie schnell und immer schneller seine Tage dahinrasten, dann sparte er nur um so verbissener.

Wie Herrn Fusi, so ging es schon vielen Menschen in der großen Stadt. Und täglich wurden es mehr, die damit anfingen, das zu tun, was sie »Zeit sparen« nannten. Und je mehr es wurden, desto mehr folgten nach, denn auch denen, die eigentlich nicht wollten, blieb gar nichts anderes übrig, als mitzumachen.

Täglich wurden im Rundfunk, im Fernsehen und in den Zeitungen die Vorteile neuer zeitsparender Einrichtungen erklärt und gepriesen, die den Menschen dereinst die Freiheit für das »richtige« Leben schenken würden. An Hauswänden und Anschlagsäulen klebten Plakate, auf denen man alle möglichen Bilder des Glücks sah. Darunter stand in leuchtenden Lettern:

ZEIT-SPARERN GEHT ES IMMER BESSER!
ODER: ZEIT-SPARERN GEHÖRT DIE ZUKUNFT!
ODER: MACH MEHR AUS DEINEM LEBEN – SPARE ZEIT!

Aber die Wirklichkeit sah ganz anders aus. Zwar waren die Zeit-Sparer besser gekleidet als die Leute, die in der Nähe des alten Amphitheaters wohnten. Sie verdienten mehr Geld und konnten auch mehr ausgeben. Aber sie hatten mißmutige, müde oder verbitterte Gesichter und unfreundliche Augen. Bei ihnen war die Redensart »Geh doch zu Momo!« natürlich unbekannt. Sie hatten niemand, der ihnen so zuhören konnte, daß sie davon gescheit, versöhnlich oder gar froh geworden wären. Aber selbst, wenn es dort so jemand gegeben hätte, es wäre doch höchst zweifelhaft gewesen, ob sie je zu ihm hingegangen wären – es sei denn, man hätte die Sache in fünf Minuten erledigen können. Andernfalls hätten sie es für verlorene Zeit gehalten. Selbst ihre freien Stunden mußten, wie sie meinten, ausgenutzt werden und in aller Eile so viel Vergnügen und Entspannung liefern, wie nur möglich war.

So konnten sie keine richtigen Feste mehr feiern, weder fröhliche noch ernste. Träumen galt bei ihnen fast als ein Verbrechen. Am allerwenigsten aber konnten sie die Stille ertragen. Denn in der Stille überfiel sie Angst, weil sie ahnten, was in Wirklichkeit mit ihrem Leben geschah. Darum machten sie Lärm, wann immer die Stille drohte. Aber es war natürlich kein fröhlicher Lärm wie der auf einem Kinderspielplatz, sondern ein wütender und mißmutiger, der die große Stadt von Tag zu Tag lauter erfüllte.

Ob einer seine Arbeit gern oder mit Liebe zur Sache tat, war unwichtig – im Gegenteil, das hielt nur auf. Wichtig war ganz allein, daß er in möglichst kurzer Zeit möglichst viel arbeitete.

Über allen Arbeitsplätzen in den großen Fabriken und Bürohäusern hingen deshalb Schilder, auf denen stand:

ZEIT IST KOSTBAR – VERLIERE SIE NICHT!
ODER: ZEIT IST (WIE) GELD – DARUM SPARE!

Ähnliche Schilder hingen auch über den Schreibtischen der Chefs, über den Sesseln der Direktoren, in den Behandlungszimmern der Ärzte, in den Geschäften, Restaurants und Warenhäusern und sogar in den Schulen und Kindergärten. Niemand war davon ausgenommen.

Und schließlich hatte auch die große Stadt selbst mehr

und mehr ihr Aussehen verändert. Die alten Viertel wurden abgerissen, und neue Häuser wurden gebaut, bei denen man alles wegließ, was nun für überflüssig galt. Man sparte sich die Mühe, die Häuser so zu bauen, daß sie zu den Menschen paßten, die in ihnen wohnten; denn dann hätte man ja lauter verschiedene Häuser bauen müssen. Es war viel billiger und vor allem zeitsparender, die Häuser alle gleich zu bauen.

Im Norden der großen Stadt breiteten sich schon riesige Neubauviertel aus. Dort erhoben sich in endlosen Reihen vielstöckige Mietskasernen, die einander so gleich waren wie ein Ei dem anderen. Und da alle Häuser gleich aussahen, sahen natürlich auch alle Straßen gleich aus. Und diese einförmigen Straßen wuchsen und wuchsen und dehnten sich schon schnurgerade bis zum Horizont – eine Wüste der Ordnung! Und genauso verlief auch das Leben der Menschen, die hier wohnten: Schnurgerade bis zum Horizont! Denn hier war alles genau berechnet und geplant, jeder Zentimeter und jeder Augenblick.

Niemand schien zu merken, daß er, indem er Zeit sparte, in Wirklichkeit etwas ganz anderes sparte. Keiner wollte

wahrhaben, daß sein Leben immer ärmer, immer gleichförmiger und immer kälter wurde. Deutlich zu fühlen jedoch bekamen es die Kinder, denn auch für sie hatte nun niemand mehr Zeit.

Aber Zeit ist Leben. Und das Leben wohnt im Herzen.

Und je mehr die Menschen daran sparten, desto weniger hatten sie.

Siebentes Kapitel
Momo sucht ihre Freunde und wird von einem Feind besucht

»Ich weiß nicht«, sagte Momo eines Tages, »es kommt mir so vor, als ob unsere alten Freunde jetzt immer seltener zu mir kommen. Manche hab' ich schon lang nicht mehr gesehen.«

Gigi Fremdenführer und Beppo Straßenkehrer saßen neben ihr auf den grasbewachsenen Steinstufen der Ruine und sahen dem Sonnenuntergang zu.

»Ja«, meinte Gigi nachdenklich, »mir geht's genauso. Es werden immer weniger, die meinen Geschichten zuhören. Es ist nicht mehr wie früher. Irgendwas ist los.«

»Aber was?« fragte Momo.

Gigi zuckte die Schultern und löschte gedankenvoll einige Buchstaben, die er auf eine alte Schiefertafel gekratzt hatte, mit Spucke aus. Die Schiefertafel hatte der alte Beppo vor einigen Wochen in einer Mülltonne gefunden und Momo mitgebracht. Sie war natürlich nicht mehr ganz neu und hatte in der Mitte einen großen Sprung, aber sonst war sie noch gut zu gebrauchen. Seither zeigte Gigi Momo jeden Tag, wie man den oder jenen Buchstaben schreibt. Und da Momo ein sehr gutes Gedächtnis hatte, konnte sie mittlerweile schon ganz gut lesen. Nur mit dem Schreiben ging es noch nicht so recht.

Beppo Straßenkehrer, der über Momos Frage nachgedacht hatte, nickte langsam und sagte: »Ja, das ist wahr. Es kommt näher. In der Stadt ist es schon überall. Es ist mir schon lang aufgefallen.«

»Was denn?« fragte Momo.

Beppo dachte eine Weile nach, dann antwortete er: »Nichts Gutes.«

Und abermals nach einer Weile fügte er hinzu: »Es wird kalt.«

»Ach was!« sagte Gigi und legte Momo tröstend den Arm um die Schulter, »dafür kommen jetzt immer mehr Kinder hierher.«

»Ja, deswegen«, meinte Beppo, »deswegen.«

»Was meinst du damit?« fragte Momo.

Beppo überlegte lang und antwortete schließlich: »Sie kommen nicht wegen uns. Sie suchen nur einen Unterschlupf.«

Alle drei blickten hinunter auf die runde Grasfläche in der Mitte des Amphitheaters, wo mehrere Kinder ein neues Ballspiel spielten, das sie erst diesen Nachmittag erfunden hatten.

Es waren einige von Momos alten Freunden darunter: Der Junge mit der Brille, der Paolo gerufen wurde, das Mädchen Maria mit dem kleinen Geschwisterchen Dedé, der dicke Junge mit der hohen Stimme, dessen Name Massimo lautete, und der andere Junge, der immer etwas verwahrlost aussah und Franco hieß. Aber außerdem waren da noch andere Kinder, die erst seit wenigen Tagen dazugehörten, und ein kleinerer Junge, der erst diesen Nachmittag gekommen war. Es schien tatsächlich so, wie Gigi gesagt hatte: Es wurden immer mehr, von Tag zu Tag.

Eigentlich hätte Momo sich gern darüber gefreut. Aber die meisten von diesen Kindern konnten einfach nicht spielen. Sie saßen nur verdrossen und gelangweilt herum und guckten Momo und ihren Freunden zu. Manchmal störten sie auch absichtlich und verdarben alles. Nicht selten gab es jetzt Zank und Streit. Das blieb freilich nicht so, denn Momos Gegenwart tat auch bei diesen Kindern ihre Wirkung, und bald fingen sie an, selber die besten Ideen zu haben und begeistert mitzuspielen. Aber es kamen eben fast täglich neue Kinder, sie kamen sogar von weither aus anderen Stadtteilen. Und so fing alles immer wieder von vorn an, denn wie man weiß, genügt ja oft ein einziger Spielverderber, um den anderen alles zu zerstören.

Und dann war da noch etwas, das Momo nicht recht begreifen konnte. Es hatte auch erst in allerjüngster Zeit angefangen. Immer häufiger kam es jetzt vor, daß Kinder allerlei Spielzeug brachten, mit dem man nicht wirklich spielen konnte, zum Beispiel ein ferngesteuerter Tank, den man herumfahren lassen konnte –, aber weiter taugte er zu nichts. Ober eine Weltraumrakete, die an einer Stange im Kreis herumsauste –, aber sonst konnte man nichts damit anfangen. Oder ein kleiner Roboter, der mit glühenden Augen dahinwackelte und den Kopf drehte –, aber zu etwas anderem war er nicht zu gebrauchen.

Es waren natürlich sehr teure Spielsachen, wie Momos Freunde nie welche besessen hatten – und Momo selbst schon gar nicht. Vor allem waren alle diese Dinge so vollkommen bis in jede kleinste Einzelheit hinein, daß man sich dabei gar nichts mehr selber vorzustellen brauchte. So saßen die Kinder oft stundenlang da und schauten gebannt und doch gelangweilt so einem Ding zu, das da herumschnurrte, dahinwackelte oder im Kreis sauste –, aber es fiel ihnen nichts dazu ein. Darum kehrten sie schließlich doch wieder zu ihren alten Spielen zurück, bei denen ihnen ein paar Schachteln, ein zerrissenes Tischtuch, ein Maulwurfshügel oder eine Handvoll Steinchen genügten. Dabei konnte man sich alles vorstellen.

Irgend etwas schien auch heute abend das Spiel nicht recht gelingen zu lassen. Die Kinder taten eines nach dem anderen nicht mehr mit, bis schließlich alle um Gigi, Beppo und Momo herumsaßen. Sie hofften, daß Gigi vielleicht zu erzählen anfangen würde, aber das ging nicht. Der kleinere Junge, der heute zum ersten Mal erschienen war, hatte nämlich ein Kofferradio bei sich. Er saß ein wenig abseits von den anderen und hatte den Apparat ganz laut gedreht. Es war eine Reklamesendung.

»Könntest du deinen blöden Kasten nicht vielleicht leiser drehen?« fragte der verwahrloste Junge, der Franco hieß, in drohendem Ton. »Ich kann dich nicht verstehen«, sagte der fremde Junge und grinste, »mein Radio geht so laut.«

»Dreh's sofort leise!« rief Franco und stand auf.

Der fremde Junge wurde ein bißchen blaß, antwortete

aber trotzig: »Du hast mir überhaupt nichts zu sagen und niemand. Ich kann mein Radio so laut drehen, wie ich mag.«

»Da hat er recht«, meinte der alte Beppo, »wir können's ihm nicht verbieten. Wir können ihn höchstens bitten.«

Franco setzte sich wieder hin.

»Er soll doch woanders hingehen«, sagte er erbittert, »er verdirbt uns schon den ganzen Nachmittag alles.«

»Er wird schon seinen Grund haben«, antwortete Beppo und blickte den fremden Jungen freundlich und aufmerksam durch seine kleine Brille an. »Bestimmt hat er den.«

Der fremde Junge schwieg. Nach einer kleinen Weile drehte er sein Radio leise und schaute in eine andere Richtung.

Momo ging zu ihm und setzte sich still neben ihn. Er schaltete das Radio ab.

Eine Weile war es still.

»Erzählst du uns was, Gigi?« bat eines der Kinder, die neu waren. »O ja, bitte«, riefen die anderen, »eine lustige Geschichte! – Nein, eine aufregende! – Nein, ein Märchen! – Ein Abenteuer!«

Aber Gigi wollte nicht. Es war das erste Mal, daß das geschah.

»Ich möchte viel lieber«, sagte er schließlich, »daß ihr mir was erzählt – über euch und euer Zuhause, was ihr so macht und warum ihr hier seid.«

Die Kinder blieben stumm. Ihre Gesichter waren plötzlich traurig und verschlossen.

»Wir haben jetzt ein sehr schönes Auto«, ließ sich schließlich eines vernehmen. »Am Samstag, wenn mein Papa und meine Mama Zeit haben, dann wird es gewaschen. Wenn ich brav war, darf ich dabei helfen. Später will ich auch so eins.«

»Aber ich«, sagte ein kleines Mädchen, »ich darf jetzt jeden Tag ins Kino, wenn ich mag. Damit ich aufgehoben bin, weil sie leider keine Zeit haben.«

Und nach einer kleinen Pause setzte es hinzu: »Ich will

aber nicht aufgehoben sein. Deswegen geh' ich heimlich hierher und spar' mir das Geld. Wenn ich genug Geld hab', dann kauf' ich mir eine Fahrkarte, und dann fahr' ich zu den sieben Zwergen.«

»Du bist dumm!« rief ein anderes Kind, »die gibt's doch gar nicht.«

»Doch gibt's die!« sagte das kleine Mädchen trotzig. »Ich hab's sogar in einem Reiseprospekt gesehen.«

»Ich hab' schon elf Märchenschallplatten«, erklärte ein kleiner Junge, »die kann ich mir sooft anhören, wie ich will. Früher hat mein Vater mir abends, wenn er von der Arbeit gekommen ist, immer selber was erzählt. Das war schön. Aber jetzt ist er eben nie mehr da. Oder er ist müde und hat keine Lust.«

»Und deine Mutter?« fragte das Mädchen Maria.

»Die ist jetzt auch immer den ganzen Tag weg.«

»Ja«, sagte Maria, »bei uns ist es genauso. Aber zum Glück hab' ich Dedé.« Sie gab dem kleinen Geschwisterchen, das auf ihrem Schoß saß, einen Kuß und fuhr fort: »Wenn ich von der Schule komm', dann mach' ich uns das Essen warm. Dann mach' ich meine Aufgaben. Und dann ...«, sie zuckte die Schultern, »na ja, dann laufen wir eben so 'rum, bis es Abend ist. Meistens kommen wir ja hierher.«

Alle Kinder nickten, denn mehr oder weniger ging es ihnen allen so.

»Ich bin eigentlich ganz froh«, meinte Franco und sah dabei gar nicht froh aus, »daß meine Alten keine Zeit mehr für mich haben. Sonst fangen sie bloß an zu streiten, und ich krieg dann Prügel.«

Jetzt wandte sich ihnen plötzlich der Junge mit dem Kofferradio zu und sagte: »Aber ich, ich kriege jetzt viel mehr Taschengeld als früher!«

»Klar!« antwortete Franco, »das machen sie, damit sie uns loswerden! Sie mögen uns nicht mehr. Aber sie mögen sich selbst auch nicht mehr. Sie mögen überhaupt nichts mehr. Das ist meine Meinung.«

»Das ist nicht wahr!« schrie der fremde Junge zornig. »Mich mögen meine Eltern sogar sehr. Sie können doch nichts dafür, daß sie keine Zeit mehr haben. Das ist eben so. Dafür haben sie mir aber jetzt sogar das Kofferradio geschenkt. Es war sehr teuer. Das ist doch ein Beweis – oder?«

Alle schwiegen.

Und plötzlich fing der Junge, der den ganzen Nachmittag der Spielverderber gewesen war, zu weinen an. Er versuchte, es zu unterdrücken und wischte sich die Augen mit seinen schmutzigen Fäusten, aber die Tränen liefen in hellen Streifen durch die Schmutzflecken auf seinen Wangen.

Die anderen Kinder sahen ihn teilnahmsvoll an oder blickten zu Boden. Sie verstanden ihn nun. Eigentlich war jedem von ihnen ebenso zumute. Sie fühlten sich alle im Stich gelassen.

»Ja«, sagte der alte Beppo nach einer Weile noch einmal, »es wird kalt.«

»Ich darf vielleicht bald nicht mehr kommen«, sagte Paolo, der Junge mit der Brille.

»Warum denn nicht?« fragte Momo verwundert.

»Meine Eltern haben gesagt«, erklärte Paolo, »ihr seid bloß Faulenzer und Tagediebe. Ihr stehlt dem lieben Gott die Zeit, haben sie gesagt. Deswegen habt ihr soviel. Und weil es von eurer Sorte viel zu viele gibt, haben andere Leute immer weniger Zeit, sagen sie. Und ich soll nicht mehr hierher kommen, weil ich sonst genauso werde wie ihr.«

Wieder nickten einige der Kinder, denen man schon Ähnliches gesagt hatte.

Gigi blickte die Kinder der Reihe nach an. »Glaubt ihr das etwa auch von uns? Oder warum kommt ihr trotzdem?«

Nach kurzem Stillschweigen meinte Franco: »Mir ist das gleich. Ich werd' ja später sowieso Straßenräuber, sagt mein Alter immer. Ich bin auf eurer Seite.«

»Ach so?« sagte Gigi und zog die Augenbrauen hoch, »ihr haltet uns also auch für Tagediebe?«

Die Kinder schauten verlegen zu Boden. Schließlich blickte Paolo dem alten Beppo forschend ins Gesicht.

»Meine Eltern lügen doch nicht«, sagte er leise. Und dann fragte er noch leiser: »Seid ihr denn keine?«

Da erhob sich der alte Straßenkehrer in seiner ganzen, nicht sehr beträchtlichen Größe, streckte drei Finger in die Höhe und sprach: »Ich hab' noch nie – noch niemals habe ich in meinem Leben dem lieben Gott oder einem Mitmenschen das kleinste bißchen Zeit gestohlen. Das schwöre ich, so wahr mir Gott helfe!«

»Ich auch!« fügte Momo hinzu.

»Und ich auch!« sagte Gigi ernst.

Die Kinder schwiegen beeindruckt. Keines unter ihnen bezweifelte die Worte der drei Freunde.

»Und überhaupt, jetzt will ich euch mal was sagen«, fuhr Gigi fort. »Früher sind die Leute immer gern zu Momo gekommen, damit sie ihnen zuhört. Sie haben sich dabei selbst gefunden, wenn ihr versteht, was ich meine. Aber jetzt fragen sie danach nicht mehr viel. Früher sind die Leute auch immer gern gekommen, um mir zuzuhören. Dabei haben sie sich selbst vergessen. Danach fragen sie auch nicht mehr viel. Sie haben keine Zeit mehr für so was, sagen sie. Und für euch haben sie auch keine Zeit mehr. Merkt ihr was? Es ist doch merkwürdig, *wofür* sie keine Zeit mehr haben!«

Er machte die Augen schmal und nickte. Dann fuhr er fort: »Neulich habe ich in der Stadt einen alten Bekannten getroffen, einen Friseur, Fusi heißt er. Ich hatte ihn eine Weile nicht mehr gesehen und hätte ihn bald nicht mehr wiedererkannt, so verändert war er, nervös, mürrisch, freudlos. Früher war er ein netter Kerl gewesen, konnte sehr hübsch singen und hatte über alles seine ganz besonderen Gedanken. Für alles das hat er plötzlich keine Zeit mehr. Der Mann ist nur noch sein eigenes Gespenst, er ist überhaupt nicht mehr Fusi, versteht ihr? Wenn er's nur allein wäre, dann würde ich einfach denken, daß er ein bißchen verrückt geworden ist. Aber wo man hinschaut, sieht man solche Leute. Und es werden immer mehr. Jetzt fangen sogar unsere alten Freunde auch damit an! Ich frage mich wirklich, ob es Verrücktheit gibt, die ansteckend ist?«

Der alte Beppo nickte. »Bestimmt«, sagte er, »es muß eine Art Ansteckung sein.«

»Aber dann«, meinte Momo ganz bestürzt, »müssen wir unseren Freunden doch helfen!«

An diesem Abend berieten sie alle gemeinsam noch lang, was sie tun könnten. Aber von den grauen Herren und deren rastloser Tätigkeit ahnten sie nichts.

Während der nächsten Tage machte Momo sich auf die Suche nach ihren alten Freunden, um von ihnen zu erfahren, was los war und warum sie nicht mehr zu ihr kamen.

Zuerst ging sie zu Nicola, dem Maurer. Sie kannte das Haus gut, wo er oben unter dem Dach ein kleines Zimmer bewohnte. Aber er war nicht da. Die anderen Leute im Haus wußten nur, daß er jetzt drüben in den großen Neubauvierteln auf der anderen Seite der Stadt arbeite und eine Menge Geld verdiene. Er käme jetzt nur noch selten nach Hause und wenn, dann meistens sehr spät. Er sei jetzt auch oft nicht mehr ganz nüchtern, und man könne überhaupt nicht mehr gut mit ihm auskommen.

Momo beschloß, auf ihn zu warten. Sie setzte sich vor seine Zimmertür auf die Treppe. Es wurde langsam dunkel, und sie schlief ein.

Es mußte schon spät in der Nacht sein, als sie durch polternde Schritte und rauhen Gesang geweckt wurde. Es war Nicola, der die Treppe heraufschwankte. Als er das Kind sah, blieb er verdutzt stehen.

»He, Momo!« brummte er, und es bereitete ihm sichtlich Verlegenheit, daß sie ihn so sah, »gibt's dich auch noch! Was suchst du denn hier?«

»Dich«, antwortete Momo schüchtern.

»Na, du bist mir vielleicht eine!« sagte Nicola und schüttelte lächelnd den Kopf. »Kommt hier mitten in der Nacht her, um nach ihrem alten Freund Nicola zu sehen. Ja, ich hätte dich ja auch schon längst mal wieder besucht, aber ich hab' einfach keine Zeit mehr für solche ... Privatsachen.«

Er machte eine fahrige Bewegung mit der Hand und setzte sich schwer neben Momo auf die Treppe.

»Was meinst du, was bei mir jetzt los ist, Kind! Das ist nicht mehr wie früher. Die Zeiten ändern sich. Da drüben, wo ich jetzt bin, da wird ein anderes Tempo vorgelegt. Das geht wie der Teufel. Jeden Tag hauen wir ein ganzes Stockwerk drauf, eins nach dem anderen. Ja, das ist eine andere Sache als früher! Da ist alles organisiert, jeder Handgriff, verstehst du, bis ins letzte hinein ...«

Er redete weiter, und Momo hörte ihm aufmerksam zu. Und je länger sie das tat, desto weniger begeistert klang seine Rede. Plötzlich hielt er inne und wischte sich mit seinen schwieligen Händen übers Gesicht. »Alles Unsinn, was ich da rede«, sagte er auf einmal traurig. »Du siehst, Momo, ich hab' wieder mal zuviel getrunken. Ich geb's zu. Ich trink' jetzt oft zuviel. Anders kann ich's nicht aushalten, was wir da machen. Das geht einem ehrlichen Maurer gegen das Gewissen. Viel zuviel Sand im Mörtel, verstehst du? Das hält alles vier, fünf Jahre, dann fällt es zusammen, wenn einer hustet. Alles Pfusch, hundsgemeiner Pfusch! Aber das ist noch nicht das Schlimmste. Das Schlimmste sind die Häuser, die wir da bauen. Das sind überhaupt keine Häuser, das sind – das sind – – Seelensilos sind das! Da dreht sich einem der Magen um! Aber was geht mich das alles an? Ich kriege eben mein Geld und basta. Na ja, die Zeiten ändern sich. Früher, da war das anders bei mir, da war ich stolz auf meine Arbeit, wenn wir was gebaut hatten, was sich sehen lassen konnte. Aber jetzt ... Irgendwann, wenn ich genug verdient hab', häng' ich meinen Beruf an den Nagel und mach' was anderes.«

Er ließ den Kopf hängen und starrte trübe vor sich hin. Momo sagte nichts, sie hörte ihm nur zu.

»Vielleicht«, fuhr Nicola leise nach einer Weile fort, »sollte ich wirklich mal wieder zu dir kommen und dir alles erzählen. Ja, wirklich, das sollte ich. Sagen wir gleich morgen, ja? Oder lieber übermorgen? Na, ich muß sehen, wie ich's einrichten kann. Aber ich komm' bestimmt. Also, abgemacht?«

»Abgemacht«, antwortete Momo und freute sich. Und dann trennten sie sich, denn sie waren beide sehr müde.

Aber Nicola kam weder am nächsten noch am übernächsten Tag. Er kam überhaupt nicht. Vielleicht hatte er wirklich nie mehr Zeit.

Als nächsten besuchte Momo den Wirt Nino und seine dikke Frau. Das kleine alte Haus, mit dem regenfleckigen Verputz und der Weinlaube vor der Tür, lag am Stadtrand. Wie früher ging Momo hinten herum zur Küchentür. Die stand offen, und Momo hörte schon von weitem, daß Nino und seine Frau Liliana einen heftigen Wortwechsel hatten. Liliana hantierte mit Töpfen und Pfannen am Herd. Ihr dickes Gesicht glänzte von Schweiß. Nino redete gestikulierend auf seine Frau ein. In einer Ecke saß das Baby der beiden in einem Korb und schrie.

Momo setzte sich leise neben das Baby. Sie nahm es auf den Schoß und schaukelte es sacht, bis es still war. Die beiden Eheleute unterbrachen ihr Wortgefecht und schauten hin.

»Ach, Momo, du bist es«, sagte Nino und lächelte flüchtig. »Nett, daß man dich mal wieder sieht.«

»Willst du was zu essen?« fragte Liliana ein wenig barsch.

Momo schüttelte den Kopf.

»Was willst du *denn?*« erkundigte Nino sich nervös. »Wir haben im Moment wahrhaftig keine Zeit für dich.«

»Ich wollte nur fragen«, antwortete Momo leise, »warum ihr schon so lang nicht mehr zu mir gekommen seid?«

»Ich weiß auch nicht!« sagte Nino gereizt. »Wir haben jetzt wirklich andere Sorgen.«

»Ja«, rief Liliana und klapperte mit den Töpfen, »er hat jetzt ganz andere Sorgen! Zum Beispiel, wie man alte Gäste hinausekelt, das sind jetzt seine Sorgen! Erinnerst du dich an die alten Männer, Momo, die früher immer an dem Tisch in der Ecke saßen? Weggejagt hat er sie! Hinausgeworfen hat er sie!«

»Das habe ich nicht getan!« verteidigte sich Nino. »Ich habe sie höflich gebeten, sich ein anderes Lokal zu suchen. Dazu habe ich als Wirt das Recht.«

»Das Recht, das Recht!« erwiderte Liliana aufgebracht. »So was tut man einfach nicht. Das ist unmenschlich und gemein. Du weißt genau, daß sie kein anderes Lokal finden. Bei uns haben sie keine Menschenseele gestört!«

»Natürlich haben sie keine Menschenseele gestört!« rief Nino. »Weil nämlich kein anständiges, zahlendes Publikum zu uns gekommen ist, solang diese unrasierten alten Kerle da herumhockten. Glaubst du, so was gefällt den Leuten? Und an dem einzigen Glas billigen Rotwein, das jeder von denen sich pro Abend leisten kann, ist für uns nichts zu verdienen! Da bringen wir es nie zu was!«

»Wir sind bis jetzt ganz gut ausgekommen«, gab Liliana zurück.

»Bis jetzt, ja!« antwortete Nino heftig. »Aber du weißt ganz genau, daß es so nicht weitergeht. Der Hausbesitzer hat mir die Pacht erhöht. Ich muß jetzt ein Drittel mehr bezahlen als früher. Alles wird teurer. Woher soll ich das Geld nehmen, wenn ich aus meinem Lokal ein Asyl für arme alte Tatterer mache? Warum soll ich die anderen schonen? Mich schont ja auch keiner.«

Die dicke Liliana stellte eine Pfanne so hart auf den Herd, daß es knallte.

»Jetzt will ich dir mal was sagen«, rief sie und stemmte die Arme in ihre breiten Hüften. »Zu diesen armen alten Tatterern, wie du sie nennst, gehört zum Beispiel auch mein Onkel Ettore! Und ich erlaube nicht, daß du meine Familie beschimpfst! Er ist ein guter und ehrlicher Mann, auch wenn er nicht so viel Geld hat wie dein zahlendes Publikum!«

»Ettore kann ja wiederkommen!« erwiderte Nino mit großer Geste. »Ich hab's ihm gesagt, er kann bleiben, wenn er will. Aber er will ja nicht.«

»Natürlich will er nicht – ohne seine alten Freunde! Was stellst du dir vor? Soll er vielleicht ganz allein da draußen in einem Winkel hocken?«

»Dann kann ich's eben nicht ändern!« schrie Nino. »Ich habe jedenfalls keine Lust, mein Leben als kleiner Spelunkenwirt zu beenden – bloß aus Rücksicht auf deinen Onkel Ettore! Ich will es auch zu was bringen! Ist das vielleicht ein Verbrechen? Ich will diesen Laden hier in Schwung bringen! Ich will etwas machen aus meinem Lokal! Und ich tue es nicht nur für mich. Ich tue es genauso für dich und für unser Kind. Kannst du das denn nicht begreifen, Liliana?«

»Nein«, sagte Liliana hart, »wenn es nur mit Herzlosigkeit geht – wenn es schon so anfängt, dann ohne mich! Dann geh' ich eines Tages auf und davon. Mach, was du willst!«

Und sie nahm Momo das Baby, das inzwischen wieder zu weinen angefangen hatte, aus dem Arm und lief aus der Küche.

Längere Zeit sagte Nino nichts. Er zündete sich eine Zigarette an und drehte sie zwischen den Fingern.

Momo schaute ihn an.

»Na ja«, sagte er schließlich, »es waren ja nette Kerle. Ich mochte sie ja selber gern. Weißt du, Momo, es tut mir ja selber leid, daß ich ... aber was soll ich machen? Die Zeiten ändern sich eben.

Vielleicht hat Liliana recht«, fuhr er nach einer Weile fort. »Seit die Alten weg sind, kommt mir mein Lokal irgendwie fremd vor. Kalt, verstehst du? Ich kann's selbst nicht mehr leiden. Ich weiß wirklich nicht, was ich tun soll. Aber alle machen's doch heute so. Warum soll ich allein es anders machen? Oder meinst du, ich soll's?« Momo nickte unmerklich.

Nino schaute sie an und nickte ebenfalls. Dann lächelten sie beide.

»Gut, daß du gekommen bist«, sagte Nino. »Ich hatte schon ganz vergessen, daß wir früher bei so was immer gesagt haben: Geh doch zu Momo! – Aber jetzt werde ich wiederkommen, mit Liliana. Übermorgen ist bei uns Ruhetag, da kommen wir. Einverstanden?«

»Einverstanden«, antwortete Momo.

Dann gab Nino ihr noch eine Tüte voll Äpfel und Orangen, und sie ging nach Hause.

Und Nino und seine dicke Frau kamen tatsächlich. Auch das Baby brachten sie mit und einen Korb voll guter Sachen.

»Stell dir vor, Momo«, sagte Liliana strahlend, »Nino ist zu Onkel Ettore und den anderen Alten, jedem einzelnen, hingegangen, hat sich entschuldigt und sie gebeten, wiederzukommen.«

»Ja«, fügte Nino lächelnd hinzu und kratzte sich hinter dem Ohr, »sie sind alle wieder da – mit dem Aufschwung meines Lokals wird es wohl nichts werden. Aber es gefällt mir wieder.«

Er lachte, und seine Frau sagte: »Wir werden schon weiterleben, Nino.«

Es wurde ein sehr schöner Nachmittag, und als sie schließlich gingen, versprachen sie, bald wiederzukommen.

Und so suchte Momo einen ihrer alten Freunde nach dem anderen auf. Sie ging zu dem Schreiner, der ihr damals das Tischchen und die Stühle aus Kistenbrettern gemacht hatte. Sie ging zu den Frauen, die ihr das Bett gebracht hatten. Kurz, sie sah nach allen, denen sie früher zugehört hatte und die davon gescheit, entschlossen oder froh geworden waren. Alle versprachen wiederzukommen. Manche hielten ihr Versprechen nicht oder konnten es nicht halten, weil sie keine Zeit dazu fanden. Aber viele alte Freunde kamen tatsächlich wieder, und es war fast so wie früher.

Ohne es zu wissen, kam Momo damit den grauen Herren in die Quere. Und das konnten sie nicht dulden.

Kurze Zeit später – es war an einem besonders heißen Mittag – fand Momo auf den Steinstufen der Ruine eine Puppe.

Nun war es schon öfter vorgekommen, daß Kinder eines der teuren Spielzeuge, mit denen man nicht wirklich spielen konnte, einfach vergessen und liegengelassen hatten. Aber Momo konnte sich nicht erinnern, diese Puppe bei einem der Kinder gesehen zu haben. Und sie wäre ihr bestimmt aufgefallen, denn es war eine ganz besondere Puppe.

Sie war fast so groß wie Momo selbst und so naturgetreu gemacht, daß man sie beinahe für einen kleinen Menschen halten konnte. Aber sie sah nicht aus wie ein Kind oder ein Baby, sondern wie eine schicke junge Dame oder eine Schaufensterfigur. Sie trug ein rotes Kleid mit kurzem Rock und Riemchenschuhe mit hohen Absätzen.

Momo starrte sie fasziniert an.

Als sie sie nach einer Weile mit der Hand berührte, klapperte die Puppe einige Male mit den Augendeckeln, bewegte den Mund und sagte mit einer Stimme, die etwas quäkend klang, als käme sie aus einem Telefon: »Guten Tag. Ich bin Bibigirl, die vollkommene Puppe.«

Momo fuhr erschrocken zurück, aber dann antwortete sie unwillkürlich: »Guten Tag, ich heiße Momo.«

Wieder bewegte die Puppe ihre Lippen und sagte: »Ich gehöre dir. Alle beneiden dich um mich.«

»Ich glaub' nicht, daß du mir gehörst«, meinte Momo. »Ich glaub' eher, daß dich jemand hier vergessen hat.«

Sie nahm die Puppe und hob sie hoch. Da bewegten sich deren Lippen wieder und sie sagte: »Ich möchte noch mehr Sachen haben.«

»So?« antwortete Momo und überlegte. »Ich weiß nicht, ob ich was hab', das zu dir paßt. Aber warte mal, ich zeig' dir meine Sachen, dann kannst du ja sagen, was dir gefällt.«

Sie nahm die Puppe und kletterte mit ihr durch das Loch in der Mauer in ihr Zimmer hinunter. Sie holte eine Schachtel mit allerlei Schätzen unter dem Bett hervor und stellte sie vor Bibigirl hin.

»Hier«, sagte sie, »das ist alles, was ich hab'. Wenn dir was gefällt, dann sag's nur.«

Und sie zeigte ihr eine hübsche bunte Vogelfeder, einen schön gemaserten Stein, einen goldenen Knopf, ein Stückchen buntes Glas. Die Puppe sagte nichts und Momo stieß sie an.

»Guten Tag«, quäkte die Puppe, »ich bin Bibigirl, die vollkommene Puppe.«

»Ja«, sagte Momo, »ich weiß schon. Aber du wolltest dir doch was aussuchen, Bibigirl. Hier hab' ich zum Beispiel eine schöne rosa Muschel. Gefällt sie dir?«

»Ich gehöre dir«, antwortete die Puppe, »alle beneiden dich um mich.«

»Ja, das hast du schon gesagt«, meinte Momo.

»Aber wenn du nichts von meinen Sachen magst, dann können wir vielleicht spielen, ja?«

»Ich möchte noch mehr Sachen haben«, wiederholte die Puppe.

»Mehr hab' ich nicht«, sagte Momo. Sie nahm die Puppe und kletterte wieder ins Freie hinaus. Dort setzte sie die vollkommene Bibigirl auf den Boden und nahm ihr gegenüber Platz.

»Wir spielen jetzt, daß du zu mir zu Besuch kommst«, schlug Momo vor.

»Guten Tag«, sagte die Puppe, »ich bin Bibigirl, die vollkommene Puppe.«

»Wie nett, daß Sie mich besuchen!« erwiderte Momo. »Woher kommen Sie denn, verehrte Dame?«

»Ich gehöre dir«, fuhr Bibigirl fort, »alle beneiden dich um mich.«

»Also hör' mal«, meinte Momo, »so können wir doch nicht spielen, wenn du immer das gleiche sagst.«

»Ich möchte noch mehr Sachen haben«, antwortete die Puppe und klimperte mit den Wimpern.

Momo versuchte es mit einem anderen Spiel, und als auch das mißlang, mit noch einem anderen und noch einem und noch einem. Aber es wurde einfach nichts daraus. Ja, wenn die Puppe gar nichts gesagt hätte, dann hätte Momo an ihrer Stelle antworten können, und es hätte sich die schönste Unterhaltung ergeben. Aber so verhinderte Bibigirl gerade dadurch, daß sie redete, jedes Gespräch.

Nach einer Weile überkam Momo ein Gefühl, das sie noch nie zuvor empfunden hatte. Und weil es ihr ganz neu war, dauerte es eine Weile, bis sie begriff, daß es die Langeweile war.

Momo fühlte sich hilflos. Am liebsten hätte sie die vollkommene Puppe einfach liegen lassen und etwas anderes gespielt, aber sie konnte sich aus irgendeinem Grund nicht von ihr losreißen.

So saß Momo schließlich nur noch da und starrte die Puppe an, die ihrerseits wieder mit blauen, gläsernen Augen Momo anstarrte, als hätten sie sich gegenseitig hypnotisiert.

Schließlich wandte Momo ihren Blick mit Willen von der Puppe weg – und erschrak ein wenig. Ganz nah stand nämlich ein elegantes aschengraues Auto, dessen Kommen sie nicht bemerkt hatte. In dem Auto saß ein Herr, der einen spinnwebfarbenen Anzug anhatte, einen grauen steifen Hut auf dem Kopf trug und eine kleine graue Zigarre rauchte. Auch sein Gesicht sah aus wie graue Asche.

Der Herr mußte sie wohl schon eine ganze Weile beobachtet haben, denn er nickte Momo lächelnd zu. Und obwohl es so heiß an diesem Mittag war, daß die Luft in der Sonnenglut flimmerte, begann Momo plötzlich zu frösteln.

Jetzt öffnete der Mann die Wagentür, stieg aus und kam auf Momo zu. In der Hand trug er eine bleigraue Aktentasche.

»Was für eine schöne Puppe du hast!« sagte er mit eigentümlich tonloser Stimme. »Darum können dich alle deine Spielkameraden beneiden.«

Momo zuckte nur die Schultern und schwieg.

»Die war bestimmt sehr teuer?« fuhr der graue Herr fort.

»Ich weiß nicht«, murmelte Momo verlegen, »ich hab' sie gefunden.«

»Was du nicht sagst!« erwiderte der graue Herr. »Du bist ja ein richtiger Glückspilz, scheint mir.«

Momo schwieg wieder und zog sich ihre viel zu große Männerjacke enger um den Leib. Die Kälte nahm zu.

»Ich habe allerdings nicht den Eindruck«, meinte der graue Herr mit dünnem Lächeln, »als ob du dich so besonders freust, meine Kleine.«

Momo schüttelte ein wenig den Kopf. Es war ihr plötzlich, als sei alle Freude für immer aus der Welt verschwunden – nein, als habe es überhaupt niemals so etwas gegeben. Und alles was sie dafür gehalten hatte, war nichts als Einbildung gewesen. Aber gleichzeitig fühlte sie etwas, das sie warnte.

»Ich habe dich schon seit einer ganzen Weile beobachtet«, fuhr der graue Herr fort, »und mir scheint, du weißt überhaupt nicht, wie man mit einer so fabelhaften Puppe spielen muß. Soll ich es dir zeigen?«

Momo blickte den Mann überrascht an und nickte.

»Ich will noch mehr Sachen haben«, quäkte die Puppe plötzlich.

»Na, siehst du, Kleine«, meinte der graue Herr, »sie sagt es dir sogar selbst. Mit einer so fabelhaften Puppe kann man nicht spielen wie mit irgendeiner anderen, das ist doch klar. Dazu ist sie auch nicht da. Man muß ihr schon etwas bieten, wenn man sich nicht mit ihr langweilen will. Paß mal auf, Kleine!«

Er ging zu seinem Auto und öffnete den Kofferraum.

»Zuerst einmal«, sagte er, »braucht sie viele Kleider. Hier ist zum Beispiel ein entzückendes Abendkleid.«

Er zog es hervor und warf es Momo zu.

»Und hier ist ein Pelzmantel aus echtem Nerz. Und hier ist ein seidener Schlafrock. Und hier ein Tennisdreß. Und ein Schianzug. Und ein Badekostüm. Und ein Reitanzug. Ein Pyjama. Ein Nachthemd. Ein anderes Kleid. Und noch eins. Und noch eins. Und noch eins . . .«

Er warf alle die Sachen zwischen Momo und die Puppe, wo sie sich langsam zum Haufen türmten.

»So«, sagte er und lächelte wieder dünn, »damit kannst du erst einmal eine Weile spielen, nicht wahr, Kleine? Aber das wird nach ein paar Tagen auch langweilig, meinst du? Nun gut, dann mußt du eben mehr Sachen für deine Puppe haben.«

Wieder beugte er sich über den Kofferraum und warf Sachen zu Momo herüber.

»Hier ist zum Beispiel eine richtige kleine Handtasche aus Schlangenleder, mit einem echten kleinen Lippenstift und einem Puderdöschen drin. Hier ist ein kleiner Fotoapparat. Hier ein Tennisschläger. Hier ein Puppenfernseher, der echt funktioniert. Hier ein Armband, eine Halskette, Ohrringe, ein Puppenrevolver, Seidenstrümpfchen, ein Federhut, ein Strohhut, ein Frühjahrshütchen, Golfschlägerchen, ein kleines Scheckbuch, Parfümfläschchen, Badesalz, Körperspray . . .« Er machte eine Pause und blickte Momo prüfend an, die wie gelähmt zwischen all den Sachen am Boden saß.

»Du siehst«, fuhr der graue Herr fort, »es ist ganz einfach.

Man muß nur immer mehr und mehr haben, dann langweilt man sich niemals. Aber vielleicht denkst du, daß die vollkommene Bibigirl eines Tages *alles* haben wird und daß es dann eben doch wieder langweilig werden könnte. Nein, meine Kleine, keine Sorge! Da haben wir nämlich einen passenden Gefährten für Bibigirl.«

Und nun zog er aus dem Kofferraum eine andere Puppe hervor. Sie war ebensogroß wie Bibigirl, ebenso vollkommen, nur daß es ein junger Mann war. Der graue Herr setzte ihn neben Bibigirl, die vollkommene, und erklärte: »Das ist Bubiboy! Für ihn gibt es auch wieder eine unendliche Menge Zubehör. Und wenn das alles, alles langweilig geworden ist, dann gibt es noch eine Freundin von Bibigirl, und sie hat eine ganze eigene Ausstattung, die nur ihr paßt. Und zu Bubiboy gibt es noch einen dazupassenden Freund, und der hat wieder Freunde und Freundinnen. Du siehst also, es braucht nie wieder Langeweile zu geben, denn die Sache ist endlos fortzusetzen, und es bleibt immer noch etwas, das du dir wünschen kannst.«

Während er redete, holte er eine Puppe nach der anderen aus dem Kofferraum seines Wagens, dessen Inhalt unerschöpflich schien, und stellte sie um Momo herum, die noch immer reglos dasaß und dem Mann eher erschrocken zuguckte.

»Nun?« sagte der Mann schließlich und paffte dicke Rauchwolken, »hast du jetzt begriffen, wie man mit einer solchen Puppe spielen muß?«

»Schon«, antwortete Momo. Sie begann jetzt vor Kälte zu zittern. Der graue Herr nickte zufrieden und sog an seiner Zigarre.

»Nun möchtest du alle diese schönen Sachen natürlich gern behalten, nicht wahr? Also gut, meine Kleine, ich schenke sie dir! Du bekommst das alles – nicht sofort, sondern eines nach dem anderen, versteht sich! – und noch viel, viel mehr. Du brauchst auch nichts dafür zu tun. Du sollst nur damit spielen, so wie ich es dir erklärt habe. Nun, was sagst du dazu?«

Der graue Herr lächelte Momo erwartungsvoll an, aber da sie nichts sagte, sondern nur ernst seinen Blick erwiderte, setzte er hastig hinzu: »Du brauchst dann deine Freunde gar nicht mehr, verstehst du? Du hast ja nun genug Zerstreuung, wenn all diese schönen Sachen dir gehören und du immer noch mehr bekommst, nicht wahr? Und das willst du doch? Du willst doch diese fabelhafte Puppe? Du willst sie doch unbedingt, wie?«

Momo fühlte dunkel, daß ihr ein Kampf bevorstand, ja, daß sie schon mitten drin war. Aber sie wußte nicht, worum dieser Kampf ging und nicht gegen wen. Denn je länger sie diesem Besucher zuhörte, desto mehr ging es ihr mit ihm, wie es ihr vorher mit der Puppe gegangen war: Sie hörte eine Stimme, die redete, sie hörte Worte, aber sie hörte nicht den, der sprach. Sie schüttelte den Kopf.

»Was denn, was denn?« sagte der graue Herr und zog die Augenbrauen hoch. »Du bist immer noch nicht zufrieden? Ihr heutigen Kinder seid aber wirklich anspruchsvoll! Möchtest du mir wohl sagen, was dieser vollkommenen Puppe denn nun noch fehlt?«

Momo blickte zu Boden und dachte nach.

»Ich glaub'«, sagte sie leise, »man kann sie nicht liebhaben.«

Der graue Herr erwiderte eine ganze Weile nichts. Er starrte glasig vor sich hin wie die Puppen. Schließlich raffte er sich zusammen.

»Darauf kommt es überhaupt nicht an«, sagte er eisig.

Momo schaute ihm in die Augen. Der Mann machte ihr Angst, vor allem durch die Kälte, die von seinem Blick ausging. Aber irgendwie tat er ihr seltsamerweise auch leid, ohne daß sie hätte sagen können, weshalb.

»Aber meine Freunde«, sagte sie, »die hab' ich lieb.«

Der graue Herr verzog das Gesicht, als habe er plötzlich Zahnschmerzen. Aber er hatte sich gleich wieder in der Gewalt und lächelte messerdünn.

»Ich glaube«, erwiderte er sanft, »wir sollten einmal

ernsthaft miteinander reden, Kleine, damit du lernst, worauf es ankommt.«

Er zog ein graues Notizbüchlein aus der Tasche und blätterte darin, bis er fand, was er suchte.

»Du heißt Momo, nicht wahr?«

Momo nickte. Der graue Herr klappte das Büchlein zu, steckte es wieder ein und setzte sich ein wenig ächzend zu Momo auf die Erde. Eine Weile sagte er nichts, sondern paffte nur nachdenklich an seiner kleinen grauen Zigarre.

»Also Momo – nun höre mir einmal gut zu!« begann er schließlich. Das hatte Momo ja schon die ganze Zeit versucht. Aber ihm war viel schwerer zuzuhören als allen anderen, denen sie bisher zugehört hatte. Sonst konnte sie sozusagen ganz in den anderen hineinschlüpfen und verstehen, wie er es meinte und wie er wirklich war. Aber bei diesem Besucher gelang es ihr einfach nicht. Sooft sie es versuchte, hatte sie das Gefühl, ins Dunkle und Leere zu stürzen, als sei da gar niemand. Das war ihr noch nie widerfahren.

»Das einzige«, fuhr der Mann fort, »worauf es im Leben ankommt, ist, daß man es zu etwas bringt, daß man was wird, daß man was hat. Wer es weiter bringt, wer mehr wird und mehr hat als die anderen, dem fällt alles übrige ganz von selbst zu: Freundschaft, Liebe, Ehre und so weiter. Du meinst also, daß du deine Freunde lieb hast. Wir wollen das einmal ganz sachlich untersuchen.«

Der graue Herr paffte einige Nullen in die Luft. Momo steckte die nackten Füße unter ihren Rock und verkroch sich, soweit es möglich war, in ihrer großen Jacke.

»Da erhebt sich als erstes die Frage«, begann der graue Herr nun wieder, »was haben deine Freunde eigentlich davon, daß es dich gibt? Nützt es ihnen zu irgend etwas? Nein. Hilft es ihnen, voranzukommen, mehr zu verdienen, etwas aus ihrem Leben zu machen? Gewiß nicht. Unterstützt du sie in ihrem Bestreben, Zeit zu sparen? Im Gegenteil. Du hältst sie von allem ab, du bist ein Klotz an ihrem Bein, du ruinierst ihr Vorwärtskommen! Vielleicht ist es dir bisher noch nicht bewußt geworden, Momo, – jedenfalls schadest du deinen Freunden einfach dadurch, daß du da bist. Ja, du bist in Wirklichkeit, ohne es zu wollen, ihr Feind! Und das nennst du also jemand liebhaben?«

Momo wußte nicht, was sie erwidern sollte. So hatte sie die Dinge noch nie betrachtet. Einen Augenblick lang war sie sogar unsicher, ob der graue Herr nicht vielleicht recht hatte.

»Und deshalb«, fuhr der graue Herr fort, »wollen wir deine Freunde vor dir beschützen. Und wenn du sie wirklich liebhast, dann hilfst du uns dabei. Wir wollen, daß sie es zu etwas bringen. Wir sind ihre wahren Freunde. Wir können nicht stillschweigend mit ansehen, daß du sie von allem abhältst, was wichtig ist. Wir wollen dafür sorgen, daß du sie in Ruhe läßt. Und darum schenken wir dir all die schönen Sachen.«

»Wer ›wir‹?« fragte Momo mit bebenden Lippen.

»Wir von der Zeit-Spar-Kasse«, antwortete der graue Herr. »Ich bin Agent BLW/553/c. Ich persönlich meine es nur gut mit dir, denn die Zeit-Spar-Kasse läßt nicht mit sich spaßen.«

In diesem Augenblick erinnerte Momo sich plötzlich an das, was Beppo und Gigi über Zeit sparen und Ansteckung gesagt hatten. Ihr kam die schreckliche Ahnung, daß dieser graue Herr etwas damit zu tun hatte. Sehnlich wünschte sie, daß die beiden Freunde jetzt hier wären. Sie hatte sich noch nie so allein gefühlt. Aber sie beschloß, sich trotzdem keine Angst machen zu lassen. Sie nahm all ihre Kraft und ihren Mut zusammen und stürzte sich ganz und gar in die Dunkelheit und Leere hinein, hinter der der graue Herr sich vor ihr verbarg. Der hatte Momo aus den Augenwinkeln beobachtet. Die Veränderung in ihrem Gesicht war ihm nicht entgangen. Er lächelte ironisch, während er sich am Stummel seiner grauen Zigarre eine neue anzündete.

»Gib dir keine Mühe«, sagte er, »mit uns kannst du es nicht aufnehmen.«

Momo gab nicht nach.

»Hat dich denn niemand lieb?« fragte sie flüsternd.

Der graue Herr krümmte sich und sank plötzlich ein wenig in sich zusammen. Dann antwortete er mit aschengrauer Stimme:

»Ich muß schon sagen, so jemand wie du ist mir noch nicht vorgekommen, wirklich nicht. Und ich kenne viele Menschen. Wenn es mehr von deiner Sorte gäbe, dann könnten wir unsere Spar-Kasse bald zumachen und uns selbst in Nichts auflösen –, denn wovon sollten wir dann noch existieren?«

Der Agent unterbrach sich. Er starrte Momo an und schien gegen etwas anzukämpfen, das er nicht begreifen konnte, und mit dem er nicht fertig wurde. Sein Gesicht wurde noch eine Spur aschengrauer.

Als er nun wieder zu reden begann, war es, als geschehe es gegen seinen Willen, als brächen die Worte von selbst aus ihm hervor und er könne es nicht verhindern. Dabei verzerrte sich sein Gesicht mehr und mehr vor Entsetzen über das, was mit ihm geschah. Und nun hörte Momo endlich seine wahre Stimme: »Wir müssen unerkannt bleiben«, vernahm sie wie von weitem, »niemand darf wissen, daß es uns gibt und was wir tun ... Wir sorgen dafür, daß kein Mensch uns im Gedächtnis behalten kann ... Nur solang wir unerkannt sind, können wir unserem Geschäft nachgehen ... ein mühseliges Geschäft, den Menschen ihre Lebenszeit stunden-, minuten- und sekundenweise abzuzapfen ... denn alle Zeit, die sie sparen, ist für sie verloren ... Wir reißen sie an uns ... wir speichern sie auf ... wir brauchen sie ... uns hungert danach ... Ah, ihr wißt es nicht, was das ist, eure Zeit! ... Aber wir, wir wissen es und saugen euch aus bis auf die Knochen ... Und wir brauchen mehr ... immer mehr ... denn auch wir werden mehr ... immer mehr ... immer mehr ...«

Diese letzten Worte hatte der graue Herr fast röchelnd hervorgestoßen, aber nun hielt er sich mit beiden Händen selbst den Mund zu. Die Augen quollen ihm hervor, und er stierte Momo an. Nach einer Weile schien es, als ob er aus einer Art Betäubung wieder zu sich käme.

»Was – was war das?« stammelte er. »Du hast mich ausgehorcht! Ich bin krank! Du hast mich krank gemacht, du!« – Und dann in beinahe flehendem Ton: »Ich habe lauter Unsinn geredet, liebes Kind. Vergiß es! Du mußt mich vergessen, so wie alle anderen uns vergessen! Du mußt! Du mußt!«

Und er packte Momo und schüttelte sie. Sie bewegte die Lippen, vermochte aber nichts zu sagen.

Da sprang der graue Herr auf, blickte sich wie gehetzt um, packte seine bleigraue Aktentasche und rannte zu seinem Auto. Und nun geschah etwas höchst Sonderbares: Wie in einer umgekehrten Explosion flogen all die Puppen und die ganzen anderen umhergestreuten Sachen von allen Seiten in den Kofferraum hinein, der knallend zuschlug. Dann raste das Auto davon, daß die Steine spritzten. Momo saß noch lang auf ihrem Platz und versuchte zu begreifen, was sie da gehört hatte. Nach und nach wich die schreckliche Kälte aus ihren Gliedern und in gleichem Maße wurde ihr alles immer klarer und klarer. Sie vergaß nichts. Denn sie hatte die wirkliche Stimme eines grauen Herren gehört.

Vor ihr im dürren Gras stieg eine kleine Rauchsäule auf. Dort qualmte der zerdrückte Stummel der grauen Zigarre und zerfiel langsam zu Asche.

Achtes Kapitel
Eine Menge Träume und ein paar Bedenken

Am späteren Nachmittag kamen Gigi und Beppo. Sie fanden Momo im Schatten der Mauer sitzend, noch immer ein wenig blaß und verstört. Sie setzten sich zu ihr und erkundigten sich besorgt, was mit ihr los wäre. Stockend begann Momo zu berichten, was sie erlebt hatte. Und schließlich wiederholte sie Wort für Wort die ganze Unterhaltung mit dem grauen Herren.

Während der Erzählung schaute der alte Beppo Momo sehr ernst und prüfend an. Die Falten auf seiner Stirn vertieften sich. Auch nachdem Momo geendet hatte, schwieg er.

Gigi dagegen hatte mit wachsender Erregung zugehört. Seine Augen begannen zu glänzen, so wie sie es oft taten, wenn er selber beim Erzählen in Fahrt kam.

»Jetzt, Momo«, sagte er und legte ihr die Hand auf die Schulter, »hat unsere große Stunde geschlagen! Du hast entdeckt, was bisher noch niemand wußte! Und jetzt werden wir nicht nur unsere alten Freunde, nein, jetzt werden wir die ganze Stadt retten! Wir drei, ich, Beppo und du, Momo!«

Er war aufgesprungen und hatte beide Hände ausgestreckt. In seiner Phantasie sah er vor sich eine riesige Menschenmenge, die ihm, dem Befreier, zujubelte.

»Schon«, sagte Momo ein wenig verwirrt, »aber wie wollen wir das machen?«

»Was meinst du?« fragte Gigi irritiert.

»Ich meine«, erklärte Momo, »wie wollen wir das machen, die grauen Herren besiegen?«

»Na ja«, sagte Gigi, »so genau weiß ich das im Moment natürlich auch noch nicht. Das müssen wir uns erst ausdenken. Aber eines ist doch klar: Nachdem wir jetzt wissen, daß es sie gibt und was sie tun, müssen wir den Kampf mit ihnen aufnehmen – oder hast du etwa Angst?«

Momo nickte verlegen. »Ich glaub', es sind keine gewöhnlichen Männer. Der, der bei mir war, sah irgendwie anders aus. Und die Kälte ist ganz schlimm. Und wenn es viele sind, dann sind sie bestimmt sehr gefährlich. Ich hab' schon Angst.«

»Ach was!« rief Gigi begeistert. »Die Sache ist doch ganz einfach! Diese grauen Herren können ja nur ihrem finsteren Geschäft nachgehen, wenn sie unerkannt sind. Das hat dein Besucher doch selbst verraten. Also! Wir brauchen nur dafür zu sorgen, daß sie erkennbar werden. Denn wer sie einmal erkannt hat, der behält sie in Erinnerung, und wer sich an sie erinnert, der erkennt sie sofort! Also können sie uns überhaupt nichts anhaben – wir sind unangreifbar!«

»Glaubst du?« fragte Momo etwas zweifelnd.

»Selbstverständlich!« fuhr Gigi mit leuchtenden Augen fort. »Sonst wäre dein Besucher doch nicht so Hals über Kopf vor dir geflohen. Sie zittern vor uns!«

»Aber dann«, meinte Momo, »werden wir sie vielleicht gar nicht finden? Vielleicht verstecken sie sich vor uns.«

»Das kann allerdings leicht sein«, gab Gigi zu. »Dann müssen wir sie eben aus ihrem Versteck herauslocken.«

»Und wie?« fragte Momo. »Sie sind, glaub' ich, sehr schlau.«

»Nichts leichter als das!« rief Gigi und lachte. »Wir fangen sie mit ihrer eigenen Gier. Mit Speck fängt man Mäuse, also fängt man Zeit-Diebe mit Zeit.

Wir haben doch genug davon! Du müßtest dich zum Beispiel als Köder einsetzen und sie anlocken. Und wenn sie dann kommen, dann werden Beppo und ich aus unserem Versteck hervorbrechen und sie überwältigen.«

»Aber mich kennen sie jetzt schon«, wandte Momo ein. »Ich glaub' nicht, daß sie darauf hereinfallen.«

»Gut«, meinte Gigi, bei dem die Einfälle anfingen, sich zu überstürzen, »dann werden wir eben etwas anderes machen. Der graue Herr hat doch was von der Zeit-Spar-Kasse gesagt. Das muß doch wohl ein Gebäude sein. Es steht irgendwo in der Stadt. Wir müssen es nur finden. Und das werden wir bestimmt, denn ich bin sicher, daß es ein ganz besonderes Gebäude ist: grau, unheimlich, fensterlos, ein riesenhafter Geldschrank aus Beton! Ich sehe es vor mir. Wenn wir es gefunden haben, dann gehen wir hinein. Jeder von uns hat in beiden Händen eine Pistole. ›Gebt auf der Stelle alle gestohlene Zeit heraus!‹ sage ich ...«

»Wir haben aber gar keine Pistolen«, unterbrach ihn Momo bekümmert.

»Dann machen wir es eben ohne Pistolen«, antwortete Gigi großartig. »Das wird sie sogar noch mehr erschrecken. Unsere Erscheinung allein wird schon genügen, sie in panische Furcht zu versetzen.«

»Es wäre vielleicht gut«, sagte Momo, »wenn wir dabei ein bißchen mehr wären, nicht bloß wir drei. Ich meine, dann würden wir die Zeit-Spar-Kasse vielleicht auch eher finden, wenn noch andere mitsuchen.«

»Das ist eine sehr gute Idee«, entgegnete Gigi. »Wir sollten alle unsere alten Freunde mobilisieren. Und die vielen Kinder, die jetzt immer kommen. Ich schlage vor, wir gehen sofort alle drei los, und jeder benachrichtigt so viele, wie er finden kann. Und die sollen es wieder den anderen weitersagen. Wir treffen uns alle morgen nachmittag um drei hier zur großen Beratung!«

Sie machten sich also gleich auf den Weg, Momo in der einen Richtung, Beppo und Gigi in der anderen.

Als die beiden Männer schon eine Weile gegangen waren, blieb Beppo, der bis jetzt noch immer geschwiegen hatte, plötzlich stehen. »Hör' mal, Gigi«, sagte er, »ich mach' mir Sorgen.«

Gigi drehte sich nach ihm um. »Worüber denn?«

Beppo blickte den Freund eine Weile an und sagte dann: »Ich glaube Momo.«

»Ja und?« fragte Gigi verwundert.

»Ich meine«, fuhr Beppo fort, »ich glaube, daß es wahr ist, was Momo uns erzählt hat.«

»Gut, und was weiter?« fragte Gigi, der nicht verstand, was Beppo wollte.

»Weißt du«, erklärte Beppo, »wenn es nämlich wahr ist, was Momo da gesagt hat, dann müssen wir uns gut überlegen, was wir tun. Wenn es sich wirklich um eine geheime Verbrecherbande handelt – mit so jemand legt man sich nicht so ohne weiteres an, verstehst du? Wenn wir die einfach so herausfordern, dann kann das Momo in eine schlimme Lage bringen. Von uns will ich gar nicht reden, aber wenn wir jetzt auch noch die Kinder mit hineinziehen, dann bringen wir sie vielleicht in Gefahr. Wir müssen uns wirklich überlegen, was wir tun.«

»Ach was!« rief Gigi und lachte, »was du dir immer für Sorgen machst! Je mehr mitmachen, desto besser ist es doch.«

»Mir scheint«, erwiderte Beppo ernst, »du glaubst gar nicht, daß es wahr ist, was Momo erzählt hat.«

»Was heißt denn wahr!« antwortete Gigi. »Du bist ein Mensch ohne Phantasie, Beppo. Die ganze Welt ist eine große Geschichte, und wir spielen darin mit. Doch, Beppo, doch, ich glaube alles, was Momo erzählt hat, genauso wie du!«

Beppo wußte nichts darauf zu erwidern, aber seine Sorgen waren durch Gigis Antwort keineswegs geringer geworden.

Dann trennten sie sich, und jeder ging in eine andere Richtung, um die Freunde und die Kinder von der morgigen Versammlung zu benachrichtigen, Gigi mit leichtem, Beppo mit schwerem Herzen.

In dieser Nacht träumte Gigi vom künftigen Ruhm als Befreier der Stadt. Er sah sich im Frack, Beppo im Bratenrock und Momo in einem Kleid aus weißer Seide. Und dann wurden ihnen allen dreien goldene Ketten um den Hals gelegt und Lorbeerkränze aufgesetzt. Großartige Musik ertönte, und die Stadt veranstaltete zu Ehren ihrer Retter einen Fackelzug, wie er noch nie zuvor Menschen dargebracht worden war, so lang und so prächtig.

Zur gleichen Zeit lag der alte Beppo auf seinem Bett und konnte keinen Schlaf finden. Je länger er nachdachte, desto deutlicher wurde ihm die Gefährlichkeit der ganzen Sache. Natürlich würde er Gigi und Momo nicht allein ins Verderben rennen lassen – er würde mitgehen, was auch immer daraus werden mochte. Aber er mußte wenigstens versuchen, sie zurückzuhalten.

Am nächsten Nachmittag um drei Uhr hallte die Ruine des alten Amphitheaters wider vom aufgeregten Geschrei und Geschnatter vieler Stimmen. Die Erwachsenen unter den alten Freunden waren zwar leider nicht gekommen (außer Beppo und Gigi natürlich), aber etwa fünfzig bis sechzig Kinder von nah und fern, arme und reiche, wohlerzogene und wilde, größere und kleinere. Manche hatten, wie das Mädchen Maria, Geschwisterchen dabei, die an der Hand geführt oder auf dem Arm getragen wurden und nun mit großen Augen, den Finger im Mund, diese ungewöhnliche Versammlung betrachteten. Franco, Paolo und Massimo waren natürlich auch da, die übrigen Kinder gehörten fast alle zu denen, die erst in letzter Zeit ins Amphitheater gekommen waren. Sie interessierten sich natürlich ganz besonders für die Sache, um die es hier gehen sollte. Übrigens war auch der kleinere Junge mit dem Kofferradio erschienen – ohne Kofferradio allerdings. Er saß neben Momo, der er heute gleich als erstes gesagt hatte, daß er Claudio heiße und froh sei, daß er mitmachen dürfe.

Als schließlich ersichtlich war, daß keine Nachzügler mehr kommen würden, erhob sich Gigi Fremdenführer und gebot mit großer Gebärde Schweigen. Die Unterhaltungen und das Geschnatter verstummten, und erwartungsvolle Stille breitete sich in dem steinernen Rund aus. »Liebe Freunde«, begann Gigi mit lauter Stimme, »ihr alle wißt ja schon ungefähr, worum es geht. Das hat man euch bei der Einladung zu dieser Geheimversammlung mitgeteilt. Bis heute war es so, daß immer mehr Menschen immer weniger Zeit hatten, obgleich mit allen Mitteln fortwährend Zeit gespart wurde. Aber seht ihr, gerade diese Zeit, die da gespart wurde, war es, die den Menschen abhanden kam. Und warum? Momo hat es entdeckt! Den Menschen wird diese Zeit buchstäblich von einer Bande von Zeit-Dieben gestohlen! Und dieser eiskalten Verbrecherorganisation das Handwerk zu legen, das ist es, wozu wir eure Hilfe brauchen. Wenn ihr alle bereit seid, mitzumachen, dann wird dieser ganze Spuk, der über die Menschen gekommen ist, mit einem Schlag zu Ende sein. Meint ihr nicht, daß es sich dafür zu kämpfen lohnt?«

Er machte eine Pause, und die Kinder klatschten Beifall.

»Wir werden nachher«, fuhr Gigi fort, »darüber beraten, was wir unternehmen wollen. Aber nun soll euch zuerst Momo erzählen, wie sie einem dieser Kerle begegnet ist und wie er sich verraten hat.«

»Moment mal«, sagte der alte Beppo und stand auf, »hört mal zu, Kinder! Ich bin dagegen, daß Momo redet. Das geht so nicht. Wenn sie redet, bringt sie sich selber und euch alle in die größte Gefahr ...«

»Doch!« riefen einige Kinder, »Momo soll erzählen!«

Andere fielen ein, und schließlich riefen alle im Chor: »Momo! Momo! Momo!«

Der alte Beppo setzte sich, nahm seine Brille ab und strich sich mit den Fingern müde über die Augen.

Momo stand verwirrt auf. Sie wußte nicht recht, wessen Wunsch sie folgen sollte, dem Beppos oder dem der Kinder. Schließlich begann sie zu erzählen. Die Kinder hörten gespannt zu. Als sie geendet hatte, folgte eine lange Stille.

Während Momos Bericht war ihnen allen etwas bänglich zumute gewesen. So unheimlich hatten sie sich diese Zeit-Diebe nicht vorgestellt. Ein kleines Geschwisterchen fing laut zu weinen an, wurde aber gleich wieder beschwichtigt.

»Nun?« fragte Gigi in die Stille hinein, »wer von euch traut sich, mit uns zusammen den Kampf gegen diese grauen Herren aufzunehmen?«

»Warum hat Beppo nicht gewollt«, fragte Franco, »daß Momo uns ihr Erlebnis erzählt?«

»Er meint«, erklärte Gigi und lächelte aufmunternd, »daß die grauen Herren jeden, der ihr Geheimnis kennt, als Gefahr für sich betrachten und ihn deshalb verfolgen werden. Aber ich bin sicher, daß es gerade umgekehrt ist, daß jeder, der ihr Geheimnis kennt, gegen sie gefeit ist und sie ihm nichts mehr anhaben können. Das ist doch klar! Gib es doch zu, Beppo!«

Aber der schüttelte nur langsam den Kopf.

Die Kinder schwiegen.

»Eines steht jedenfalls fest«, ergriff Gigi wieder das Wort, »wir müssen jetzt auf Gedeih und Verderb zusammenhalten! Wir müssen vorsichtig sein, aber wir dürfen uns keine Angst machen lassen. Und darum frage ich euch nun noch einmal, wer von euch will mitmachen?«

»Ich!« rief Claudio und stand auf. Er war ein bißchen blaß.

Seinem Beispiel folgten erst zögernd, dann immer entschlossener andere, bis zuletzt alle Anwesenden sich gemeldet hatten.

»Nun, Beppo«, meinte Gigi und wies auf die Kinder, »was sagst du dazu?«

»Gut«, antwortete Beppo und nickte traurig, »ich mach' natürlich auch mit.«

»Also«, wandte Gigi sich wieder an die Kinder, »dann wollen wir jetzt beraten, was wir tun sollen. Wer hat irgendeinen Vorschlag?«

Alle dachten nach. Schließlich fragte Paolo, der Junge mit der Brille: »Aber wie können die das? Ich meine, wie kann man denn Zeit wirklich stehlen? Wie soll denn das gehen?«

»Ja«, rief Claudio, »was ist denn Zeit überhaupt?«

Niemand wußte eine Antwort.

Auf der anderen Seite des steinernen Rundes erhob sich nun das Mädchen Maria mit dem kleinen Geschwisterchen Dedé auf dem Arm und sagte: »Vielleicht ist es so was wie Atome? Sie können ja auch Gedanken, die einer bloß im Kopf denkt, mit einer Maschine aufschreiben. Das hab' ich selber im Fernsehen gesehen. Es gibt doch heute für alles Spezialfachleute.«

»Ich hab' eine Idee!« rief der dicke Massimo mit seiner

Mädchenstimme. »Wenn man Filmaufnahmen macht, ist doch alles auf dem Film drauf. Und bei Tonbandaufnahmen ist alles auf dem Band. Vielleicht haben sie einen Apparat, mit dem man die Zeit aufnehmen kann. Wenn wir wüßten, wo sie drauf ist, dann könnten wir sie einfach wieder ablaufen lassen, dann wäre sie wieder da!«

»Jedenfalls«, sagte Paolo und schob seine Brille auf der Nase hoch, »müssen wir erst mal einen Wissenschaftler finden, der uns hilft. Sonst können wir gar nichts machen.«

»Du immer mit deinen Wissenschaftlern!« rief Franco. »Denen kann man schon gleich nicht trauen! Nimm mal an, wir finden einen, der Bescheid weiß – woher willst du wissen, daß er nicht mit den Zeit-Dieben zusammenarbeitet? Dann sitzen wir schön in der Tinte!«

Das war ein berechtigter Einwand.

Jetzt erhob sich ein sichtlich wohlerzogenes Mädchen und sagte: »Ich finde, das beste wäre, wir melden das Ganze der Polizei.«

»Soweit kommt's noch!« protestierte Franco. »Die Polizei, was die schon machen kann! Das sind doch keine gewöhnlichen Räuber! Entweder weiß die Polizei schon längst Bescheid, dann ist sie offenbar machtlos. Oder sie hat noch nichts von dem ganzen Saustall gemerkt – dann ist es sowieso hoffnungslos. Das ist meine Meinung.« Eine Stille der Ratlosigkeit folgte.

»Aber irgendwas müssen wir doch tun«, meinte Paolo schließlich. »Und zwar möglichst schnell, ehe die Zeit-Diebe etwas von unserer Verschwörung merken.«

Nun erhob sich Gigi Fremdenführer.

»Liebe Freunde«, begann er, »ich habe mir die ganze Angelegenheit gründlich überlegt. Ich habe Hunderte von Plänen entwickelt und wieder verworfen, bis ich schließlich einen gefunden habe, der mit Sicherheit zum Ziel führen wird. Wenn ihr alle mitmacht! Ich wollte nur zuerst hören, ob einer von euch vielleicht einen besseren Plan hat. Also, ich will euch nun sagen, was wir tun werden.«

Er machte eine Pause und blickte langsam im ganzen

Rund umher. Mehr als fünfzig Kindergesichter waren ihm zugewandt. So viele Zuhörer hatte er schon lange nicht mehr gehabt.

»Die Macht dieser grauen Herren«, fuhr er fort, »liegt darin, wie ihr nun wißt, daß sie unerkannt und im geheimen arbeiten können. Also ist das einfachste und wirkungsvollste Mittel, um sie unschädlich zu machen, daß alle Leute die Wahrheit über sie erfahren. Und wie werden wir das machen? Wir werden eine große Kinder-Demonstration veranstalten! Wir werden Plakate und Transparente malen und damit durch alle Straßen ziehen. Wir werden die Aufmerksamkeit der Öffentlichkeit auf uns lenken. Und wir werden die *ganze Stadt* hierher zu uns ins alte Amphitheater einladen, um sie aufzuklären.

Es wird eine ungeheure Aufregung unter den Leuten geben!

Tausende und Abertausende werden herbeiströmen! Und wenn sich hier eine unübersehbare Menschenmenge versammelt hat, dann werden wir das schreckliche Geheimnis aufdecken! Und dann – dann wird sich die Welt mit einem Schlag ändern! Man wird niemand mehr die Zeit stehlen können. Jeder wird so viel davon haben, wie er nur haben will, denn von nun an ist ja wieder genug da. Und das, meine Freunde, können wir, wir alle gemeinsam schaffen, wenn wir nur wollen. Wollen wir?«

Ein vielstimmiger Jubelschrei war die Antwort.

»Ich stelle also fest«, schloß Gigi seine Rede, »wir haben einstimmig den Beschluß gefaßt, die ganze Stadt für den nächsten Sonntagnachmittag ins alte Amphitheater einzuladen. Aber bis dahin muß strengstes Stillschweigen über unseren Plan bewahrt werden, verstanden? Und nun, Freunde – an die Arbeit!«

Diesen und die folgenden Tage herrschte heimlicher, aber fieberhafter Hochbetrieb in der Ruine. Papier und Töpfe voll Farbe und Pinsel und Leim und Bretter und Pappe und Latten, und was sonst noch alles nötig war, wurde herbeigeschafft. (Wie und woher, wollen wir lieber nicht fragen.)

Und während die einen Transparente und Plakate und Umhängetafeln fabrizierten, dachten sich die anderen, die gut schreiben konnten, eindrucksvolle Texte aus und malten sie darauf.

Es waren Aufrufe, die zum Beispiel folgendes mitteilten:

Und auf allen stand außerdem Ort und Datum der Einladung.

Als schließlich alles fertig war, stellten sich die Kinder im Amphitheater auf, Gigi, Beppo und Momo an der Spitze, und dann zogen sie mit ihren Tafeln und Transparenten im langen Gänsemarsch in die Stadt. Dazu machten sie Lärm mit Blechdeckeln und Pfeifchen, riefen in Sprechchören und sangen folgendes Lied, das Gigi eigens für diesen Anlaß gedichtet hatte:

»Hört, ihr Leut, und laßt euch sagen:
Fünf vor zwölf hat es geschlagen.
Drum wacht auf und seid gescheit,
denn man stiehlt euch eure Zeit.

Hört, ihr Leut, und laßt euch sagen:
Laßt euch nicht mehr länger plagen!
Kommt am Sonntag so um drei,
hört uns zu, dann seid ihr frei!«

Das Lied hatte natürlich noch mehr Strophen, achtundzwanzig insgesamt, aber die brauchen wir hier nicht alle aufzuführen.

Ein paar Mal griff die Polizei ein und trieb die Kinder auseinander, wenn sie den Straßenverkehr behinderten. Aber die Kinder ließen sich dadurch keineswegs entmutigen. Sie sammelten sich an anderen Stellen wieder neu und fingen von vorn an. Sonst passierte ihnen nichts, und graue Herren konnten sie, trotz angestrengtester Aufmerksamkeit, nirgends entdecken.

Aber viele andere Kinder, die den Umzug sahen und bisher noch nichts von der ganzen Sache gewußt hatten,

schlossen sich an und gingen mit, bis es viele hundert und schließlich sogar tausend waren. Überall in der großen Stadt zogen nun Kinder in langen Prozessionen durch die Straßen und luden die Erwachsenen zu der wichtigen Versammlung ein, die die Welt verändern sollte.

Neuntes Kapitel
Eine gute Versammlung, die nicht stattfindet, und eine schlimme Versammlung, die stattfindet

Die große Stunde war vorüber.

Sie war vorüber, und keiner der Eingeladenen war gekommen. Gerade diejenigen Erwachsenen, die es am meisten anging, hatten von den Umzügen der Kinder kaum etwas bemerkt.

Nun war also alles umsonst gewesen.

Die Sonne neigte sich schon tief dem Horizont zu und stand groß und rot in einem purpurnen Wolkenmeer. Ihre Strahlen streiften nur noch die obersten Stufen des alten Amphitheaters, in dem seit Stunden Hunderte von Kindern saßen und warteten. Kein Stimmengewirr und kein fröhlicher Lärm war mehr zu hören. Alle saßen still und traurig da.

Die Schatten verlängerten sich rasch, bald würde es dunkel werden. Die Kinder begannen zu frösteln, denn es wurde kühl. Eine Kirchturmuhr in der Ferne schlug achtmal. Jetzt gab es keinen Zweifel mehr, daß die Sache ganz und gar mißlungen war.

Die ersten Kinder standen auf und gingen schweigend fort, andere schlossen sich ihnen an. Niemand sagte ein Wort. Die Enttäuschung war zu groß.

Schließlich kam Paolo zu Momo und sagte: »Es hat keinen Zweck mehr, zu warten, Momo. Jetzt kommt keiner mehr. Gute Nacht, Momo.«

Und er ging.

Dann kam Franco zu ihr und sagte: »Da kann man nichts machen. Mit den Erwachsenen brauchen wir nicht mehr zu rechnen, das haben wir ja jetzt gesehen. Ich war ja immer schon mißtrauisch gegen sie, aber jetzt will ich überhaupt nichts mehr mit ihnen zu tun haben.« Dann ging auch er, und ihm folgten andere. Und schließlich, als es schon dunkel wurde, gaben auch die letzten Kinder die Hoffnung auf und zogen ab. Momo blieb mit Beppo und Gigi allein.

Nach einer Weile stand auch der alte Straßenkehrer auf.

»Gehst du auch?« fragte Momo.

»Ich muß«, antwortete Beppo, »ich hab' Sonderdienst.«

»In der Nacht?«

»Ja, sie haben uns ausnahmsweise zum Müll-Abladen eingeteilt. Da muß ich jetzt hin.«

»Aber es ist doch Sonntag! Und überhaupt, das hast du doch noch nie gemußt!«

»Nein, aber jetzt haben sie uns dazu eingeteilt. Ausnahmsweise, sagen sie. Weil sie sonst nicht fertig werden. Personalmangel und so.«

»Schade«, meinte Momo, »ich wär' froh gewesen, wenn du heute hier geblieben wärst.«

»Ja, mir ist es gar nicht recht, daß ich jetzt weg muß«, sagte Beppo.

»Also, auf Wiedersehen bis morgen.«

Er schwang sich auf sein quietschendes Fahrrad und verschwand in der Dunkelheit.

Gigi pfiff leise ein melancholisches Lied vor sich hin. Er konnte sehr schön pfeifen, und Momo hörte ihm zu. Aber plötzlich brach er die Melodie ab.

»Ich muß ja auch weg!« sagte er. »Heute ist ja Sonntag, da muß ich ja Nachtwächter spielen! Hab' ich dir schon erzählt, daß das mein neuester Beruf ist? Ich hätt's beinah vergessen.«

Momo schaute ihn groß an und sagte nichts.

»Sei nicht traurig«, fuhr Gigi fort, »daß unser Plan nicht so gelungen ist, wie wir dachten. Ich hatte mir auch was anderes vorgestellt. Aber trotzdem – eigentlich hat es doch Spaß gemacht! Es war großartig.«

Da Momo beharrlich schwieg, fuhr er ihr tröstend durch die Haare und fügte hinzu: »Nimm's doch nicht so schwer, Momo. Morgen sieht alles schon wieder ganz anders aus. Wir denken uns einfach was Neues aus, eine neue Geschichte, ja?«

»Das war keine Geschichte«, sagte Momo leise.

Gigi stand auf. »Ich versteh' schon, aber wir reden morgen weiter darüber, einverstanden? Ich muß jetzt los, ich bin sowieso schon zu spät dran. Und du solltest dich jetzt schlafen legen.«

Und er ging, sein melancholisches Lied pfeifend, davon.

So blieb Momo ganz allein in dem großen steinernen Rund sitzen. Die Nacht war sternenlos. Der Himmel hatte sich mit Wolken bedeckt. Ein seltsamer Wind erhob sich. Er war nicht stark, aber unablässig, und er war von einer eigentümlichen Kälte. Es war sozusagen ein aschengrauer Wind.

Weit draußen vor der großen Stadt erhoben sich die gewaltigen Müllhalden. Es war ein richtiges Gebirge aus Asche, Scherben, Blechbüchsen, alten Matratzen, Plastikresten, Pappschachteln und all den anderen Sachen, die in der großen Stadt jeden Tag weggeworfen wurden und die hier darauf warteten, nach und nach in die riesigen Verbrennungsöfen zu wandern.

Bis spät in die Nacht hinein half der alte Beppo, zusammen mit seinen Kollegen, den Müll von den Lastwagen zu schaufeln, die in langer Reihe und mit leuchtenden Scheinwerfern standen, um entladen zu werden. Und je mehr abgefertigt waren, desto mehr hatten sich schon wieder an die Reihe angeschlossen.

»Eilt euch, Leute!« hieß es ständig. »Los, los! Sonst werden wir nie fertig!«

Beppo hatte geschaufelt und geschaufelt, bis ihm das Hemd am Leibe klebte. Gegen Mitternacht endlich war es vorüber.

Da Beppo ja schon alt und sowieso nicht gerade von sehr kräftiger Statur war, saß er nun erschöpft auf einer umgekehrten, zerlöcherten Plastikwanne und versuchte, zu Atem zu kommen.

»He, Beppo«, rief einer seiner Kollegen, »wir fahren jetzt heim. Kommst du mit?«

»Einen Augenblick«, sagte Beppo und drückte die Hand auf sein Herz, das weh tat.

»Ist dir nicht gut, Alter?« fragte ein anderer.

»Ist schon in Ordnung«, antwortete Beppo, »fahrt nur schon los. Ich ruhe mich nur noch einen Augenblick aus.«

»Also dann«, riefen die anderen, »gute Nacht!« Und sie fuhren weg. Es wurde still. Nur die Ratten raschelten da und dort im Müll und pfiffen manchmal. Beppo schlief ein, den Kopf in seine Arme gestützt.

Wie lange er so geschlafen hatte, wußte er nicht, als ihn plötzlich ein kalter Windstoß weckte. Er blickte auf und war mit einem Schlag hellwach.

Auf dem ganzen riesigen Müll-Gebirge standen graue Herren in feinen Anzügen, runde steife Hüte auf den Köpfen, bleigraue Aktentaschen in den Händen und kleine graue Zigarren zwischen den Lippen. Sie alle schwiegen und blickten unverwandt zur höchsten Stelle der Müllhalde, wo eine Art Richtertisch aufgebaut war, hinter dem drei Herren saßen, die sich sonst in nichts von den Übrigen unterschieden.

Im ersten Augenblick durchfuhr Beppo Angst. Er fürchtete, entdeckt zu werden. Hier durfte er nicht sein, das war ihm klar, ohne daß er darüber nachdenken mußte.

Aber dann bemerkte er bald, daß die grauen Herren wie gebannt zu dem Richtertisch hinaufblickten. Vielleicht sahen sie ihn überhaupt nicht, oder vielleicht hielten sie ihn einfach für irgendeine weggeworfene Sache. Jedenfalls beschloß Beppo, sich mucksmäuschenstill zu verhalten.

»Der Agent BLW/553/c möge vor das Hochgericht treten!« erscholl in die Stille hinein die Stimme des Herren, der oben am Tisch in der Mitte saß.

Der Ruf wurde weiter unten wiederholt und erklang wie ein zweites Echo nochmals weit entfernt. Dann öffnete sich eine Gasse in der Menge, und ein grauer Herr stieg langsam die Müllhalde hinauf. Das einzige, was ihn von allen anderen deutlich unterschied, war, daß das Grau seines Gesichtes fast weiß war.

Endlich stand er vor dem Richtertisch.

»Sie sind Agent BLW/553/c?« fragte der in der Mitte.

»Jawohl.«

»Seit wann arbeiten Sie für die Zeit-Spar-Kasse?«

»Seit meiner Entstehung.«

»Das versteht sich von selbst. Sparen Sie sich solche überflüssigen Bemerkungen! Wann sind Sie entstanden?«

»Vor elf Jahren, drei Monaten, sechs Tagen, acht Stunden, zweiunddreißig Minuten und – in diesem Augenblick genau – achtzehn Sekunden.«

Obwohl diese Unterhaltung leise geführt wurde und überdies weit entfernt stattfand, konnte der alte Beppo seltsamerweise jedes Wort verstehen.

»Ist Ihnen bekannt«, fuhr der Herr in der Mitte mit seiner Befragung fort, »daß es eine nicht unbeträchtliche Anzahl von Kindern in dieser Stadt gibt, die heute überall Tafeln und Plakate herumgetragen haben und die sogar den ungeheuerlichen Plan hatten, die ganze Stadt zu sich einzuladen, um sie über uns aufzuklären?«

»Es ist mir bekannt«, antwortete der Agent.

»Wie erklären Sie sich«, fragte der Richter unerbittlich weiter, »daß diese Kinder überhaupt über uns und unsere Tätigkeit Bescheid wissen?«

»Ich kann es mir auch nicht erklären«, gab der Agent zur Antwort. »Aber wenn ich mir hierzu eine Bemerkung erlauben darf, so möchte ich dem Hohen Gericht nahelegen, diese ganze Angelegenheit doch nicht ernster zu nehmen, als sie ist. Eine hilflose Kinderei, nicht mehr! Und außerdem bitte ich das Gericht, zu bedenken, daß es uns ganz mühelos gelungen ist, die geplante Versammlung zu vereiteln, indem wir den Leuten einfach keine Zeit dazu ließen. Aber selbst wenn uns das nicht gelungen wäre, ich bin sicher, die Kinder hätten den Leuten nichts als irgendeine kindliche Räubergeschichte mitzuteilen gewußt. Nach meiner Ansicht hätten wir die Versammlung sogar stattfinden lassen sollen, um dadurch . . .«

»Angeklagter!« unterbrach ihn der Herr in der Mitte scharf. »Ist Ihnen bewußt, wo Sie sich befinden?«

Der Agent knickte ein wenig zusammen. »Jawohl«, hauchte er.

»Sie befinden sich«, fuhr der Richter fort, »nicht vor einem Menschengericht, sondern vor Ihresgleichen. Sie wissen genau, daß Sie uns nicht anlügen können. Warum versuchen Sie es trotzdem?«

»Es ist – Berufsgewohnheit«, stammelte der Angeklagte.

»Wie ernst oder nicht das Unternehmen der Kinder zu nehmen ist«, sagte der Richter, »das überlassen Sie gefälligst dem Urteil des Vorstandes. Aber auch Sie selbst, Angeklagter, wissen sehr gut, daß nichts und niemand unserer Arbeit so gefährlich ist wie gerade die Kinder.«

»Ich weiß es«, gab der Angeklagte kleinlaut zu.

»Kinder«, erklärte der Richter, »sind unsere natürlichen Feinde. Wenn es sie nicht gäbe, so wäre die Menschheit längst ganz in unserer Gewalt. Kinder lassen sich sehr viel schwerer zum Zeit-Sparen bringen als alle anderen Menschen. Daher lautet eines unserer strengsten Gesetze: Kinder kommen erst zuletzt an die Reihe. Ist Ihnen dies Gesetz bekannt gewesen, Angeklagter?«

»Sehr wohl, Hohes Gericht«, keuchte der.

»Dennoch haben wir untrügliche Beweise dafür«, versetzte der Richter, »daß einer von uns, ich wiederhole, *einer von uns* mit einem Kind gesprochen und ihm obendrein noch die Wahrheit über uns verraten haben muß. Angeklagter, wissen Sie vielleicht, wer dieser *eine von uns* war?«

»Ich war es«, antwortete der Agent BLW/553/c zerschmettert.

»Und warum haben Sie somit gegen unser strengstes Gesetz verstoßen?« forschte der Richter.

»Weil dieses Kind«, verteidigte sich der Angeklagte, »in seiner Wirkung auf andere Menschen unserer Arbeit ungemein im Wege ist. Ich habe in der besten Absicht für die Zeit-Spar-Kasse gehandelt.«

»Ihre Absichten interessieren uns nicht«, gab der Richter eisig zurück. »Uns interessiert ausschließlich das Ergebnis. Und das Ergebnis in Ihrem Fall, Angeklagter, war nicht nur keinerlei Zeitgewinn für uns, sondern obendrein haben Sie diesem Kind auch noch einige unserer wichtigsten Geheimnisse verraten. Gestehen Sie das ein, Angeklagter?«

»Ich gestehe es ein«, hauchte der Agent mit gesenktem Kopf.

»Sie bekennen sich also schuldig?«

»Jawohl, aber ich bitte das Hohe Gericht, doch auch den mildernden Umstand anzuerkennen, daß ich regelrecht verhext worden bin. Durch die Art, wie dieses Kind mir zuhörte, lockte es alles aus mir heraus. Ich kann es mir selbst nicht erklären, wie es dazu gekommen ist, aber ich schwöre, es war so.«

»Ihre Entschuldigungen interessieren uns nicht. Mildernde Umstände lassen wir nicht gelten. Unser Gesetz ist unverbrüchlich und duldet keinerlei Ausnahme. Immerhin werden wir uns dieses merkwürdigen Kindes ein wenig annehmen. Wie heißt es?«

»Momo.«

»Knabe oder Mädchen?«

»Ein kleines Mädchen.«

»Wohnhaft?«

»In der Ruine des Amphitheaters.«

»Gut«, versetzte der Richter, der alles in sein kleines Notizbüchlein geschrieben hatte, »Sie können versichert sein, Angeklagter, daß dieses Kind uns nicht noch einmal schaden wird. Dafür werden wir mit allen Mitteln sorgen. Mag Ihnen das zum Trost gereichen, wenn wir nun unverzüglich zur Vollstreckung des Urteils schreiten.«

Der Angeklagte begann zu zittern.

»Und wie lautet das Urteil?« flüsterte er.

Die drei Herren hinter dem Richtertisch beugten sich zueinander, flüsterten sich etwas zu und nickten.

Dann wandte sich der in der Mitte wieder dem Angeklagten zu und verkündete:

»Das Urteil über Agent BLW/553/c lautet einstimmig: Der Angeklagte wird des Hochverrats für schuldig befunden. Er hat seine Schuld selbst eingestanden. Unser Gesetz schreibt vor, daß ihm zur Strafe unverzüglich jegliche Zeit entzogen wird.«

»Gnade! Gnade!« schrie der Angeklagte auf. Aber schon hatten ihm zwei andere graue Herren, die neben ihm standen, die bleigraue Aktentasche und die kleine Zigarre entrissen.

Und nun geschah etwas Sonderbares. Im selben Augenblick, wo der Verurteilte die Zigarre nicht mehr hatte, begann er rasch immer durchsichtiger und durchsichtiger zu werden. Auch sein Geschrei wurde dünner und leiser.

So stand er da, hielt sich die Hände vors Gesicht und löste sich buchstäblich in Nichts auf. Ganz zuletzt war es, als ob der Wind noch ein paar Aschenflöckchen im Kreis herumwirbelte, dann waren auch diese verschwunden.

Schweigend entfernten sich alle grauen Herren, die zugesehen und die zu Gericht gesessen hatten. Die Dunkelheit verschlang sie, und nur noch der graue Wind wehte über die öde Halde.

Beppo Straßenkehrer saß noch immer reglos auf seinem Platz und starrte auf die Stelle, wo der Angeklagte verschwunden war. Ihm war, als sei er zu Eis gefroren und taue nun langsam wieder auf. Jetzt wußte er aus eigener Anschauung, daß es die grauen Herren gab.

Etwa zur gleichen Stunde – die Turmuhr in der Ferne hatte Mitternacht geschlagen – saß die kleine Momo noch immer auf den Steinstufen der Ruine. Sie wartete. Sie hätte nicht sagen können, worauf. Aber irgendwie war ihr, als ob sie noch warten solle. Und so hatte sie sich bis jetzt noch nicht entschließen können, schlafen zu gehen. Plötzlich fühlte sie, wie etwas sie leise an ihrem nackten Fuß berührte. Sie beugte sich hinunter, denn es war ja sehr dunkel, und erkannte eine große Schildkröte, die ihr mit erhobenem Kopf und seltsam lächelndem Mund mitten ins Gesicht blickte. Ihre schwarzen klugen Augen glänzten so freundlich, als ob sie gleich zu sprechen anfangen wollte.

Momo beugte sich vollends zu ihr hinunter und krabbelte sie mit dem Finger unter dem Kinn.

»Ja, wer bist du denn?« fragte sie leise. »Nett von dir, daß wenigstens du mich besuchen kommst, Schildkröte. Was willst du denn von mir?«

Momo wußte nicht, ob sie es zuerst nur nicht wahrgenommen hatte, oder ob es tatsächlich in diesem Augenblick erst sichtbar wurde, jedenfalls bildeten sich nun plötzlich auf dem Rückenpanzer der Schildkröte schwach leuchtende Buchstaben, die sich aus den Mustern der Hornplatten zu formen schienen.

»Komm mit!« entzifferte Momo langsam.

Erstaunt setzte sie sich auf. »Meinst du mich?«

Aber die Schildkröte hatte sich bereits in Bewegung gesetzt. Nach einigen Schritten hielt sie inne und schaute sich nach dem Kind um. »Sie meint wirklich mich!« sagte Momo zu sich selbst. Dann stand sie auf und ging hinter dem Tier her.

»Geh nur!« sagte sie leise. »Ich folge dir.«

Und Schrittchen für Schrittchen ging sie hinter der Schildkröte her, die sie langsam, sehr langsam aus dem steinernen Rund herausführte und dann die Richtung auf die große Stadt einschlug.

Zehntes Kapitel
Eine wilde Verfolgung und eine geruhsame Flucht

Der alte Beppo radelte auf seinem quietschenden Fahrrad durch die Nacht. Er eilte sich, so sehr er konnte. Immer wieder klangen ihm die Worte des grauen Richters im Ohr: ». . . Wir werden uns dieses merkwürdigen Kindes annehmen . . . Sie können versichert sein, Angeklagter, daß es uns nicht noch einmal schaden wird . . . dafür werden wir mit allen Mitteln sorgen . . .«

Kein Zweifel, Momo war in größter Gefahr! Er mußte sofort zu ihr, mußte sie vor den Grauen warnen, mußte sie vor ihnen beschützen – obwohl er nicht wußte wie. Aber das würde er schon herausfinden. Beppo trat in die Pedale. Sein weißer Haarschopf flatterte. Der Weg bis zum Amphitheater war noch weit.

Die ganze Ruine war grell erleuchtet von den Scheinwerfern vieler eleganter grauer Autos, die sie von allen Seiten umstellt hatten. Dutzende von grauen Herren eilten die grasbewachsenen Stufen hinauf und hinunter und durchsuchten jeden Schlupfwinkel. Schließlich entdeckten sie auch das Loch in der Mauer, hinter dem Momos Zimmer lag. Einige von ihnen kletterten hinein und guckten unter das Bett und sogar in den gemauerten Ofen.

Dann kamen sie wieder heraus, klopften sich die feinen grauen Anzüge ab und zuckten die Schultern.

»Der Vogel ist ausgeflogen«, sagte einer.

»Es ist empörend«, meinte ein anderer, »daß Kinder in der Nacht herumstrolchen, anstatt ordentlich in ihren Betten zu liegen.«

»Das gefällt mir ganz und gar nicht«, erklärte ein dritter. »Das sieht fast so aus, als hätte sie jemand rechtzeitig gewarnt.«

»Undenkbar!« sagte der erste. »Der Betreffende hätte ja

schon früher als wir von unserem Beschluß wissen müssen!«

Die grauen Herren blickten einander alarmiert an.

»Falls sie tatsächlich von dem Betreffenden gewarnt worden ist«, gab der dritte zu bedenken, »dann ist sie sicherlich nicht mehr hier in der Gegend. Wir würden gerade durch weiteres Suchen hier nur unnütz Zeit verlieren.«

»Haben Sie einen besseren Vorschlag?«

»Nach meiner Ansicht müßten wir sofort die Zentrale benachrichtigen, damit diese den Befehl zum Großeinsatz gibt.«

»Die Zentrale wird uns als erstes fragen, ob wir die Umgebung auch tatsächlich gründlich abgesucht haben, und das mit Recht.«

»Also gut«, sagte der erste graue Herr, »durchsuchen wir zunächst die Umgebung. Aber wenn das Mädchen inzwischen von dem Betreffenden Hilfe bekommen hat, dann machen wir damit einen großen Fehler.«

»Lächerlich!« fuhr ihn der andere böse an. »In diesem Fall kann die Zentrale immer noch Großeinsatz anordnen. Dann werden sich sämtliche verfügbaren Agenten an der Jagd beteiligen. Das Kind hat nicht die geringste Chance, uns zu entkommen. Und nun – an die Arbeit, meine Herren! Sie wissen, was auf dem Spiel steht.«

In dieser Nacht wunderten sich viele Leute in der Gegend, warum der Lärm der vorbeirasenden Autos überhaupt nicht mehr verstummen wollte. Selbst die kleinsten Seitenstraßen und holperigsten Kieswege waren bis zum Morgengrauen von einem Getöse erfüllt wie sonst nur die großen Hauptverkehrsstraßen.

Man konnte kein Auge zutun. – Zur nämlichen Stunde wanderte die kleine Momo, von der Schildkröte geführt, langsam durch die große Stadt, die jetzt niemals mehr schlief, selbst zu dieser späten Nachtzeit nicht.

Rastlos jagten und hasteten die Menschen in riesigen Massen durcheinander, schoben sich gegenseitig ungeduldig beiseite, rempelten sich an, oder trotteten hintereinander her in endlosen Kolonnen. Auf den Fahrbahnen drängten sich die Autos, dazwischen dröhnten riesige Omnibusse, die ständig überfüllt waren. An den Häuserfassaden flammten die Leuchtreklamen auf, übergossen das Gewühl mit ihrem bunten Licht und erloschen wieder.

Momo, die alles das noch nie gesehen hatte, ging wie im Traum und mit großen Augen immer hinter der Schildkröte her. Sie überquerten weite Plätze und hellerleuchtete Straßen, die Autos rasten hinter ihnen und vor ihnen vorüber, Passanten umdrängten sie, aber niemand beachtete das Kind mit der Schildkröte.

Die beiden mußten auch niemals jemand ausweichen, wurden niemals angestoßen, kein Auto mußte ihretwegen bremsen. Es war, als wisse die Schildkröte mit völliger Sicherheit vorher, wo in welchem Augenblick gerade kein Auto fahren, kein Fußgänger gehen würde. So mußten sie sich niemals eilen und niemals anhalten, um zu warten. Und Momo begann sich zu wundern, wie man so langsam gehen und doch so schnell vorankommen konnte.

Als Beppo Straßenkehrer endlich beim alten Amphitheater ankam, entdeckte er, noch ehe er abgestiegen war, im schwachen Schein seiner Fahrradlampe die vielen Reifenspuren rund um die Ruine. Er ließ sein Rad ins Gras fallen und lief zu dem Loch in der Mauer.

»Momo!« raunte er zuerst und dann noch einmal lauter: »Momo!«

Keine Antwort.

Beppo schluckte, seine Kehle war trocken. Er kletterte durch das Loch in den stockdunklen Raum hinunter, stolperte und verstauchte sich den Fuß. Mit zitternden Fingern entzündete er ein Streichholz und schaute sich um.

Das Tischchen und die beiden Stühle aus Kistenholz waren umgestoßen, die Decken und die Matratze waren aus dem Bett gerissen. Und Momo war nicht da.

Beppo biß sich auf die Lippen und unterdrückte ein heiseres Aufschluchzen, das ihm für einen Augenblick die Brust zerreißen wollte.

»Mein Gott«, murmelte er, »o mein Gott, sie haben sie schon weggeholt. Mein kleines Mädchen haben sie schon weggeholt. Ich bin zu spät gekommen. Was soll ich denn jetzt machen? Was mach' ich denn jetzt nur?« Dann verbrannte ihm das Streichholz die Finger, er warf es weg und stand im Finstern.

So rasch er konnte, kletterte er wieder ins Freie und humpelte auf seinem verstauchten Fuß zu seinem Fahrrad. Er schwang sich hinauf und strampelte los.

»Gigi muß 'ran!« sagte er immer wieder vor sich hin. »Jetzt muß Gigi 'ran! Hoffentlich find' ich den Schuppen, wo er schläft.«

Beppo wußte, daß Gigi sich seit kurzem ein paar zusätzliche Pfennige verdiente, indem er jeden Sonntag nachts im Werkzeugschuppen einer kleinen Autoausschlachterei schlief. Dort sollte er aufpassen, daß nicht wieder, wie früher schon öfter, noch brauchbare Autoteile abhanden kamen.

Als Beppo den Schuppen endlich erreicht hatte und mit der Faust gegen die Tür hämmerte, hielt Gigi sich zunächst mucksmäuschenstill, für den Fall, daß es sich um die Autoteil-Diebe handeln sollte. Aber dann erkannte er Beppos Stimme und machte auf.

»Was ist denn los?« jammerte er erschrocken. »Ich kann es nicht leiden, wenn man mich so brutal aus dem Schlaf reißt.«

»Momo! ...« stieß Beppo hervor, der nach Atem rang, »Momo ist irgendwas Schreckliches passiert!«

»Was sagst du?« fragte Gigi und setzte sich fassungslos auf seine Liegestatt. »Momo? Was ist denn geschehen?«

»Ich weiß es selbst noch nicht«, keuchte Beppo, »was Schlimmes.«

Und nun erzählte er alles, was er erlebt hatte: vom Hochgericht auf der Müllhalde, von den Reifenspuren um die Ruine, und daß Momo nicht mehr da war. Es dauerte natürlich eine Weile, bis er alles vorgebracht hatte, denn trotz aller Angst und Sorge um Momo konnte er nun einmal nicht schneller reden.

»Ich hab's von Anfang an geahnt«, schloß er seinen Bericht. »Ich hab' gewußt, daß es nicht gutgehen würde. Jetzt haben sie sich gerächt. Sie haben Momo entführt! O Gott, Gigi, wir müssen ihr helfen! Aber wie? Aber wie?«

Während Beppos Worten war langsam alle Farbe aus Gigis Gesicht gewichen. Ihm war, als sei ihm plötzlich der Boden unter den Füßen weggezogen. Bis zu diesem Augenblick war alles für ihn ein großes Spiel gewesen. Er hatte es so ernst genommen, wie er jedes Spiel und jede Geschichte nahm – ohne dabei je an Folgen zu denken. Zum ersten Mal in seinem Leben ging eine Geschichte ohne ihn weiter, machte sich selbständig, und alle Phantasie der Welt konnte sie nicht rückgängig machen! Er fühlte sich wie gelähmt.

»Weißt du, Beppo«, begann er nach einer Weile, »es könnte ja auch sein, daß Momo einfach ein bißchen spazierengegangen ist. Das tut sie doch manchmal. Einmal ist sie sogar schon drei Tage und Nächte im Land herumgestrolcht. Ich meine, bis jetzt haben wir vielleicht noch gar keinen Grund, uns solche Sorgen zu machen.«

»Und die Reifenspuren?« fragte Beppo aufgebracht. »Und die herausgerissene Matratze?«

»Na ja«, gab Gigi ausweichend zur Antwort, »nehmen wir mal an, es wäre wirklich irgendwer da gewesen. Wer sagt dir denn, daß er Momo gefunden hat? Vielleicht war sie schon vorher weg. Sonst wäre doch nicht alles durchgesucht und umgewühlt.«

»Wenn sie sie aber doch gefunden haben?« schrie Beppo,

»was dann?« Er packte den jüngeren Freund an den Jackenaufschlägen und schüttelte ihn. »Gigi, sei kein Narr! Die grauen Herren sind Wirklichkeit! Wir müssen irgendwas tun, und zwar sofort!«

»Beruhige dich doch, Beppo«, stotterte Gigi erschrocken. »Natürlich werden wir etwas unternehmen. Aber das muß gut überlegt sein. Wir wissen ja noch nicht mal, wo wir Momo überhaupt suchen sollen.«

Beppo ließ Gigi los. »Ich geh' zur Polizei!« stieß er hervor.

»Sei doch vernünftig!« rief Gigi entsetzt. »Das kannst du doch nicht machen! Nimm mal an, die gehen los und finden unsere Momo wirklich. Weißt du, was die dann mit ihr machen? Weißt du das, Beppo? Weißt du, wo streunende elternlose Kinder hinkommen? In so ein Heim stecken sie sie, wo Gitter an den Fenstern sind! Das willst du unserer Momo antun?«

»Nein«, murmelte Beppo und starrte ratlos vor sich hin, »das will ich nicht. Aber wenn sie doch vielleicht in Not ist?«

»Aber stell dir vor, wenn sie's nicht ist«, fuhr Gigi fort, »wenn sie vielleicht wirklich nur ein bißchen herumstrolcht und du hetzt ihr die Polizei auf den Hals. Ich möchte nicht in deiner Haut stecken, wenn sie dich dann zum letzten Mal anschaut.«

Beppo sank auf einen Stuhl am Tisch nieder und legte das Gesicht auf die Arme.

»Ich weiß einfach nicht, was ich machen soll«, stöhnte er, »ich weiß es einfach nicht.«

»Ich finde«, meinte Gigi, »wir sollten auf jeden Fall bis morgen oder übermorgen warten, ehe wir was unternehmen. Wenn sie dann immer noch nicht zurück ist, können wir ja zur Polizei gehen. Aber wahrscheinlich ist bis dahin alles längst wieder in Ordnung, und wir lachen alle drei über den ganzen Unsinn.«

»Meinst du?« murmelte Beppo, den auf einmal eine steinerne Müdigkeit übermannte. Für den alten Mann war es heute ein bißchen viel gewesen.

»Aber sicher«, antwortete Gigi und zog Beppo den Schuh von dem verstauchten Fuß. Er half ihm auf das Lager hinüber und packte den Fuß in ein nasses Tuch.

»Wird schon wieder werden«, sagte er sanft, »wird alles wieder werden.«

Als er sah, daß Beppo schon eingeschlafen war, seufzte er und legte sich selbst auf den Fußboden, seine Jacke als Kissen unter den Kopf geschoben. Aber schlafen konnte er nicht. Die ganze Nacht mußte er an die grauen Herren denken. Und zum ersten Mal in seinem bisher so unbekümmerten Leben überfiel ihn Angst.

Aus der Zentrale der Zeit-Spar-Kasse war der Befehl zum Großeinsatz gegeben worden. Sämtliche Agenten in der großen Stadt hatten Anweisung erhalten, jede andere Tätigkeit zu unterbrechen und sich ausschließlich mit der Suche nach dem Mädchen Momo zu beschäftigen. In allen Straßen wimmelte es von den grauen Gestalten; sie saßen auf den Dächern und in den Kanalisationsschächten, sie kontrollierten unauffällig die Bahnhöfe und den Flugplatz, die Autobusse und die Straßenbahnen – kurzum, sie waren überall.

Aber das Mädchen Momo fanden sie nicht.

»Du, Schildkröte«, fragte Momo, »wo führst du mich eigentlich hin?« Die beiden wanderten eben durch einen dunklen Hinterhof.

»Keine Angst!« stand auf dem Rücken der Schildkröte.

»Hab' ich auch nicht«, sagte Momo, nachdem sie es entziffert hatte. Aber sie sagte es mehr zu sich selbst, um sich Mut zu machen, denn ein wenig bang war ihr schon.

Der Weg, den die Schildkröte sie führte, wurde immer sonderbarer und verschlungener. Sie waren schon durch Gärten gelaufen, über Brücken, durch Unterführungen, Toreinfahrten und Hausflure, ja, einige Male sogar schon durch Keller.

Hätte Momo gewußt, daß ein ganzes Heer von grauen

Herren sie verfolgte und suchte, sie hätte vermutlich noch viel mehr Angst gehabt. Aber davon ahnte sie nichts, und deshalb folgte sie geduldig und Schritt für Schritt der Schildkröte auf ihrem scheinbar so verworrenen Weg. Und das war gut. So wie die Schildkröte vorher ihren Weg durch den Straßenverkehr gefunden hatte, schien sie nun auch genau vorauszuwissen, wann und wo die Verfolger auftauchen würden. Manchmal kamen die grauen Herren schon einen Augenblick später an einer Stelle vorüber, an der die beiden eben gewesen waren. Aber sie begegneten ihnen niemals.

»Ein Glück, daß ich schon so gut lesen kann«, sagte Momo ahnungslos, »findest du nicht?«

Auf dem Rückenpanzer der Schildkröte blinkte wie ein Warnlicht die Schrift: »STILL!«

Momo verstand nicht warum, aber sie befolgte die Anweisung. In geringer Entfernung gingen drei dunkle Gestalten vorüber.

Die Häuser des Stadtteils, in dem sie jetzt waren, wurden immer grauer und schäbiger. Hohe Mietskasernen, an denen der Verputz abbröckelte, säumten die Straßen voller Löcher, in denen das Wasser stand. Hier war alles dunkel und menschenleer.

In die Zentrale der Zeit-Spar-Kasse kam die Nachricht, daß das Mädchen Momo gesehen worden sei.

»Gut«, war die Antwort, »habt ihr sie fest?«

»Nein, sie war plötzlich wie vom Erdboden verschluckt. Wir haben ihre Spur wieder verloren.«

»Wie kann das sein?«

»Das fragen wir uns selbst. Irgendwas stimmt da nicht.«

»Wo befand sie sich, als ihr sie gesehen habt?«

»Das ist es ja gerade. Es handelt sich um eine Gegend der Stadt, die uns völlig unbekannt ist.«

»Eine solche Gegend gibt es nicht«, stellte die Zentrale fest.

»Offenbar doch. Es ist – wie soll man sagen? – als ob diese

Gegend ganz am Rande der Zeit liegt. Und das Kind bewegte sich auf diesen Rand zu.«

»Was?« schrie die Zentrale, »Verfolgung aufnehmen! Ihr müßt sie fassen, um jeden Preis! Habt ihr verstanden?«

»Verstanden!« kam die aschengraue Antwort.

Zuerst dachte Momo, es sei die Morgendämmerung; aber dieses seltsame Licht war so plötzlich gekommen, genaugenommen in dem Augenblick, als sie in diese Straße eingebogen waren. Hier war es nicht mehr Nacht, aber es war auch nicht Tag. Und diese Dämmerung glich weder der des Morgens noch der des Abends. Es war ein Licht, das die Konturen aller Dinge unnatürlich scharf und klar hervorhob und doch von nirgendwo herzukommen schien – oder vielmehr von überallher zugleich. Denn die langen schwarzen Schatten, die sogar die kleinsten Steinchen auf der Straße warfen, liefen in ganz verschiedene Richtungen, als würde jener Baum dort von links, dieses Haus von rechts und das Denkmal da drüben von vorn beleuchtet.

Übrigens sah das Denkmal selbst auch recht sonderbar aus. Auf einem großen würfelförmigen Sockel aus schwarzem Stein stand ein riesengroßes weißes Ei. Das war alles.

Aber auch die Häuser waren anders als alle, die Momo je gesehen hatte. Sie waren von einem fast blendenden Weiß. Hinter den Fenstern lagen schwarze Schatten, so daß man nicht sehen konnte, ob dort überhaupt jemand wohnte. Aber irgendwie hatte Momo das Gefühl, daß diese Häuser gar nicht gebaut waren, um bewohnt zu werden, sondern um einem anderen, geheimnisvollen Zweck zu dienen.

Diese Straßen waren vollkommen leer, nicht nur von Menschen, sondern auch von Hunden, Vögeln und Autos. Alles schien reglos und wie in Glas eingeschlossen. Nicht der kleinste Windhauch regte sich.

Momo wunderte sich, wie schnell sie hier vorankamen, obgleich die Schildkröte eher noch langsamer ging als bisher.

Außerhalb dieses seltsamen Stadtteils, dort wo Nacht war, jagten drei elegante Autos mit leuchtenden Scheinwerfern die zerlöcherte Straße entlang. In jedem saßen mehrere graue Herren. Einer, der im vordersten Wagen saß, hatte Momo entdeckt, als sie in die Straße mit den weißen Häusern eingebogen war, wo das seltsame Licht anfing.

Als sie jedoch diese Ecke erreicht hatten, geschah etwas höchst Unbegreifliches. Die Autos kamen plötzlich nicht mehr vom Fleck. Die Fahrer traten aufs Gas, die Räder jaulten, aber die Autos liefen am Ort, etwa so, als ob sie auf einem fahrenden Band stünden, das mit gleicher Geschwindigkeit in entgegengesetzter Richtung lief. Und je mehr sie beschleunigten, desto weniger kamen sie vorwärts. Als die grauen Herren das merkten, sprangen sie fluchend aus den Wagen und versuchten, Momo, die sie weit in der Ferne gerade noch erkennen konnten, zu Fuß einzuholen. Sie rannten mit verzerrten Gesichtern, und als sie endlich erschöpft innehalten mußten, waren sie im ganzen gerade zehn Meter weit vorangekommen. Und das Mädchen Momo war irgendwo in der Ferne zwischen den schneeweißen Häusern verschwunden.

»Aus!« sagte einer der Herren, »aus und vorbei! Jetzt kriegen wir sie nicht mehr.«

»Ich begreife nicht«, meinte ein anderer, »warum wir nicht mehr vom Fleck gekommen sind.«

»Ich auch nicht«, antwortete der erste, »die Frage ist nur, ob man uns das als mildernde Umstände für unser Versagen zugute halten wird.«

»Sie meinen, man wird uns vor Gericht stellen?«

»Na, belobigen wird man uns ganz bestimmt nicht.«

Alle beteiligten Herren ließen die Köpfe hängen und setzten sich auf Kühler und Stoßstangen ihrer Autos. Sie hatten es nicht mehr eilig.

Schon weit, weit fort, irgendwo im Gewirr der leeren, schneeweißen Straßen und Plätze, ging Momo hinter der Schildkröte her. Und gerade, weil sie so langsam gingen, war es, als glitte die Straße unter ihnen dahin, als flögen die Gebäude vorüber. Wiederum bog die Schildkröte um eine Ecke, Momo folgte ihr – und blieb überrascht stehen. Diese Straße bot einen völlig anderen Anblick als alle vorigen.

Es war eigentlich mehr ein enges Gäßchen. Die Häuser, die sich links und rechts aneinanderdrängten, sahen aus wie lauter zierliche Paläste aus Glas, voller Türmchen, Erkerchen und Terrassen, die undenkliche Zeiten auf dem Meeresgrund gestanden hatten und nun plötzlich aufgestiegen waren, von Tang und Algen überhangen und mit Muscheln und Korallen bewachsen. Und das Ganze spielte sanft in allen Farben wie Perlmutter.

Dieses Gäßchen lief auf ein einzelnes Haus zu, das seinen Abschluß bildete und quer zu den übrigen stand. In seiner Mitte befand sich ein großes grünes Tor, das kunstvoll mit Figuren bedeckt war.

Momo blickte zu dem Straßenschild hinauf, das sich gleich über ihr an der Wand befand. Es war aus weißem Marmor, und auf ihm stand in goldenen Lettern:

NIEMALS-GASSE

Momo hatte mit Schauen und Buchstabieren nur ein paar Augenblicke gesäumt, dennoch war die Schildkröte nun schon weit voraus, fast am Ende der Gasse vor dem letzten Haus.

»Warte doch auf mich, Schildkröte!« rief Momo, aber sonderbarerweise konnte sie ihre eigene Stimme nicht hören.

Dagegen schien die Schildkröte sie gehört zu haben, denn sie blieb stehen und schaute sich um. Momo wollte ihr folgen, aber als sie nun in die Niemals-Gasse hineinging, war es ihr plötzlich, als ob sie unter Wasser gegen einen mächtigen Strom angehen müsse, oder gegen einen gewaltigen und doch unspürbaren Wind, der sie einfach zurückblies. Sie stemmte sich schräg gegen den rätselhaften Druck, zog sich an Mauervorsprüngen weiter und kroch manchmal auf allen vieren. »Ich komm' nicht dagegen an!« rief sie schließlich der Schildkröte zu, die sie klein am anderen Ende der Gasse sitzen sah, »hilf mir doch!« Langsam kam die Schildkröte zurück. Als sie schließlich vor Momo saß, erschien auf ihrem Panzer der Rat: »Rückwärts gehen!«

Momo versuchte es. Sie drehte sich um und ging rückwärts. Und plötzlich gelang es ihr, ohne jede Schwierigkeit weiterzukommen. Aber es war höchst merkwürdig, was dabei mit ihr geschah. Während sie nämlich so rückwärts ging, dachte sie zugleich auch rückwärts, sie atmete rückwärts, sie empfand rückwärts, kurz – sie lebte rückwärts!

Schließlich stieß sie gegen etwas Festes. Sie drehte sich um und stand vor dem letzten Haus, das die Straße quer abschloß. Sie erschrak ein wenig, weil die figurenbedeckte Tür aus grünem Metall von hier aus nun plötzlich ganz riesenhaft erschien.

»Ob ich sie überhaupt aufkriege?« dachte Momo zweifelnd. Aber im selben Augenblick öffneten sich schon die beiden mächtigen Torflügel. Momo blieb noch einen Moment lang stehen, denn sie hatte über der Tür ein weiteres Schild entdeckt. Es wurde von einem weißen Einhorn getragen, und auf ihm war zu lesen:

Das Nirgend-Haus

Da Momo nicht besonders schnell lesen konnte, waren die beiden Torflügel schon wieder dabei, sich langsam zu schließen, als sie fertig war. Sie huschte rasch noch hindurch, dann schlug das gewaltige Tor mit leisem Donner hinter ihr zu.

Sie befand sich jetzt in einem hohen, sehr langen Gang. Links und rechts standen in regelmäßigen Abständen nackte Männer und Frauen aus Stein, welche die Decke zu tragen schienen. Von der geheimnisvollen Gegenströmung war hier nichts mehr zu bemerken.

Momo folgte der Schildkröte, die vor ihr herkrabbelte, durch den langen Gang. An dessen Ende blieb das Tier vor einem sehr kleinen Türchen sitzen, gerade groß genug, daß Momo gebückt durchkommen konnte.

»Wir sind da« stand auf dem Rückenpanzer der Schildkröte.

Momo hockte sich nieder und sah direkt vor ihrer Nase auf der kleinen Tür ein Schildchen mit der Aufschrift:

Meister Secundus Minutius Hora

Momo holte tief Atem und drückte dann entschlossen auf die kleine Klinke. Als das Türchen sich öffnete, wurde ein vielstimmiges musikalisches Ticken und Schnarren und Klingen und Schnurren von drinnen hörbar. Das Kind folgte der Schildkröte, und die kleine Tür fiel hinter ihnen ins Schloß.

Elftes Kapitel
Wenn Böse aus dem Schlechten das Beste machen . . .

Im aschengrauen Licht endloser Gänge und Nebengänge huschten die Agenten der Zeit-Spar-Kasse umher und flüsterten sich aufgeregt das Neueste zu: Sämtliche Herren des Vorstandes waren zu einer außerordentlichen Sitzung zusammengetreten!

Das konnte nur bedeuten, daß größte Gefahr vorhanden war, so folgerten die einen.

Das konnte nur heißen, daß ungeahnte neue Möglichkeiten des Zeitgewinns sich ergeben hatten, schlossen die anderen daraus. Im großen Sitzungssaal tagten die grauen Herren des Vorstandes. Sie saßen einer neben dem anderen an einem schier endlosen Konferenztisch. Jeder hatte wie immer seine bleigraue Aktentasche bei sich, und jeder rauchte seine kleine graue Zigarre. Nur die runden steifen Hüte hatten sie abgelegt, und nun war zu sehen, daß sie alle spiegelnde Glatzen hatten.

Die Stimmung – soweit man bei diesen Herren überhaupt von so etwas wie Stimmung reden konnte – war allgemein gedrückt.

Der Vorsitzende am Kopfende des langen Tisches erhob sich. Das Gemurmel erstarb, und zwei endlose Reihen grauer Gesichter wandten sich ihm zu.

»Meine Herren«, begann er, »unsere Lage ist ernst. Ich sehe mich gezwungen, Sie alle unverzüglich mit den bitteren, aber unabänderlichen Tatsachen bekannt zu machen.

Bei der Jagd nach dem Mädchen Momo haben wir nahezu alle unsere verfügbaren Agenten eingesetzt. Diese Jagd dauerte im ganzen sechs Stunden, dreizehn Minuten und acht Sekunden. Alle beteiligten Agenten mußten dabei unvermeidlich ihren eigentlichen Daseinszweck, nämlich Zeit einzubringen, vernachlässigen. Zu diesem Ausfall kommt jedoch noch die Zeit, welche während der Suche von unseren Agenten selbst verbraucht worden ist. Aus diesen beiden Minusposten ergibt sich ein Zeitverlust, der nach ganz exakten Berechnungen dreimilliardensiebenhundertachtunddreißigmillionenzweihundertneunundfünfzigtausendeinhundertvierzehn Sekunden beträgt.

Meine Herren, das ist mehr als ein ganzes Menschenleben! Ich brauche wohl nicht erst zu erklären, was das für uns bedeutet.«

Er machte eine Pause und wies mit großer Gebärde auf eine riesige Stahltür mit vielfachen Nummern- und Sicherheitsschlössern an der Stirnseite des Saales in der Wand.

»Unsere Zeit-Speicher, meine Herren«, rief er mit erhobener Stimme, »sind nicht unerschöpflich! Wenn die Jagd sich wenigstens gelohnt hätte! Allein, es handelt sich um völlig nutzlos vertane Zeit! Das Mädchen Momo ist uns entkommen.

Meine Herren, ein zweites Mal darf so etwas einfach nicht mehr geschehen. Ich werde mich jeder weiteren Unternehmung von derartig kostspieligen Ausmaßen auf das entschiedenste widersetzen. Wir müssen sparen, meine Herren, nicht verschleudern! Ich bitte Sie also, alle weiteren Pläne in diesem Sinne zu fassen. Mehr habe ich nicht zu sagen. Danke.«

Er setzte sich und stieß dicke Rauchwolken aus. Erregtes Flüstern ging durch die Reihen.

Nun erhob sich ein zweiter Redner am anderen Ende der langen Tafel, und alle Gesichter wandten sich ihm zu.

»Meine Herren«, sagte er, »uns allen liegt das Wohlergehen unserer Zeit-Spar-Kasse gleichermaßen am Herzen. Es scheint mir jedoch völlig unnötig, daß wir uns von der ganzen Angelegenheit beunruhigen lassen oder gar so etwas wie eine Katastrophe daraus machen. Nichts ist weniger der Fall. Wir alle wissen, daß unsere Zeit-Speicher schon so gewaltige Vorräte beherbergen, daß selbst ein Vielfaches des erlittenen Verlustes uns nicht ernstlich in Gefahr bringen könnte. Was ist für uns schon ein Menschenleben? Wahrhaftig eine Kleinigkeit!

Dennoch stimme ich mit unserem verehrten Vorsitzenden darin überein, daß sich etwas Derartiges nicht wiederholen sollte. Aber ein Vorfall wie der mit dem Mädchen Momo ist völlig einmalig. Etwas Ähnliches ist bisher noch nie geschehen, und es ist höchst unwahrscheinlich, daß es je ein zweites Mal geschehen wird.

Schließlich hat der Herr Vorsitzende mit Recht getadelt, daß uns das Mädchen Momo entkommen ist. Aber was wollten wir denn mehr, als dieses Kind unschädlich machen? Nun, das ist doch vollkommen erreicht! Das Mädchen ist verschwunden, aus dem Bereich der Zeit geflohen! Wir sind es los. Ich denke, wir können mit diesem Ergebnis zufrieden sein.«

Der Redner setzte sich selbstgefällig lächelnd. Von einigen Seiten war schwacher Beifall zu hören.

Nun erhob sich ein dritter Redner in der Mitte des langen Tisches. »Ich will mich kurz fassen«, erklärte er mit verkniffenem Gesicht. »Ich halte die beruhigenden Worte, die wir eben gehört haben, für unverantwortlich. Dieses Kind ist kein gewöhnliches Kind. Wir alle wissen, daß es über Fähigkeiten verfügt, die uns und unserer Sache höchst gefährlich werden können. Daß der ganze Vorfall bisher einmalig ist, beweist keineswegs, daß es sich nicht wiederholen kann. Wachsamkeit ist geboten! Wir dürfen uns nicht eher zufriedengeben, als bis wir dieses Kind wirklich in unserer Gewalt haben. Nur so können wir sicher sein, daß es uns nie wieder schaden wird. Denn da es den Bereich der Zeit verlassen konnte, kann es auch jeden Augenblick zurückkehren. Und es wird zurückkehren!«

Er setzte sich. Die anderen Herren des Vorstandes zogen die Köpfe ein und saßen geduckt da.

»Meine Herren«, ergriff nun ein vierter Redner, der dem dritten gegenübersaß, das Wort, »entschuldigen Sie, aber ich muß es nun doch in aller Deutlichkeit aussprechen: Wir gehen fortwährend um den heißen Brei herum. Wir müssen der Tatsache ins Auge sehen, daß eine fremde Macht sich in diese Angelegenheit eingemischt hat. Ich habe alle Möglichkeiten exakt durchgerechnet. Die Wahrscheinlichkeit, daß ein Menschenkind lebend und aus eigener Kraft den Bereich der Zeit verlassen kann, beträgt genau 1 : 42 Millionen. Mit anderen Worten, es ist praktisch ausgeschlossen.«

Ein aufgeregtes Raunen ging durch die Reihen der Vorstandsmitglieder.

»Alles spricht dafür«, fuhr der Redner fort, nachdem sich das Gemurmel gelegt hatte, »daß dem Mädchen Momo geholfen worden ist, sich unserem Zugriff zu entziehen. Sie alle wissen, von wem ich rede. Es handelt sich um jenen sogenannten Meister Hora.«

Bei diesem Namen zuckten die meisten der grauen Herren zusammen, als seien sie geschlagen worden, andere sprangen auf und begannen heftig gestikulierend durcheinanderzuschreien.

»Bitte, meine Herren!« rief der vierte Redner mit ausgebreiteten Armen, »ich bitte Sie dringend, sich zu beherrschen. Ich weiß so gut wie Sie alle, daß die Nennung dieses Namens – nun, sagen wir einmal, nicht ganz schicklich ist. Es kostet mich selbst Überwindung, aber wir wollen und müssen klar sehen! Wenn jener – Sogenannte dem Mädchen Momo geholfen hat, dann hat er seine Gründe dafür. Und diese Gründe, das liegt wohl auf der Hand, sind gegen uns gerichtet. Kurzum, meine Herren, wir müssen damit rechnen, daß jener – Sogenannte dieses Kind nicht nur einfach zurückschickt, sondern daß er es obendrein noch gegen uns ausrüsten wird. Dann wird es eine tödliche Gefahr für uns werden. Wir müssen also nicht nur bereit sein, die Zeit eines Menschenlebens ein zweites Mal zu opfern oder ein Vielfaches davon – nein, meine Herren, wir müssen, wenn es sein muß, *alles,* ich wiederhole, *alles* einsetzen! Denn in diesem Fall könnte uns jegliche Sparsamkeit verdammt teuer zu stehen kommen. Ich denke, Sie verstehen, was ich meine.«

Die Aufregung unter den grauen Herren nahm zu, alle redeten durcheinander. Ein fünfter Redner sprang auf seinen Stuhl und fuchtelte wild mit den Händen.

»Ruhe, Ruhe!« schrie er. »Der Herr Vorredner beschränkt sich leider darauf, allerlei katastrophale Möglichkeiten anzudeuten. Aber offenbar weiß er selbst nicht, was wir dagegen tun sollen! Er sagt, wir sollen zu jedem Opfer bereit sein – nun gut! Wir sollen zum Äußersten entschlossen sein – nun gut! Wir sollen nicht sparsam mit unseren Vorräten umgehen – nun gut! Aber das alles sind doch nur leere Worte! Er soll uns doch sagen, was wir wirklich tun können! Keiner von uns weiß, womit jener Sogenannte das Mädchen Momo gegen uns ausrüsten wird! Wir werden einer uns völlig unbekannten Gefahr gegenüberstehen. Das ist doch das Problem, das es zu lösen gilt!«

Der Lärm im Saal steigerte sich zum Tumult. Alles schrie durcheinander, manche hieben mit den Fäusten auf den Tisch ein, andere hatten die Hände vors Gesicht geschlagen, Panikstimmung hatte alle ergriffen.

Mühsam verschaffte sich ein sechster Redner Gehör.

»Aber meine Herren«, sagte er immer wieder beschwichtigend, bis endlich Stille eintrat, »aber meine Herren, ich muß Sie doch bitten, kühle Vernunft zu bewahren. Das ist jetzt das Wichtigste. Nehmen wir ruhig einmal an, das Mädchen Momo kommt – wie auch immer ausgerüstet – von jenem Sogenannten zurück, so brauchen wir uns doch überhaupt nicht persönlich zum Kampf stellen. Wir selbst sind zu einer solchen Begegnung nicht besonders gut geeignet – wie uns ja das betrübliche Geschick unseres inzwischen aufgelösten Agenten BLW/553/c so eindringlich vor Augen führt. Aber das ist ja auch gar nicht nötig. Wir haben doch genügend Helfershelfer unter den Menschen! Wenn wir diese in unauffälliger und geschickter Weise einsetzen, meine Herren, dann können wir das Mädchen Momo und die mit ihm verbundene Gefahr aus der Welt schaffen, ohne selbst in Erscheinung zu treten. Ein solches Vorgehen wäre sparsam, es wäre für uns gefahrlos, und es wäre zweifellos wirksam.«

Ein Aufatmen ging durch die Menge der Vorstandsmitglieder. Dieser Vorschlag leuchtete ihnen allen ein. Wahrscheinlich wäre er sofort angenommen worden, wenn sich nicht am oberen Ende des Tisches ein siebenter Redner zu Wort gemeldet hätte.

»Meine Herren«, begann er, »wir denken nur immerfort darüber nach, wie wir das Mädchen Momo loswerden können. Gestehen wir es nur, die Furcht treibt uns dazu. Aber Furcht ist ein schlechter Ratgeber, meine Herren. Mir scheint nämlich, wir lassen uns da eine große, ja einmalige Gelegenheit entgehen. Ein Sprichwort sagt: Wen man nicht besiegen kann, den soll man sich zum Freunde machen. Nun, warum versuchen wir nicht, das Mädchen Momo auf unsere Seite zu ziehen?«

»Hört, hört!« riefen einige Stimmen, »erklären Sie das genauer!«

»Es liegt doch auf der Hand«, fuhr der Redner fort, »daß dieses Kind tatsächlich den Weg zu dem Sogenannten gefunden hat, den Weg, den wir von Anfang an vergeblich gesucht haben! Das Kind könnte also vermutlich jederzeit wieder hinfinden, es könnte uns diesen Weg führen! Dann können wir auf unsere Weise mit dem Sogenannten verhandeln. Ich bin sicher, daß wir sehr schnell mit ihm fertig werden würden. Und wenn wir erst einmal an seiner Stelle sitzen, dann brauchen wir hinfort nicht mehr mühsam Stunden, Minuten und Sekunden zu raffen, nein, wir hätten auf einen Schlag die gesamte Zeit aller Menschen in unserer Gewalt! Und wer die Zeit der Menschen besitzt, der hat unbegrenzte Macht! Meine Herren, bedenken Sie, wir wären am Ziel! Und dazu könnte uns das Mädchen Momo nützen, das Sie alle beseitigen wollen!«

Totenstille hatte sich im Saal ausgebreitet.

»Aber Sie wissen doch«, rief einer, »daß man das Mädchen Momo nicht anlügen kann! Denken Sie doch an den Agenten BLW/553/c! Jeder von uns würde das gleiche Schicksal erleiden!«

»Wer spricht denn von Lügen?« antwortete der Redner. »Wir werden ihr natürlich unseren Plan offen mitteilen.«

»Aber dann«, schrie ein anderer gestikulierend, »wird sie niemals mitmachen! Das ist ganz undenkbar!«

»Dessen würde ich nicht so sicher sein, mein Bester«, mischte sich nun ein neunter Redner in die Debatte, »wir müßten ihr nur natürlich etwas bieten, das sie verlockt. Ich denke da zum Beispiel daran, ihr selbst soviel Zeit zu versprechen, wie sie nur haben will . . .«

»Ein Versprechen«, rief der andere dazwischen, »an das wir uns selbstverständlich nicht halten würden!«

»Selbstverständlich doch!« erwiderte der neunte Redner und lächelte eisig. »Denn wenn wir es nicht ehrlich mit ihr meinen, dann wird sie es heraushören.«

»Nein, nein!« schrie der Vorsitzende und schlug mit der Hand auf den Tisch, »das kann ich nicht dulden! Wenn wir ihr tatsächlich so viel Zeit geben, wie sie will – das würde uns ja ein Vermögen kosten!«

»Wohl kaum«, beschwichtigte der Redner. »Wieviel kann ein einzelnes Kind schon ausgeben? Gewiß, es wäre ein ständiger kleiner Verlust, aber bedenken Sie doch, was wir dafür bekommen würden! Die Zeit aller Menschen! Das Wenige, das Momo davon verbrauchen könnte, müßten wir eben als Spesen auf das Unkostenkonto buchen. Bedenken Sie die ungeheuren Vorteile, meine Herren!«

Der Redner setzte sich, und alle bedachten die Vorteile.

»Trotzdem«, sagte der sechste Redner schließlich, »es geht nicht.«

»Wieso?«

»Aus dem einfachen Grund, weil dieses Mädchen leider sowieso schon soviel Zeit hat, wie es nur will. Es ist zwecklos, sie mit etwas bestechen zu wollen, das sie im Überfluß besitzt.«

»Dann müssen wir sie ihr eben zuerst wegnehmen«, erwiderte der neunte Redner.

»Ach, mein Bester«, sagte der Vorsitzende müde, »wir drehen uns im Kreis. Wir können doch nicht an das Kind herankommen. Das ist es ja gerade.«

Ein Seufzer der Enttäuschung ging durch die lange Reihe der Vorstandsmitglieder.

»Ich hätte einen Vorschlag«, meldete sich ein zehnter Redner. »Mit Ihrer Erlaubnis?«

»Sie haben das Wort«, sagte der Vorsitzende.

Der Herr machte eine kleine Verbeugung zum Vorsitzenden und fuhr fort: »Dieses Mädchen ist angewiesen auf seine Freunde. Sie liebt es, ihre Zeit anderen zu schenken. Aber überlegen wir einmal, was aus ihr würde, wenn einfach niemand mehr da wäre, um ihre Zeit mit ihr zu teilen?

Da das Mädchen freiwillig unsere Pläne nicht unterstützen wird, sollten wir uns einfach an ihre Freunde halten.«

Er zog aus seiner Aktentasche einen Ordner und schlug ihn auf: »Es handelt sich vor allem um einen gewissen Beppo Straßenkehrer und einen Gigi Fremdenführer. Und dann ist hier noch eine längere Liste von Kindern, die sie regelmäßig aufsuchen. Sie sehen, meine Herren, keine große Sache!

Wir werden einfach alle diese Personen so von ihr abziehen, daß sie sie nicht mehr erreichen kann. Dann wird die arme kleine Momo völlig allein sein. Was wird ihr ihre viele Zeit dann noch bedeuten? Eine Last, ja, sogar ein Fluch! Früher oder später wird sie es nicht mehr ertragen. Und dann, meine Herren, werden wir zur Stelle sein und unsere Bedingungen stellen. Ich wette tausend Jahre gegen eine Zehntelsekunde, daß sie uns den bewußten Weg führen wird, nur um ihre Freunde zurückzubekommen.«

Die grauen Herren, die eben so niedergeschlagen dreingeblickt hatten, hoben ihre Köpfe. Triumphierendes messerdünnes Lächeln lag auf ihren Lippen. Sie klatschten Beifall, und das Geräusch hallte wider in den endlosen Gängen und Nebengängen, daß es sich anhörte wie eine Steinlawine.

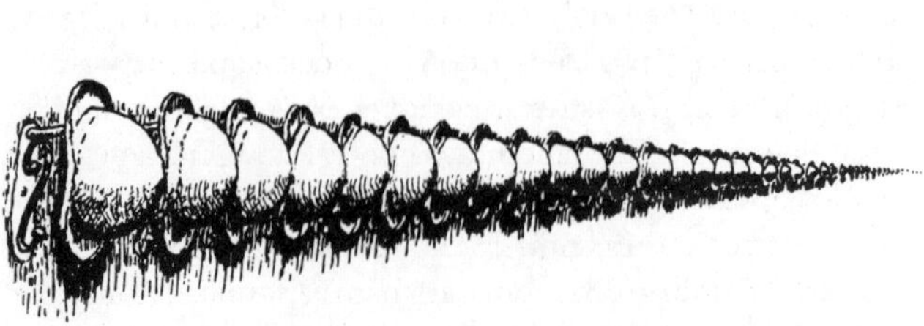

Zwölftes Kapitel
Momo kommt hin, wo die Zeit herkommt

Momo stand in dem größten Saal, den sie je gesehen hatte. Er war größer als die riesigste Kirche und die geräumigste Bahnhofshalle. Gewaltige Säulen trugen eine Decke, die man hoch droben im Halbdunkel mehr ahnte als sah. Fenster gab es keine. Das goldene Licht, das diesen unermeßlichen Raum durchwebte, kam von unzähligen Kerzen, die überall aufgesteckt waren und deren Flammen so reglos brannten, als seien sie mit leuchtenden Farben gemalt und brauchten kein Wachs zu verzehren, um zu strahlen.

Das tausendfältige Schnurren und Ticken und Klingen und Schnarren, welches Momo bei ihrem Eintritt vernommen hatte, kam von unzähligen Uhren jeder Gestalt und Größe. Sie standen und lagen auf langen Tischen, in Glasvitrinen, auf goldenen Wandkonsolen und in endlosen Regalen.

Da gab es winzige edelsteinverzierte Taschenührchen, gewöhnliche Blechwecker, Sanduhren, Spieluhren mit tanzenden Püppchen darauf, Sonnenuhren, Uhren aus Holz und Uhren aus Stein, gläserne Uhren und Uhren, die durch einen plätschernden Wasserstrahl getrieben wurden. Und an den Wänden hingen alle Sorten von Kuckucksuhren und anderen Uhren mit Gewichten und schwingenden Perpendikeln, manche, die langsam und gravitätisch gingen und andere, deren winzige Perpendikelchen emsig hin und her zappelten. In Höhe des ersten Stockwerks lief ein Rundgang um den ganzen Saal, zu dem eine Wendeltreppe emporführte. Noch höher droben war ein zweiter Rundgang, darüber noch einer und noch einer. Und überall hingen, lagen und standen Uhren. Da gab es auch Weltzeituhren in Kugelform, welche die Zeit für jeden Punkt der Erde anzeigten, und kleine und große Planetarien mit Sonne, Mond und Sternen. In der Mitte des Saales erhob sich ein ganzer Wald von Standuhren, ein Uhr-Wald sozusagen, angefangen von gewöhnlichen Zimmerstanduhren bis hinauf zu richtigen Turmuhren.

Ununterbrochen schlug oder klingelte irgendwo ein Spielwerk, denn von allen diesen Uhren zeigte jede eine andere Zeit an.

Aber es war kein unangenehmer Lärm, der dadurch entstand, sondern es war ein gleichmäßiges, summendes Rauschen wie in einem Sommerwald.

Momo ging umher und betrachtete mit großen Augen all die Seltsamkeiten. Sie stand gerade vor einer reichverzierten Spieluhr, auf der zwei winzige Figuren, ein Frauchen und ein Männchen, einander zum Tanz die Hand reichten. Eben wollte sie ihnen mit dem Finger einen kleinen Stups geben, um zu sehen, ob sie sich dadurch bewegen würden, als sie plötzlich eine freundliche Stimme sagen hörte: »Ah, da bist du ja wieder, Kassiopeia! Hast du mir denn die kleine Momo nicht mitgebracht?«

Das Kind drehte sich um und sah in einer Gasse zwischen den Standuhren einen zierlichen alten Herrn mit silberweißem Haar, der sich niederbückte und die Schildkröte anblickte, die vor ihm auf dem Boden saß. Er trug eine lange goldbestickte Jacke, blauseidene Kniehosen, weiße Strümpfe und Schuhe mit großen Goldschnallen darauf. An den Handgelenken und am Hals kamen Spitzen aus der Jacke hervor, und sein silberweißes Haar war am Hinterkopf zu einem kleinen Zopf geflochten. Momo hatte eine solche Tracht noch nie gesehen, aber jemand, der weniger unwissend gewesen wäre als sie, hätte sofort erkannt, daß es eine Mode war, die man vor zweihundert Jahren getragen hatte.

»Was sagst du?« fuhr jetzt der alte Herr – noch immer zur Schildkröte gebeugt – fort, »sie ist schon da? Wo ist sie denn?«

Er zog eine kleine Brille hervor, ähnlich der, die der alte Beppo hatte, nur war diese aus Gold, und blickte sich suchend um.

»Hier bin ich!« rief Momo.

Der alte Herr kam mit erfreutem Lächeln und ausgestreckten Händen auf sie zu. Und während er das tat, schien es Momo, als ob er mit jedem Schritt, den er näherkam, immer jünger und jünger wurde. Als er schließlich vor ihr stand, ihre beiden Hände ergriff und herzlich schüttelte, sah er kaum älter aus als Momo selbst.

»Willkommen!« rief er vergnügt, »herzlich willkommen im Nirgend-Haus. Gestatte, kleine Momo, daß ich mich dir vorstelle. Ich bin Meister Hora – Secundus Minutius Hora.«

»Hast du mich wirklich erwartet?« fragte Momo erstaunt.

»Aber gewiß doch! Ich habe dir doch eigens meine Schildkröte Kassiopeia geschickt, um dich abzuholen.«

Er zog eine flache, diamantenbesetzte Taschenuhr aus der Weste und ließ deren Deckel aufspringen.

»Du bist sogar ungewöhnlich pünktlich gekommen«, stellte er lächelnd fest und hielt ihr die Uhr hin.

Momo sah, daß auf dem Zifferblatt weder Zeiger noch Zahlen waren, sondern nur zwei feine, feine Spiralen, die in entgegengesetzter Richtung übereinanderlagen und sich langsam drehten. An den Stellen, wo die Linien sich überschnitten, leuchteten manchmal winzige Pünktchen auf.

»Dies«, sagte Meister Hora, »ist eine Sternstunden-Uhr. Sie zeigt zuverlässig die seltenen Sternstunden an und jetzt eben hat eine solche angefangen.«

»Was ist denn eine Sternstunde?« fragte Momo.

»Nun, es gibt manchmal im Lauf der Welt besondere Augenblicke«, erklärte Meister Hora, »wo es sich ergibt, daß alle Dinge und Wesen, bis zu den fernsten Sternen hinauf, in ganz einmaliger Weise zusammenwirken, so daß etwas geschehen kann, was weder vorher noch nachher je möglich wäre. Leider verstehen die Menschen sich im allgemeinen nicht darauf, sie zu nützen, und so gehen die Sternstunden oft unbemerkt vorüber. Aber wenn es jemand gibt, der sie erkennt, dann geschehen große Dinge auf der Welt.«

»Vielleicht«, meinte Momo, »braucht man dazu eben so eine Uhr.« Meister Hora schüttelte lächelnd den Kopf. »Die

Uhr allein würde niemand nützen. Man muß sie auch lesen können.«

Er klappte die Uhr wieder zu und steckte sie in die Westentasche. Als er Momos erstaunten Blick sah, mit dem sie seine Erscheinung musterte, schaute er nachdenklich an sich hinunter, runzelte die Stirn und sagte: »Oh, aber *ich* habe mich, glaube ich, ein wenig verspätet – in der Mode, meine ich. Wie unaufmerksam von mir! Ich werde das sofort korrigieren.«

Er schnippte mit den Fingern und stand im Nu in einem Bratenrock mit hohem Stehkragen vor ihr.

»Ist es so besser?« fragte er zweifelnd. Aber als er Momos nun erst recht verwundertes Gesicht sah, fuhr er gleich fort: »Aber natürlich nicht! Wo habe ich nur meine Gedanken!«

Und er schnippte abermals, und nun trug er plötzlich eine Kleidung, wie weder Momo noch sonst irgend jemand sie je gesehen hat; denn es war die Mode, die erst in hundert Jahren getragen werden wird.

»Auch nicht?« erkundigte er sich bei Momo. »Nun, beim Orion, das muß doch herauszukriegen sein! Warte, ich versuch's nochmal.«

Er schnippte zum dritten Mal mit den Fingern, und nun endlich stand er in einem gewöhnlichen Straßenanzug, wie man ihn heutzutage trägt, vor dem Kind.

»So ist es richtig, nicht wahr?« sagte er und zwinkerte Momo zu. »Ich hoffe nur, ich habe dich nicht erschreckt, Momo. Es war nur ein kleiner Spaß von mir. Aber nun darf ich dich vielleicht erst einmal zu Tisch bitten, liebes Mädchen. Das Frühstück ist bereit. Du hast einen langen Weg hinter dir, und ich hoffe, es wird dir schmecken.« Er nahm sie bei der Hand und führte sie mitten in den Uhr-Wald hinein. Die Schildkröte folgte ihnen und blieb etwas zurück. Der Pfad verlief wie in einem Irrgarten kreuz und quer und mündete schließlich in einem kleinen Raum, der durch die Rückwände einiger riesiger Uhrenkästen gebildet wurde. In einer Ecke stand ein Tischchen mit geschwungenen Beinen und ein zierliches Sofa, nebst dazu passenden Polsterstühlen. Auch hier war alles von dem goldenen Licht der reglosen Kerzenflammen erleuchtet.

Auf dem Tischchen stand eine dickbauchige goldene Kanne, zwei kleine Tassen, dazu Teller, Löffelchen und Messer, alles aus blankem Gold. In einem Körbchen lagen goldbraune, knusprige Semmeln, in einem Schüsselchen befand sich goldgelbe Butter und in einem anderen Honig, der schlechthin wie flüssiges Gold aussah. Meister Hora schenkte aus der dickbauchigen Kanne in beide Tassen Schokolade und sagte mit einladender Gebärde: »Bitte, mein kleiner Gast, greif' tüchtig zu!«

Das ließ sich Momo nicht zweimal sagen. Daß es Schokolade gab, die man trinken konnte, hatte sie bisher noch nicht einmal gewußt. Auch Semmeln, mit Butter und Honig bestrichen, gehörten zu den größten Seltenheiten in ihrem Leben. Und so köstlich, wie diese hier, hatte ihr überhaupt noch nie etwas geschmeckt.

So war sie zunächst einmal ganz und gar von diesem Frühstück in Anspruch genommen und schmauste mit vollen Backen, ohne an irgend etwas anderes zu denken. Merkwürdigerweise wich durch dieses Essen auch alle Müdigkeit von ihr, sie fühlte sich frisch und munter, obgleich sie doch die ganze Nacht keinen Augenblick geschlafen hatte. Je länger sie aß, desto besser schmeckte es ihr. Es war ihr, als könne sie tagelang so weiteressen.

Meister Hora schaute ihr dabei freundlich zu und war taktvoll genug, sie zunächst nicht durch Gespräche zu stören. Er verstand, daß es der Hunger vieler Jahre war, den sein Gast stillen mußte. Und vielleicht war das der Grund, weshalb er beim Zusehen nach und nach wieder älter aussah, bis er wieder ein Mann mit weißen Haaren war. Als er merkte, daß Momo mit dem Messer nicht gut zu Rande kam, strich er die Brötchen und legte sie ihr auf den Teller. Er selbst aß nur wenig, sozusagen nur zur Gesellschaft.

Aber schließlich war Momo doch satt. Während sie ihre Schokolade austrank, blickte sie über den Rand ihrer goldenen Tasse hinweg prüfend ihren Gastgeber an und begann zu überlegen, wer und was er wohl sein mochte. Daß er niemand Gewöhnlicher war, hatte sie natürlich gemerkt, aber bis jetzt wußte sie eigentlich noch nicht mehr von ihm als seinen Namen.

»Warum«, fragte sie und setzte die Tasse ab, »hast du mich denn von der Schildkröte holen lassen?«

»Um dich vor den grauen Herren zu schützen«, antwortete Meister Hora ernst. »Sie suchen dich überall und du bist nur hier bei mir vor ihnen sicher.«

»Wollen sie mir denn was tun?« erkundigte sich Momo erschrocken.

»Ja, Kind«, seufzte Meister Hora, »das kann man wohl sagen.«

»Warum?« fragte Momo.

»Sie fürchten dich«, erklärte Meister Hora, »denn du hast ihnen das Schlimmste angetan, was es für sie gibt.«

»Ich hab' ihnen nichts getan«, sagte Momo.

»Doch. Du hast einen von ihnen dazu gebracht, sich zu verraten. Und du hast es deinen Freunden erzählt. Ihr wolltet sogar allen Leuten die Wahrheit über die grauen Herren mitteilen. Glaubst du, daß das nicht ausreicht, um sie dir zu Todfeinden zu machen?«

»Aber wir sind doch mitten durch die Stadt gegangen, die Schildkröte und ich«, meinte Momo. »Wenn sie mich überall suchen, dann hätten sie mich doch ganz leicht kriegen können. Und wir sind auch ganz langsam gegangen.«

Meister Hora nahm die Schildkröte, die inzwischen wieder zu seinen Füßen saß, auf den Schoß und kraulte sie am Hals.

»Was meinst du, Kassiopeia?« fragte er lächelnd. »Hätten sie euch kriegen können?«

Auf dem Rückenpanzer erschienen die Buchstaben »NIE!«, und sie flimmerten so lustig, daß man förmlich glaubte, ein Gekicher zu hören. »Kassiopeia«, erklärte Meister Hora, »kann nämlich ein wenig in die Zukunft sehen. Nicht viel, aber immerhin so etwa eine halbe Stunde.«

»GENAU!« erschien auf dem Rückenpanzer.

»Verzeihung«, verbesserte sich Meister Hora, »genau eine halbe Stunde. Sie weiß mit Sicherheit vorher, was jeweils in der nächsten halben Stunde sein wird. Deshalb weiß sie natürlich auch, ob sie beispielsweise den grauen Herren begegnen wird oder nicht.«

»Ach«, sagte Momo verwundert, »das ist aber praktisch! Und wenn sie vorher weiß, da und da würde sie den grauen Herren begegnen, dann geht sie einfach einen anderen Weg?«

»Nein«, antwortete Meister Hora, »ganz so einfach ist die Sache leider nicht. An dem, was sie vorher weiß, kann sie nichts ändern, denn sie weiß ja nur das, was wirklich geschehen wird. Wenn sie also wüßte, da und da begegnet sie den grauen Herren, dann würde sie ihnen eben auch begegnen. Dagegen könnte sie nichts machen.«

»Das versteh' ich nicht«, meinte Momo etwas enttäuscht, »dann nützt es doch gar nichts, etwas vorher zu wissen.«

»Manchmal doch«, erwiderte Meister Hora, »in deinem Fall zum Beispiel wußte sie, daß sie den und den Weg gehen und dabei den grauen Herren *nicht* begegnen würde. Das ist doch schon etwas wert, findest du nicht?«

Momo schwieg. Ihre Gedanken verwickelten sich wie ein aufgegangenes Fadenknäuel.

»Um aber wieder auf dich und deine Freunde zu kommen«, fuhr Meister Hora fort, »muß ich dir mein Kompliment machen. Eure Plakate und Inschriften haben mich außerordentlich beeindruckt.«

»Hast du sie denn gelesen?« fragte Momo erfreut.

»Alle«, antwortete Meister Hora, »und Wort für Wort!«

»Leider«, meinte Momo, »hat sie sonst niemand gelesen, scheint's.« Meister Hora nickte bedauernd. »Ja, leider. Dafür haben die grauen Herren gesorgt.«

»Kennst du sie gut?« forschte Momo.

Wieder nickte Meister Hora und seufzte: »Ich kenne sie, und sie kennen mich.«

Momo wußte nicht recht, was sie von dieser merkwürdigen Antwort halten sollte.

»Warst du schon oft bei ihnen?«

»Nein, noch nie. Ich verlasse das Nirgend-Haus niemals.«

»Aber die grauen Herren, ich meine – besuchen sie dich manchmal?« Meister Hora lächelte. »Keine Sorge, kleine Momo. Hier herein können sie nicht kommen. Selbst wenn sie den Weg bis zur Niemals-Gasse wüßten. Aber sie wissen ihn nicht.«

Momo dachte eine Weile nach. Die Erklärung Meister Horas beruhigte sie zwar, aber sie wollte gern etwas mehr über ihn erfahren.

»Woher weißt du das eigentlich alles«, begann sie wieder, »das mit unseren Plakaten und den grauen Herren?«

»Ich beobachte sie ständig und alles was mit ihnen zusammenhängt«, erklärte Meister Hora. »So habe ich eben auch dich und deine Freunde beobachtet.«

»Aber du gehst doch nie aus dem Haus?«

»Das ist auch nicht notwendig«, sagte Meister Hora und wurde dabei wieder zusehends jünger, »ich habe doch meine Allsicht-Brille.« Er nahm seine kleine goldene Brille ab und reichte sie Momo.

»Willst du einmal durchgucken?«

Momo setzte sie auf, blinzelte, schielte und sagte: »Ich kann überhaupt nichts erkennen.« Denn sie sah nur einen Wirbel von lauter verschwommenen Farben, Lichtern und Schatten. Es wurde ihr geradezu schwindelig davon.

»Ja«, hörte sie Meister Horas Stimme, »das geht einem am Anfang so. Es ist nicht ganz einfach, mit der Allsicht-Brille zu sehen. Aber du wirst dich gleich daran gewöhnen.«

Er stand auf, trat hinter Momos Stuhl und legte beide Hände sacht an die Bügel der Brille auf Momos Nase. Sofort wurde das Bild klar.

Momo sah zuerst die Gruppe der grauen Herren mit den drei Autos am Rand jenes Stadtteils mit dem seltsamen Licht. Sie waren gerade dabei, ihre Wagen zurückzuschieben.

Dann blickte sie weiter hinaus und sah andere Gruppen in

den Straßen der Stadt, die aufgeregt gestikulierend miteinander redeten und sich eine Botschaft zuzurufen schienen.

»Sie reden von dir«, erklärte Meister Hora, »sie können nicht begreifen, daß du ihnen entkommen bist.«

»Warum sehen sie eigentlich so grau im Gesicht aus?« wollte Momo wissen, während sie weiterguckte.

»Weil sie von etwas Totem ihr Dasein fristen«, antwortete Meister Hora. »Du weißt ja, daß sie von der Lebenszeit der Menschen existieren. Aber diese Zeit stirbt buchstäblich, wenn sie von ihrem wahren Eigentümer losgerissen wird. Denn jeder Mensch hat *seine* Zeit. Und nur so lang sie wirklich die seine ist, bleibt sie lebendig.«

»Dann sind die grauen Herren also gar keine Menschen?«

»Nein, sie haben nur Menschengestalt angenommen.«

»Aber was sind sie dann?«

»In Wirklichkeit sind sie nichts.«

»Und wo kommen sie her?«

»Sie entstehen, weil die Menschen ihnen die Möglichkeit geben, zu entstehen. Das genügt schon, damit es geschieht. Und nun geben die Menschen ihnen auch noch die Möglichkeit, sie zu beherrschen. Und auch das genügt, damit es geschehen kann.«

»Und wenn sie keine Zeit mehr stehlen könnten?«

»Dann müßten sie ins Nichts zurück, aus dem sie gekommen sind.«

Meister Hora nahm Momo die Brille ab und steckte sie ein.

»Aber leider«, fuhr er nach einer Weile fort, »haben sie schon viele Helfershelfer unter den Menschen. Das ist das Schlimme.«

»Ich«, sagte Momo entschlossen, »laß' mir meine Zeit von niemand wegnehmen!«

»Ich will es hoffen«, antwortete Meister Hora. »Komm, Momo, ich will dir meine Sammlung zeigen.«

Jetzt sah er plötzlich wieder wie ein alter Mann aus.

Er nahm Momo bei der Hand und führte sie in den großen Saal hinaus. Dort zeigte er ihr diese und jene Uhr, ließ

Spielwerke laufen, führte ihr Weltzeituhren und Planetarien vor und wurde angesichts der Freude, die sein kleiner Gast an all den wunderlichen Dingen hatte, allmählich wieder jünger.

»Löst du eigentlich gern Rätsel?« fragte er beiläufig, während sie weitergingen.

»O ja, sehr gern!« antwortete Momo. »Weißt du eines?«

»Ja«, sagte Meister Hora und blickte Momo lächelnd an, »aber es ist sehr schwer. Die Wenigsten können es lösen.«

»Das ist gut«, meinte Momo, »dann werde ich es mir merken und später meinen Freunden aufgeben.«

»Ich bin gespannt«, erwiderte Meister Hora, »ob du es herauskriegen wirst. Hör' gut zu:

Drei Brüder wohnen in einem Haus,
die sehen wahrhaftig verschieden aus,
doch willst du sie unterscheiden,
gleicht jeder den anderen beiden.
Der erste ist *nicht* da, er kommt erst nach Haus.
Der zweite ist *nicht* da, er ging schon hinaus.
Nur der dritte ist da, der Kleinste der drei,
denn ohne ihn gäb's nicht die anderen zwei.
Und doch gibt's den dritten, um den es sich handelt,
nur weil sich der erst' in den zweiten verwandelt.
Denn willst du ihn anschaun, so siehst du nur wieder
immer einen der anderen Brüder!
Nun sage mir: Sind die drei vielleicht einer?
Oder sind es nur zwei? Oder ist es gar – keiner?
Und kannst du, mein Kind, ihre Namen mir nennen,
so wirst du drei mächtige Herrscher erkennen.
Sie regieren gemeinsam ein großes Reich –
und sind es auch selbst! Darin sind sie gleich.«

Meister Hora schaute Momo an und nickte aufmunternd. Sie hatte gespannt zugehört. Da sie ein ausgezeichnetes Gedächtnis hatte, wiederholte sie nun das Rätsel langsam und Wort für Wort.

»Hui!« seufzte sie dann, »das ist aber wirklich schwer. Ich hab' keine Ahnung, was es sein könnte. Ich weiß überhaupt nicht, wo ich anfangen soll.«

»Versuch's nur«, sagte Meister Hora.

Momo murmelte noch einmal das ganze Rätsel vor sich hin. Dann schüttelte sie den Kopf.

»Ich kann's nicht«, gab sie zu.

Inzwischen war die Schildkröte nachgekommen. Sie saß neben Meister Hora und guckte Momo aufmerksam an.

»Nun, Kassiopeia«, sagte Meister Hora, »du weißt doch alles eine halbe Stunde voraus. Wird Momo das Rätsel lösen?«

»SIE WIRD!« erschien auf Kassiopeias Rückenpanzer.

»Siehst du!« meinte Meister Hora, zu Momo gewandt, »du wirst es lösen. Kassiopeia irrt sich nie.«

Momo zog ihre Stirn kraus und begann wieder angestrengt nachzudenken. Was für drei Brüder gab es überhaupt, die zusammen in einem Haus wohnten? Daß es sich dabei nicht um Menschen handelte, war klar. In Rätseln waren Brüder immer Apfelkerne oder Zähne oder so was, jedenfalls Sachen von der gleichen Art. Aber hier waren es drei Brüder, die sich irgendwie ineinander verwandelten. Was gab es denn, was sich ineinander verwandelt? Momo schaute sich um. Da standen zum Beispiel die Kerzen mit den reglosen Flammen. Da verwandelte sich das Wachs durch die Flamme in Licht. Ja, das waren drei Brüder. Aber es ging doch nicht, denn sie waren ja alle drei da. Und zwei davon sollten ja *nicht* da sein. Also war es vielleicht so etwas wie Blüte, Frucht und Samenkorn. Ja, tatsächlich da stimmte schon vieles. Das Samenkorn war das kleinste von den dreien. Und wenn es da war, waren die beiden anderen *nicht* da. Und ohne es gäb's nicht die anderen zwei. Aber es ging doch nicht! Denn ein Samenkorn konnte man doch sehr gut anschauen. Und es hieß doch, daß man immer einen der anderen Brüder sieht, wenn man den kleinsten der drei anschauen will.

Momos Gedanken irrten umher. Sie konnte und konnte

einfach keine Spur finden, die sie weitergeführt hätte. Aber Kassiopeia hatte ja gesagt, sie würde die Lösung finden. Sie begann also noch einmal von vorn und murmelte die Worte des Rätsels langsam vor sich hin.

Als sie zu der Stelle kam: »Der erste ist *nicht* da, er kommt erst nach Haus ...«, sah sie, daß die Schildkröte ihr zuzwinkerte. Auf ihrem Rücken erschienen die Worte: »DAS, WAS ICH WEISS!« und erloschen gleich wieder.

»Still, Kassiopeia!« sagte Meister Hora schmunzelnd, ohne daß er hingeguckt hatte, »nicht einsagen! Momo kann es ganz allein.«

Momo hatte die Worte auf dem Panzer der Schildkröte natürlich gesehen und begann nun nachzudenken, was gemeint sein könnte. Was war es denn, was Kassiopeia wußte? Sie wußte, daß Momo das Rätsel lösen würde. Aber das ergab keinen Sinn.

Was wußte sie also noch? Sie wußte immer alles, was geschehen würde. Sie wußte ...

»Die Zukunft!« rief Momo laut. »Der erste ist nicht da, er kommt erst nach Haus – das ist die Zukunft!«

Meister Hora nickte.

»Und der zweite«, fuhr Momo fort, »ist *nicht* da, er ging schon hinaus – das ist dann die Vergangenheit!«

Wieder nickte Meister Hora und lächelte erfreut.

»Aber jetzt«, meinte Momo nachdenklich, »jetzt wird es schwierig. Was ist denn der dritte? Er ist der kleinste der drei, aber ohne ihn gäb's nicht die anderen zwei, heißt es. Und er ist der einzige, der da ist.« Sie überlegte und rief plötzlich: »Das ist jetzt! Dieser Augenblick! Die Vergangenheit sind ja die gewesenen Augenblicke und die Zukunft sind die, die kommen! Also gäb's beide nicht, wenn es die Gegenwart nicht gäbe. Das ist ja richtig!«

Momos Backen begannen vor Eifer zu glühen. Sie fuhr fort: »Aber was bedeutet das, was jetzt kommt?

> Und doch gibt's den Dritten, um den es sich handelt,
> nur weil sich der erst' in den zweiten verwandelt ...

Das heißt also, daß es die Gegenwart nur gibt, weil sich die Zukunft in Vergangenheit verwandelt!«

Sie schaute Meister Hora überrascht an. »Das stimmt ja! Daran hab' ich noch nie gedacht. Aber dann gibt's ja den Augenblick eigentlich gar nicht, sondern bloß Vergangenheit und Zukunft? Denn jetzt zum Beispiel, dieser Augenblick – wenn ich darüber rede, ist er ja schon wieder Vergangenheit! Ach, jetzt versteh' ich, was das heißt: ›Denn willst du ihn anschaun, so siehst du nur wieder immer einen der anderen Brüder!‹ Und jetzt versteh' ich auch das übrige, weil man meinen kann, daß es überhaupt nur einen von den drei Brüdern gibt: nämlich die Gegenwart, oder nur Vergangenheit und Zukunft. Oder eben gar keinen, weil es ja jeden bloß gibt, wenn es die anderen auch gibt! Da dreht sich einem ja alles im Kopf!«

»Aber das Rätsel ist noch nicht zu Ende«, sagte Meister Hora. »Was ist denn das große Reich, das die drei gemeinsam regieren und das sie zugleich selber sind?«

Momo schaute ihn ratlos an. Was konnte das wohl sein? Was war denn Vergangenheit, Gegenwart und Zukunft, alles zusammen?

Sie schaute in dem riesigen Saal umher. Ihr Blick wanderte über die tausend und abertausend Uhren, und plötzlich blitzte es in ihren Augen.

»Die Zeit!« rief sie und klatschte in die Hände, »ja, das ist die Zeit! Die Zeit ist es!« Und sie hüpfte vor Vergnügen ein paar Mal.

»Und nun sag mir auch noch, was das Haus ist, in dem die drei Brüder wohnen!« forderte Meister Hora sie auf.

»Das ist die Welt«, antwortete Momo.

»Bravo!« rief nun Meister Hora und klatschte ebenfalls in die Hände. »Meinen Respekt, Momo! Du verstehst dich aufs Rätsellösen! Das hat mir wirklich Freude gemacht!«

»Mir auch!« antwortete Momo und wunderte sich im stillen ein wenig, warum Meister Hora sich so darüber freute, daß sie das Rätsel gelöst hatte.

Sie gingen weiter durch den Uhrensaal und Meister Hora

zeigte ihr noch andere, seltene Dinge, aber Momo war noch immer in Gedanken bei dem Rätsel.

»Sag mal«, fragte sie schließlich, »was *ist* denn die Zeit eigentlich?«

»Das hast du doch gerade selbst herausgefunden«, antwortete Meister Hora.

»Nein, ich meine«, erklärte Momo, »die Zeit selbst – sie muß doch irgend etwas sein. Es gibt sie doch. Was ist sie denn wirklich?«

»Es wäre schön«, sagte Meister Hora, »wenn du auch das selbst beantworten könntest.«

Momo überlegte lange.

»Sie ist da«, murmelte sie gedankenverloren, »das ist jedenfalls sicher. Aber anfassen kann man sie nicht. Und festhalten auch nicht. Vielleicht ist sie so was wie ein Duft? Aber sie ist auch etwas, das immerzu vorbeigeht. Also muß sie auch irgendwo herkommen. Vielleicht ist sie so was wie der Wind? Oder nein! Jetzt weiß ich's! Vielleicht ist sie eine Art Musik, die man bloß nicht hört, weil sie immer da ist. Obwohl, ich glaub', ich hab' sie schon manchmal gehört, ganz leise.«

»Ich weiß«, nickte Meister Hora, »deswegen konnte ich dich ja zu mir rufen.«

»Aber es muß noch was anderes dabei sein«, meinte Momo, die dem Gedanken noch weiter nachhing, »die Musik ist nämlich von weither gekommen, aber geklungen hat sie ganz tief in mir drin. Vielleicht ist es mit der Zeit auch so.«

Sie schwieg verwirrt und fügte dann hilflos hinzu: »Ich meine, so wie die Wellen auf dem Wasser durch den Wind entstehen. Ach, das ist wahrscheinlich alles Unsinn, was ich rede!«

»Ich finde«, sagte Meister Hora, »das hast du sehr schön gesagt. Und deshalb will ich dir nun ein Geheimnis anvertrauen: Hier aus dem Nirgend-Haus in der Niemals-Gasse kommt die Zeit aller Menschen.«

Momo blickte ihn erfürchtig an.

»Oh«, sagte sie leise, »machst du sie selbst?«

Meister Hora lächelte wieder. »Nein, mein Kind, ich bin nur der Verwalter. Meine Pflicht ist es, jedem Menschen die Zeit zuzuteilen, die ihm bestimmt ist.«

»Könntest du es dann nicht ganz einfach so einrichten«, fragte Momo, »daß die Zeit-Diebe den Menschen keine Zeit mehr stehlen können?«

»Nein, das kann ich nicht«, antwortete Meister Hora, »denn was die Menschen mit ihrer Zeit machen, darüber müssen sie selbst bestimmen. Sie müssen sie auch selbst verteidigen. Ich kann sie ihnen nur zuteilen.«

Momo blickte sich im Saal um, dann fragte sie: »Hast du dazu die vielen Uhren? Für jeden Menschen eine, ja?«

»Nein, Momo«, erwiderte Meister Hora, »diese Uhren sind nur eine Liebhaberei von mir. Sie sind nur höchst unvollkommene Nachbildungen von etwas, das jeder Mensch in seiner Brust hat. Denn so wie ihr Augen habt, um das Licht zu sehen, und Ohren, um Klänge zu hören, so habt ihr ein Herz, um damit die Zeit wahrzunehmen. Und alle Zeit, die nicht mit dem Herzen wahrgenommen wird, ist so verloren, wie die Farben des Regenbogens für einen Blinden oder das Lied eines Vogels für einen Tauben. Aber es gibt leider blinde und taube Herzen, die nichts wahrnehmen, obwohl sie schlagen.«

»Und wenn mein Herz einmal aufhört, zu schlagen?« fragte Momo.

»Dann«, erwiderte Meister Hora, »hört auch die Zeit für dich auf, mein Kind. Man könnte auch sagen, du selbst bist es, die durch die Zeit zurückgeht, durch alle deine Tage und Nächte, Monate und Jahre. Du wanderst durch dein Leben zurück, bis du zu dem großen runden Silbertor kommst, durch das du einst hereinkamst. Dort gehst du wieder hinaus.«

»Und was ist auf der anderen Seite?«

»Dann bist du dort, wo die Musik herkommt, die du manchmal schon ganz leise gehört hast. Aber dann gehörst du dazu, du bist selbst ein Ton darin.«

Er blickte Momo prüfend an. »Aber das kannst du wohl noch nicht verstehen?«

»Doch«, sagte Momo leise, »ich glaube schon.«

Sie erinnerte sich an ihren Weg durch die Niemals-Gasse, in der sie alles rückwärts erlebt hatte und sie fragte: »Bist du der Tod?«

Meister Hora lächelte und schwieg eine Weile, ehe er antwortete: »Wenn die Menschen wüßten, was der Tod ist, dann hätten sie keine Angst mehr vor ihm. Und wenn sie keine Angst mehr vor ihm hätten, dann könnte niemand ihnen mehr die Lebenszeit stehlen.«

»Dann braucht man es ihnen doch bloß zu sagen«, schlug Momo vor.

»Meinst du?« fragte Meister Hora. »Ich sage es ihnen mit jeder Stunde, die ich ihnen zuteile. Aber ich fürchte, sie wollen es gar nicht hören. Sie wollen lieber denen glauben, die ihnen Angst machen. Das ist auch ein Rätsel.«

»Ich hab' keine Angst«, sagte Momo.

Meister Hora nickte langsam. Er blickte Momo lange an, dann fragte er: »Möchtest du sehen, wo die Zeit herkommt?«

»Ja«, flüsterte sie.

»Ich werde dich hinführen«, sagte Meister Hora. »Aber an jenem Ort muß man schweigen. Man darf nichts fragen und nichts sagen. Versprichst du mir das?«

Momo nickte stumm.

Da beugte Meister Hora sich zu ihr herunter, hob sie hoch und nahm sie fest in seine Arme. Er schien ihr auf einmal sehr groß und unaussprechlich alt, aber nicht wie ein alter Mann, sondern wie ein uralter Baum oder wie ein Felsenberg. Dann deckte er ihr mit der Hand die Augen zu, und es fühlte sich an wie leichter, kühler Schnee, der auf ihr Gesicht fiel.

Momo war es, als ob Meister Hora mit ihr durch einen langen dunklen Gang schritte. Aber sie fühlte sich ganz geborgen und hatte keine Angst. Anfangs meinte sie, das Pochen ihres eigenen Herzens zu hören, aber dann schien es ihr mehr und mehr, als sei es in Wirklichkeit der Widerhall von Meister Horas Schritten.

Es war ein langer Weg, aber schließlich setzte er Momo ab. Sein Gesicht war nahe vor dem ihren, er blickte sie groß an und hatte den Finger an die Lippen gelegt. Dann richtete er sich auf und trat zurück. Goldene Dämmerung umgab sie.

Nach und nach erkannte Momo, daß sie unter einer gewaltigen, vollkommen runden Kuppel stand, die ihr so groß schien wie das ganze Himmelsgewölbe. Und diese riesige Kuppel war aus reinstem Gold. Hoch oben in der Mitte war eine kreisrunde Öffnung, durch die eine Säule von Licht senkrecht herniederfiel auf einen ebenso kreisrunden Teich, dessen schwarzes Wasser glatt und reglos lag wie ein dunkler Spiegel.

Dicht über dem Wasser funkelte etwas in der Lichtsäule wie ein heller Stern. Es bewegte sich mit majestätischer Langsamkeit dahin, und Momo erkannte ein ungeheures Pendel, welches über dem schwarzen Spiegel hin- und zurückschwang. Aber es war nirgends aufgehängt. Es schwebte und schien ohne Schwere zu sein.

Als das Sternenpendel sich nun langsam immer mehr dem Rande des Teiches näherte, tauchte dort aus dem dunklen Wasser eine große Blütenknospe auf. Je näher das Pendel kam, desto weiter öffnete sie sich, bis sie schließlich voll erblüht auf dem Wasserspiegel lag.

Es war eine Blüte von solcher Herrlichkeit, wie Momo noch nie zuvor eine gesehen hatte. Sie schien aus nichts als leuchtenden Farben zu bestehen. Momo hatte nie geahnt, daß es diese Farben überhaupt gab. Das Sternenpendel hielt eine Weile über der Blüte an, und Momo versank ganz und gar in den Anblick und vergaß alles um sich her. Der Duft allein schien ihr wie etwas, wonach sie sich immer gesehnt hatte, ohne zu wissen, was es war.

Doch dann schwang das Pendel langsam, langsam wieder zurück. Und während es sich ganz allmählich entfernte, gewahrte Momo zu ihrer Bestürzung, daß die herrliche Blüte anfing zu verwelken. Ein Blatt nach dem anderen löste sich und versank in der dunklen Tiefe. Momo empfand es so schmerzlich, als ob etwas Unwiederbringliches für immer von ihr fortginge.

Als das Pendel über der Mitte des schwarzen Teiches angekommen war, hatte die herrliche Blüte sich vollkommen aufgelöst. Gleichzeitig aber begann auf der gegenüberliegenden Seite eine Knospe aus dem dunklen Wasser aufzusteigen. Und als das Pendel sich dieser nun langsam näherte, sah Momo, daß es eine noch viel herrlichere Blüte war, die da aufzubrechen begann. Das Kind ging um den Teich herum, um sie aus der Nähe zu betrachten.

Sie war ganz und gar anders als die vorhergehende Blüte. Auch ihre Farben hatte Momo noch nie zuvor gesehen, aber es schien ihr, als sei diese hier noch viel reicher und kostbarer. Sie duftete ganz anders, viel herrlicher, und je länger Momo sie betrachtete, um so mehr wundervolle Einzelheiten entdeckte sie.

Aber wieder kehrte das Sternenpendel um, und die Herrlichkeit verging und löste sich auf und versank, Blatt für Blatt, in den unergründlichen Tiefen des schwarzen Teiches.

Langsam, langsam wanderte das Pendel zurück auf die Gegenseite, aber es erreichte nun nicht mehr dieselbe Stelle wie vorher, sondern es war um ein kleines Stück weitergewandert. Und dort, einen Schritt neben der ersten Stelle, begann abermals eine Knospe aufzusteigen und sich allmählich zu entfalten.

Diese Blüte war nun die allerschönste, wie es Momo schien. Dies war die Blüte aller Blüten, ein einziges Wunder!

Momo hätte am liebsten laut geweint, als sie sehen mußte, daß auch diese Vollkommenheit anfing, hinzuwelken und in den dunklen Tiefen zu versinken. Aber sie erinnerte sich an das Versprechen, das sie Meister Hora gegeben hatte, und schwieg still.

Auch auf der Gegenseite war das Pendel nun einen Schritt weiter gewandert, und eine neue Blume stieg aus den dunklen Wassern auf.

Allmählich begriff Momo, daß jede neue Blume immer ganz anders war als alle vorherigen, und daß ihr jeweils diejenige, die gerade blühte, die allerschönste zu sein schien.

Immer rund um den Teich wandernd, schaute sie zu, wie Blüte um Blüte entstand und wieder verging. Und es war ihr, als könne sie dieses Schauspiels niemals müde werden.

Aber nach und nach wurde sie gewahr, daß hier immerwährend noch etwas anderes vorging, etwas, das sie bisher nicht bemerkt hatte.

Die Lichtsäule, die aus der Mitte der Kuppel herniederstrahlte, war nicht nur zu sehen – Momo begann sie nun auch zu hören!

Anfangs war es wie ein Rauschen, so wie von Wind, den man fern in den Wipfeln der Bäume hört. Aber dann wurde das Brausen mächtiger, bis es dem eines Wasserfalls glich oder dem Donnern der Meereswogen gegen eine Felsenküste.

Und Momo vernahm immer deutlicher, daß dieses Tosen aus unzähligen Klängen bestand, die sich untereinander ständig neu ordneten, sich wandelten und immerfort andere Harmonien bildeten. Es war Musik und war doch zugleich etwas ganz anderes. Und plötzlich erkannte Momo sie wieder: Es war die Musik, die sie manchmal leise und wie von fern gehört hatte; wenn sie unter dem funkelnden Sternenhimmel der Stille lauschte.

Aber nun wurden die Klänge immer klarer und strahlender. Momo ahnte, daß dieses klingende Licht es war, das jede der Blüten in anderer, jede in einmaliger und unwiederholbarer Gestalt aus den Tiefen des dunklen Wassers hervorrief und bildete.

Je länger sie zuhörte, desto deutlicher konnte sie einzelne Stimmen unterscheiden.

Aber es waren keine menschlichen Stimmen, sondern es klang, als ob Gold und Silber und alle anderen Metalle sangen. Und dann tauchten, gleichsam dahinter, Stimmen ganz anderer Art auf, Stimmen aus undenkbaren Fernen und von unbeschreibbarer Mächtigkeit. Immer deutlicher wurden sie, so daß Momo nun nach und nach Worte hörte, Worte einer Sprache, die sie noch nie vernommen hatte und die sie doch verstand. Es waren Sonne und Mond und die Planeten und alle Sterne, die ihre eigenen, ihre wirklichen Namen offenbarten. Und in diesen Namen lag beschlossen, was sie tun und wie sie alle zusammenwirken, um jede einzelne dieser Stunden-Blumen entstehen und wieder vergehen zu lassen.

Und auf einmal begriff Momo, daß alle diese Worte an *sie* gerichtet waren! Die ganze Welt bis hinaus zu den fernsten Sternen war ihr zugewandt wie ein einziges, unausdenkbar großes Gesicht, das sie anblickte und zu ihr redete!

Und es überkam sie etwas, das größer war als Angst.

In diesem Augenblick sah sie Meister Hora, der ihr schweigend mit der Hand winkte. Sie stürzte auf ihn zu, er nahm sie auf den Arm, und sie verbarg ihr Gesicht an seiner Brust. Wieder legten sich seine Hände schneeleise auf ihre Augen, und es wurde dunkel und still und sie fühlte sich geborgen. Er ging mit ihr den langen Gang zurück.

Als sie wieder in dem kleinen Zimmer zwischen den Uhren waren, bettete er sie auf das zierliche Sofa.

»Meister Hora«, flüsterte Momo, »ich hab' nie gewußt, daß die Zeit aller Menschen so ...« – sie suchte nach dem richtigen Wort und konnte es nicht finden – »so groß ist«, sagte sie schließlich.

»Was du gesehen und gehört hast, Momo«, antwortete Meister Hora, »das war nicht die Zeit aller Menschen. Es war nur deine eigene Zeit. In jedem Menschen gibt es diesen Ort, an dem du eben warst. Aber dort hinkommen kann nur, wer sich von mir tragen läßt. Und mit gewöhnlichen Augen kann man ihn nicht sehen.«

»Aber wo war ich denn?«

»In deinem eigenen Herzen«, sagte Meister Hora und strich ihr sanft über ihr struppiges Haar.

»Meister Hora«, flüsterte Momo wieder, »darf ich meine Freunde auch zu dir bringen?«

»Nein«, antwortete er, »das kann jetzt noch nicht sein.«

»Wie lang darf ich denn bei dir bleiben?«

»Bis es dich selbst zu deinen Freunden zurückzieht, mein Kind.«

»Aber darf ich ihnen erzählen, was die Sterne gesagt haben?«

»Du darfst es. Aber du wirst es nicht können.«

»Warum nicht?«

»Dazu müßten die Worte dafür in dir erst wachsen.«

»Ich möchte ihnen aber davon erzählen, allen! Ich möchte ihnen die Stimmen vorsingen können. Ich glaube, dann würde alles wieder gut werden.«

»Wenn du das wirklich willst, Momo, dann mußt du warten können.«

»Warten macht mir nichts aus.«

»Warten, Kind, wie ein Samenkorn, das in der Erde schläft einen ganzen Sonnenkreis lang, ehe es aufgehen kann. So lang dauert es, bis die Worte in dir gewachsen sein werden. Willst du das?«

»Ja«, flüsterte Momo.

»Dann schlafe«, sagte Meister Hora und strich ihr über die Augen, »schlafe!«

Und Momo holte tief und glücklich Atem und schlief ein.

Dritter Teil:
Die Stunden-Blumen

NIEMALS

Dreizehntes Kapitel
Dort ein Tag und hier ein Jahr

Momo erwachte und schlug die Augen auf.

Sie mußte sich eine Weile besinnen, wo sie war. Es verwirrte sie, daß sie sich auf den grasbewachsenen Steinstufen des alten Amphitheaters wiederfand. War sie denn nicht vor wenigen Augenblicken noch im Nirgend-Haus bei Meister Hora gewesen? Wie kam sie denn so plötzlich hierher?

Es war dunkel und kühl. Über dem östlichen Horizont dämmerte eben das erste Morgengrauen auf. Momo fröstelte und zog sich ihre viel zu große Jacke enger um den Leib.

Ganz deutlich erinnerte sie sich an alles, was sie erlebt hatte, an die nächtliche Wanderung durch die große Stadt hinter der Schildkröte her, an den Stadtteil mit dem seltsamen Licht und den blendend weißen Häusern, an die Niemals-Gasse, an den Saal mit den unzähligen Uhren, an die Schokolade und die Honigbrötchen, an jedes einzelne Wort ihrer Unterhaltung mit Meister Hora und an das Rätsel. Aber vor allem erinnerte sie sich an das Erlebnis unter der goldenen Kuppel. Sie brauchte nur die Augen zu schließen, um die nie zuvor geschaute Farbenpracht der Blüten wieder vor sich zu sehen. Und die Stimmen von Sonne, Mond und Sternen klangen ihr noch immer im Ohr, so deutlich sogar, daß sie die Melodien mitsummen konnte.

Und während sie das tat, formten sich Worte in ihr, Worte, die wirklich den Duft der Blüten und deren niegesehene Farben ausdrückten! Die Stimmen in Momos Erinnerung waren es, die diese Worte sprachen – doch mit dieser Erinnerung selbst war etwas Wunderbares geschehen! Momo fand in ihr nun nicht mehr nur das, was sie gesehen und gehört hatte, sondern mehr und immer noch mehr. Wie aus einem unerschöpflichen Zauberbrunnen stiegen tausend Bilder von Stunden-Blumen auf. Und bei jeder Blume erklangen neue Worte. Momo brauchte nur aufmerksam in sich hinein zu lauschen, um diese nachsprechen, ja sogar mitsingen zu können. Von geheimnisvollen und wunderbaren Dingen war da die Rede, aber indem Momo die Worte nachsprach, konnte sie deren Bedeutung verstehen.

Das also hatte Meister Hora gemeint, als er gesagt hatte, die Worte müßten erst in ihr wachsen!

Oder war am Ende alles nur ein Traum gewesen? War das alles gar nicht wirklich geschehen?

Aber während Momo noch überlegte, sah sie unten auf dem runden Platz in der Mitte etwas krabbeln. Es war eine Schildkröte, die da ganz gemächlich nach eßbaren Kräutern suchte!

Rasch kletterte Momo zu ihr herunter und hockte sich neben sie auf den Boden. Die Schildkröte hob nur kurz den Kopf, musterte das Kind mit ihren uralten, schwarzen Augen und fraß dann geruhsam weiter.

»Guten Morgen, Schildkröte«, sagte Momo.

Keine Antwort erschien auf dem Rückenpanzer.

»Warst du es«, fragte Momo, »die mich heute nacht zu Meister Hora geführt hat?«

Wieder keine Antwort. Momo seufzte enttäuscht.

»Schade«, murmelte sie, »also bist du nur eine gewöhnliche Schildkröte und nicht die ... ach, ich hab' den Namen vergessen. Es war ein schöner Name, aber lang und seltsam. Ich hab' ihn noch nie vorher gehört.«

»Kassiopeia!« stand plötzlich in schwach leuchtenden Buchstaben auf dem Panzer der Schildkröte. Momo entzifferte es entzückt.

»Ja!« rief sie und klatschte in die Hände, »das war der Name! Dann bist du's ja doch? Du bist Meister Horas Schildkröte, nicht wahr?«

»Wer denn sonst?«

»Aber warum hast du mir denn zuerst nicht geantwortet?«

»Ich frühstücke«, war auf dem Panzer zu lesen.

»Entschuldige!« erwiderte Momo. »Ich wollte dich ja

nicht stören. Ich möchte nur gern wissen, wie es kommt, daß ich auf einmal wieder hier bin?«

»DEIN WUNSCH!« erschien als Antwort.

»Sonderbar«, murmelte Momo, »daran kann ich mich gar nicht erinnern. Und du, Kassiopeia? Warum bist du nicht bei Meister Hora geblieben, sondern mit mir gekommen?«

»MEIN WUNSCH!« stand auf dem Rückenpanzer.

»Vielen Dank«, sagte Momo, »das ist lieb von dir.«

»BITTE«, war die Antwort. Damit schien für die Schildkröte die Unterhaltung zunächst beendet, denn sie stapfte weiter, um ihr unterbrochenes Frühstück fortzusetzen.

Momo setzte sich auf die steinernen Stufen und freute sich auf Beppo, Gigi und die Kinder. Sie lauschte wieder auf die Musik, die nicht aufhörte, in ihrem Inneren zu klingen. Und obwohl sie ganz allein war und kein Mensch ihr zuhörte, sang sie immer lauter und beherzter die Melodien und die Worte mit, geradewegs in die aufgehende Sonne hinein. Und es schien ihr, als ob die Vögel und die Grillen und die Bäume und sogar die alten Steine diesmal ihr zuhörten.

Sie konnte nicht wissen, daß sie für lange Zeit keine anderen Zuhörer mehr finden würde. Sie konnte nicht wissen, daß sie ganz vergeblich auf ihre Freunde wartete, daß sie sehr lange fort gewesen war und daß die Welt sich inzwischen verändert hatte.–

Mit Gigi Fremdenführer hatten die grauen Herren es vergleichsweise leicht gehabt.

Es hatte damit begonnen, daß etwas vor einem Jahr, kurz nach dem Tag, an dem Momo plötzlich spurlos verschwunden war, ein längerer Artikel über Gigi in der Zeitung erschien. »Der letzte wirkliche Geschichtenerzähler«, stand da. Außerdem wurde berichtet, wo und wann man ihn treffen könne, und er sei eine Attraktion, die man nicht versäumen dürfe.

Daraufhin kamen immer häufiger Leute zu dem alten Amphitheater, die Gigi sehen und hören wollten. Gigi hatte natürlich nichts dagegen einzuwenden.

Er erzählte wie immer, was ihm gerade einfiel und ging

anschließend mit seiner Mütze herum, die jedesmal voller von Münzen und Geldscheinen war. Bald wurde er von einem Reiseunternehmen angestellt, das ihm zusätzlich noch eine feste Summe bezahlte für das Recht, ihn selbst als Sehenswürdigkeit zu präsentieren. Die Reisenden wurden in Autobussen herbeigeschafft und schon nach kurzer Zeit mußte Gigi einen regelrechten Stundenplan einhalten, damit auch wirklich alle, die dafür bezahlt hatten, Gelegenheit fanden, ihn zu hören.

Schon damals begann Momo ihm sehr zu fehlen, denn seine Geschichten hatten keine Flügel mehr, obgleich er sich noch immer standhaft weigerte, die gleiche Geschichte zweimal zu erzählen, selbst als ihm das doppelte Geld dafür geboten wurde.

Nach wenigen Monaten hatte er es nicht mehr nötig, beim alten Amphitheater aufzutreten und mit der Mütze herumzugehen. Der Rundfunk holte ihn und wenig später sogar das Fernsehen. Dort erzählte er nun dreimal wöchentlich vor Millionen von Zuhörern seine Geschichten, und er verdiente eine Menge Geld.

Inzwischen wohnte er auch nicht mehr in der Nähe des alten Amphitheaters, sondern in einem ganz anderen Stadtteil, dort wo alle reichen und berühmten Leute wohnten. Er hatte ein großes modernes Haus gemietet, das mitten in einem gepflegten Park lag. Er nannte sich auch nicht mehr Gigi, sondern Girolamo.

Natürlich hatte er längst aufgehört, wie früher immer neue Geschichten zu erfinden. Er hatte gar keine Zeit mehr dazu.

Er begann haushälterisch mit seinen Einfällen umzugehen. Aus einem einzigen machte er jetzt manchmal fünf verschiedene Geschichten.

Und als auch das nicht mehr genügte, um der immer noch zunehmenden Nachfrage gerecht zu werden, tat er eines Tages etwas, das er nicht hätte tun dürfen: Er erzählte eine der Geschichten, die Momo ganz allein gehörte.

Sie wurde ebenso hastig verschlungen wie alle anderen

und war sofort wieder vergessen. Man forderte weitere Geschichten von ihm. Gigi war so benommen von diesem Tempo, daß er, ohne sich zu besinnen, hintereinanderweg alle Geschichten preisgab, die nur für Momo bestimmt gewesen waren. Und als er die letzte erzählt hatte, fühlte er plötzlich, daß er leer und ausgehöhlt war und nichts mehr erfinden konnte.

In seiner Angst, der Erfolg könne ihn wieder verlassen, begann er alle seine Geschichten noch einmal zu erzählen, nur mit neuen Namen und ein bißchen verändert. Und das Erstaunliche war, daß niemand es zu bemerken schien. Jedenfalls beeinträchtigte es die Nachfrage nicht.

Daran hielt Gigi sich fest wie ein Ertrinkender an einer Holzplanke. Denn nun war er doch reich und berühmt –, und war es nicht das gewesen, wovon er immer geträumt hatte?

Aber manchmal des Nachts, wenn er in seinem Bett mit der seidenen Steppdecke lag, sehnte er sich zurück nach dem anderen Leben, wo er mit Momo und dem alten Beppo und den Kindern hatte zusammensein können und wo er wirklich noch zu erzählen verstanden hatte.

Aber dorthin führte kein Weg zurück, denn Momo war und blieb verschwunden. Anfangs hatte Gigi einige ernstliche Versuche gemacht, sie wiederzufinden, später war ihm dazu keine Zeit mehr geblieben. Er hatte nun drei tüchtige Sekretärinnen, die für ihn Verträge abschlossen, denen er seine Geschichten diktierte, die Reklame für ihn machten und seine Termine regelten. Aber ein Termin für die Suche nach Momo ließ sich niemals mehr einschieben.

Von dem alten Gigi war nur noch wenig übriggeblieben. Aber eines Tages raffte er dieses wenige zusammen und beschloß, sich auf sich selbst zu besinnen. Er war doch nun jemand, so sagte er sich, dessen Stimme Gewicht hatte und auf den Millionen hörten. Wer, wenn nicht er, konnte den Menschen die Wahrheit sagen! Er wollte ihnen von den grauen Herren erzählen! Und er wollte dazu sagen, daß dies keine erfundene Geschichte sei und daß er alle seine Zuhörer bitte, ihm bei der Suche nach Momo zu helfen.

Diesen Entschluß hatte er in einer jener Nächte gefaßt, in denen er sich nach seinen alten Freunden sehnte. Und als die Morgendämmerung kam, saß er bereits an seinem großen Schreibtisch, um sich Notizen zu seinem Plan zu machen. Doch ehe er noch das erste Wort niedergeschrieben hatte, schrillte das Telefon. Er hob ab, horchte und erstarrte vor Entsetzen.

Eine seltsam tonlose, sozusagen aschengraue Stimme sprach zu ihm, und er fühlte gleichzeitig eine Kälte in sich aufsteigen, die aus dem Mark seiner Knochen zu kommen schien.

»Laß das sein!« sprach die Stimme. »Wir raten es dir im Guten.«

»Wer ist da?« fragte Gigi.

»Das weißt du ganz gut«, antwortete die Stimme. »Wir brauchen uns wohl nicht vorzustellen. Du hast zwar bisher noch nicht persönlich das Vergnügen mit uns gehabt, aber du gehörst uns schon längst mit Haut und Haar. Sag nur, du wüßtest das nicht!«

»Was wollt ihr von mir?«

»Was du dir da vorgenommen hast, das gefällt uns nicht. Sei brav und laß es bleiben, ja?«

Gigi nahm all seinen Mut zusammen.

»Nein«, sagte er, »ich lasse es nicht bleiben. Ich bin nicht mehr der kleine, unbekannte Gigi Fremdenführer. Ich bin jetzt ein großer Mann. Wir werden ja sehen, ob ihr es mit mir aufnehmen könnt.«

Die Stimme lachte tonlos, und Gigi begannen plötzlich die Zähne aufeinanderzuschlagen.

»Du bist niemand«, sagte die Stimme. »Wir haben dich gemacht. Du bist eine Gummipuppe. Wir haben dich aufgeblasen. Aber wenn du uns Ärger machst, dann lassen wir die Luft wieder aus dir heraus. Oder glaubst du im Ernst, daß du es dir und deinem unbedeutenden Talent zu verdanken hast, was du jetzt bist?«

»Ja, das glaube ich«, erwiderte Gigi heiser.

»Armer kleiner Gigi«, sagte die Stimme, »du bist und bleibst ein Phantast. Früher warst du Prinz Girolamo in der Maske des armen Schluckers Gigi. Und was bist du nun? Der arme Schlucker Gigi in der Maske des Prinzen Girolamo.

Trotzdem, du solltest uns dankbar sein, denn schließlich waren wir es doch, die dir alle deine Träume erfüllt haben.«

»Das ist nicht wahr!« stammelte Gigi. »Das ist Lüge!«

»Du liebe Zeit!« antwortete die Stimme und lachte wieder tonlos, »ausgerechnet du willst uns mit der Wahrheit kommen? Du hattest doch früher immer so viele schöne Sprüche von wegen wahr und nicht wahr. Ach nein, armer Gigi, es wird dir nicht gut bekommen, wenn du versuchst, dich auf die Wahrheit zu berufen. Berühmt bist du mit unserer Hilfe für deine Flunkereien. Für die Wahrheit bist du nicht zuständig. Darum laß es sein!«

»Was habt ihr mit Momo gemacht?« flüsterte Gigi.

»Darüber zerbrich dir nicht deinen niedlichen Wirrkopf! Ihr kannst du nicht mehr helfen – schon gar nicht, indem du nun diese Geschichte über uns erzählst. Das einzige, was du damit erreichen wirst, ist, daß dein schöner Erfolg genau so schnell vorbei sein wird, wie er gekommen ist. Natürlich mußt du das selbst entscheiden. Wir wollen dich nicht abhalten, den Helden zu spielen und dich zu ruinieren, wenn dir so viel daran liegt. Aber du kannst nicht von uns erwarten, daß wir weiterhin unsere schützende Hand über dich halten, wenn du so undankbar bist. Ist es denn nicht viel angenehmer, reich und berühmt zu sein?«

»Doch«, antwortete Gigi mit erstickter Stimme.

»Na, siehst du! Also – laß uns aus dem Spiel, ja? Erzähle den Leuten lieber weiterhin das, was sie von dir hören wollen!«

»Wie soll ich das machen?« brachte Gigi mit Anstrengung hervor. »Jetzt, wo ich das alles weiß.«

»Ich gebe dir einen guten Rat: Nimm dich selbst nicht so ernst. Es kommt wirklich nicht auf dich an. So betrachtet, kannst du doch sehr schön weitermachen wie bisher!«

»Ja«, flüsterte Gigi und starrte vor sich hin, »so betrachtet ...«

Dann klickte es im Hörer, und auch Gigi hängte ein. Er fiel vornüber auf die Platte seines großen Schreibtisches und verbarg das Gesicht in seinen Armen. Ein lautloses Schluchzen schüttelte ihn.

Von diesem Tag an hatte Gigi alle Selbstachtung verloren. Er gab seinen Plan auf und machte weiter wie bisher, aber er fühlte sich dabei wie ein Betrüger. Und das war er ja auch. Früher hatte ihn seine Phantasie ihre schwebenden Wege geführt und er war ihr unbekümmert gefolgt. Aber nun log er!

Er machte sich zum Hanswurst, zum Hampelmann seines Publikums, und er wußte es. Er begann seine Tätigkeit zu hassen. Und so wurden seine Geschichten immer alberner oder rührseliger.

Aber das tat seinem Erfolg nicht etwa Abbruch, im Gegenteil, man nannte es einen neuen Stil, und viele versuchten ihn nachzuahmen. Er wurde große Mode. Aber Gigi hatte keine Freude daran. Er wußte ja nun, wem er das alles verdankte. Er hatte nichts gewonnen. Er hatte alles verloren.

Aber er raste weiter mit dem Auto von Termin zu Termin, er flog mit den schnellsten Flugzeugen und er diktierte unaufhörlich, wo er ging und stand, den Sekretärinnen seine alten Geschichten im neuen Gewand. Er war – wie in allen Zeitungen stand –»erstaunlich fruchtbar«. So war aus dem Träumer Gigi der Lügner Girolamo geworden.

Viel schwerer war es den grauen Herren geworden, mit dem alten Beppo Straßenkehrer fertig zu werden.

Nach jener Nacht, in der Momo verschwunden war, saß er, wann immer seine Arbeit es ihm erlaubte, im alten Amphitheater und wartete. Seine Sorge und Unruhe wuchs von Tag zu Tag. Und als er es schließlich nicht mehr aushalten konnte, beschloß er trotz aller berechtigten Einwände, die Gigi vorgebracht hatte, zur Polizei zu gehen.

»Immer noch besser«, sagte er sich, »sie stecken Momo wieder in solch ein Heim mit Gittern vor den Fenstern, als daß die Grauen sie gefangenhalten. Falls sie überhaupt noch am Leben ist. Aus so einem Heim ist sie schon mal ausgerissen und kann es wieder tun. Vielleicht kann ich auch dafür sorgen, daß sie gar nicht erst' reinkommt. Aber erst muß man sie jetzt finden.«

Er ging also zur nächsten Polizeiwache, die am Stadtrand lag. Eine Weile stand er noch vor der Tür herum und drehte seinen Hut in den Händen, dann faßte er sich ein Herz und ging hinein.

»Sie wünschen?« fragte der Polizist, der gerade damit beschäftigt war, ein langes und schwieriges Formular auszufüllen.

Beppo brauchte eine Weile, ehe er hervorbrachte: »Es muß da nämlich etwas Schreckliches geschehen sein.«

»So?« fragte der Polizist, der immer noch weiterschrieb, »worum handelt es sich denn?«

»Es handelt sich«, antwortete Beppo, »um unsere Momo.«

»Ein Kind?«

»Ja, ein kleines Mädchen.«

»Ist es Ihr Kind?«

»Nein«, sagte Beppo verwirrt, »das heißt, ja, aber der Vater bin ich nicht.«

»Nein, das heißt ja!« sagte der Polizist ärgerlich. »Wessen Kind ist es denn? Wer sind seine Eltern?«

»Das weiß niemand«, antwortete Beppo.

»Wo ist das Kind denn gemeldet?«

»Gemeldet?« fragte Beppo. »Na, ich denke, bei uns. Wir kennen es alle.«

»Also *nicht* gemeldet«, stellte der Polizist seufzend fest. »Wissen Sie, daß so was verboten ist? Wo kämen wir denn da hin! Bei wem wohnt das Kind?«

»Bei sich«, erwiderte Beppo, »das heißt, im alten Amphitheater. Aber da wohnt sie ja nun nicht mehr. Sie ist weg.«

»Augenblick mal«, sagte der Polizist, »wenn ich richtig

verstehe, dann wohnte bis jetzt in der Ruine da draußen ein vagabundierendes kleines Mädchen namens ... wie sagten Sie?«

»Momo«, antwortete Beppo.

Der Polizist begann alles aufzuschreiben.

»... namens Momo. Momo und wie weiter? Den ganzen Namen, bitte!«

»Momo und nichts weiter«, sagte Beppo.

Der Polizist kratzte sich unter dem Kinn und blickte Beppo bekümmert an.

»Also so geht das nicht, mein Guter. Ich will Ihnen ja helfen, aber so kann man keine Anzeige aufsetzen. Nun sagen Sie mir erst mal, wie Sie selbst heißen.«

»Beppo«, sagte Beppo.

»Und wie weiter?«

»Beppo Straßenkehrer.«

»Den Namen will ich wissen, nicht den Beruf!«

»Es ist beides«, erklärte Beppo geduldig.

Der Polizist ließ den Federhalter sinken und vergrub sein Gesicht in den Händen.

»Gott im Himmel!« murmelte er verzweifelt. »Warum muß gerade ich jetzt Dienst haben.«

Dann richtete er sich auf, straffte seine Schultern, lächelte dem alten Mann aufmunternd zu und sagte mit der Sanftheit eines Krankenpflegers: »Die Personalien können wir ja später aufnehmen. Jetzt erzählen Sie erst mal der Reihe nach, was eigentlich war und wie alles gekommen ist.«

»Alles?« fragte Beppo zweifelnd.

»Alles, was zur Sache gehört«, antwortete der Polizist. »Ich habe zwar überhaupt keine Zeit, ich muß bis Mittag diesen ganzen Berg von Formularen da ausgefüllt haben, ich bin am Rande meiner Kräfte und meiner Nerven –, aber lassen Sie sich ruhig Zeit und erzählen Sie, was Sie auf dem Herzen haben.«

Er lehnte sich zurück und schloß die Augen mit dem Ausdruck eines Märtyrers, der gerade auf dem Rost gebraten wird. Und der alte Beppo begann, auf seine wunderliche und umständliche Art, die ganze Geschichte zu erzählen, angefangen von Momos Auftauchen und ihrer besonderen Eigenschaft, bis zu den grauen Herren auf der Müllhalde, die er selbst belauscht hatte.

»Und in derselben Nacht«, schloß er, »ist Momo verschwunden.«

Der Polizist blickte ihn lange und gramerfüllt an.

»Mit anderen Worten«, sagte er schließlich, »da war einmal ein höchst unwahrscheinliches, kleines Mädchen, dessen Existenz man nicht beweisen kann, und das ist von so einer Art Gespenster, die es ja bekanntlich nicht gibt, wer weiß wohin entführt worden. Aber auch das ist nicht sicher. Und darum soll sich nun die Polizei kümmern?«

»Ja, bitte!« sagte Beppo.

Der Polizist beugte sich vor und rief barsch: »Hauchen Sie mich mal an!«

Beppo verstand diese Aufforderung nicht, er zuckte die Schultern, hauchte aber dann gehorsam dem Polizisten ins Gesicht.

Der schnüffelte und schüttelte den Kopf. »Betrunken sind Sie offenbar nicht.«

»Nein«, murmelte Beppo, rot vor Verlegenheit, »bin ich noch nie gewesen.«

»Warum erzählen Sie mir dann diesen ganzen Unsinn?« fragte der Polizist. »Halten Sie die Polizei denn für so blöd, daß sie auf solche Ammenmärchen hereinfällt?«

»Ja«, antwortete Beppo arglos.

Jetzt riß dem Polizisten endgültig der Geduldsfaden. Er sprang von seinem Stuhl auf und hieb mit der Faust auf das lange und schwierige Formular. »Jetzt reicht es mir aber!« schrie er mit rotem Kopf. »Verschwinden Sie auf der Stelle, sonst sperre ich Sie wegen Amtsbeleidigung ein!«

»Verzeihung«, murmelte Beppo eingeschüchtert, »ich hab' es anders gemeint. Ich wollte sagen ...«

»'raus!« brüllte der Polizist.

Beppo drehte sich um und ging hinaus.

Während der nächsten Tage tauchte er in verschiedenen

anderen Polizeistationen auf. Die Szenen, die sich dort abspielten, unterschieden sich kaum von der ersten. Man warf ihn hinaus, man schickte ihn freundlich nach Hause, oder man vertröstete ihn, um ihn los zu werden.

Aber einmal geriet Beppo an einen höheren Beamten, der weniger Sinn für Humor hatte als seine Kollegen. Er ließ sich unbewegten Gesichts die ganze Geschichte erzählen, dann sagte er kalt: »Dieser alte Mann ist verrückt. Man wird feststellen müssen, ob er gemeingefährlich ist.

Bringt ihn in die Arrestzelle!«

In der Zelle mußte Beppo einen halben Tag warten, dann wurde er von zwei Polizisten in ein Auto verfrachtet. Sie fuhren mit ihm quer durch die Stadt zu einem großen, weißen Gebäude, das Gitter vor den Fenstern hatte. Aber es war kein Gefängnis oder dergleichen, wie Beppo zuerst dachte, sondern ein Krankenhaus für Nervenleiden.

Hier wurde er gründlich untersucht. Der Professor und die Krankenpfleger waren freundlich zu ihm, sie lachten ihn nicht aus und schimpften nicht mit ihm, sie schienen sich sogar sehr für seine Geschichte zu interessieren, denn er mußte sie ihnen immer und immer wieder erzählen. Obgleich sie ihm nie widersprachen, hatte Beppo auch nie das Gefühl, daß sie ihm wirklich glaubten. Er wurde nicht recht schlau aus ihnen, aber gehen ließen sie ihn auch nicht.

Jedesmal wenn er fragte, wann er denn nun hinausdürfe, hieß es: »Bald, aber im Augenblick brauchen wir Sie noch. Sie müssen das verstehen, die Untersuchungen sind noch nicht abgeschlossen, aber wir kommen voran.«

Und Beppo, der glaubte, es handle sich um Untersuchungen nach dem Verbleib der kleinen Momo, faßte sich in Geduld.

Man hatte ihm ein Bett in einem großen Schlafsaal angewiesen, wo noch viele andere Patienten schliefen. Eines Nachts wachte er auf und sah im schwachen Licht der Notbeleuchtung, daß jemand neben seinem Bett stand. Erst entdeckte er nur das rote Leuchtpünktchen einer glimmenden Zigarre, aber dann erkannte er den runden steifen Hut und die Aktentasche, die die Gestalt im Dunkeln trug. Er begriff, daß es einer der grauen Herren war, ihm wurde kalt bis ins Herz hinein und er wollte um Hilfe rufen.

»Still!« sagte die aschenfarbene Stimme im Dunkeln, »ich habe den Auftrag, Ihnen ein Angebot zu machen. Hören Sie mir zu und antworten Sie mir erst, wenn ich Sie dazu auffordere! Sie haben ja nun ein wenig sehen können, wie weit unsere Macht bereits reicht. Es hängt ganz von Ihnen ab, ob Sie noch mehr davon kennenlernen werden. Sie können uns zwar nicht im geringsten damit schaden, daß Sie diese Geschichte über uns jedem auf die Nase binden, aber angenehm ist es uns trotzdem nicht. Übrigens haben Sie natürlich völlig recht mit der Annahme, daß Ihre kleine Freundin Momo von uns gefangen gehalten wird. Aber geben Sie die Hoffnung auf, daß man sie je bei uns finden kann. Das wird niemals geschehen. Und durch Ihre Bemühungen, sie zu befreien, machen Sie dem armen Kind seine Lage nicht gerade angenehmer. Für jeden Ihrer Versuche, mein Bester, muß sie büßen. Überlegen Sie sich also in Zukunft, was Sie tun und sagen.«

Der graue Herr blies einige Rauchringe und beobachtete mit Genugtuung die Wirkung, die seine Rede auf den alten Beppo hatte. Denn der glaubte jedes Wort.

»Um mich so kurz wie möglich zu fassen, denn auch meine Zeit ist kostbar«, fuhr der graue Herr fort, »mache ich Ihnen folgendes Angebot: Wir geben Ihnen das Kind zurück unter der Bedingung, daß Sie nie wieder ein Wort über uns und unsere Tätigkeit verlieren. Außerdem fordern wir von Ihnen, sozusagen als Lösegeld, die Summe von hunderttausend Stunden eingesparter Zeit. Machen Sie sich keine Sorgen darüber, wie wir in den Besitz dieser Zeit kommen werden, das ist unsere Sache. Sie haben lediglich die Aufgabe, diese Zeit einzusparen. Wie, das ist Ihre Sache. Wenn Sie damit einverstanden sind, dann werden wir dafür sorgen, daß Sie im Laufe der nächsten Tage hier entlassen werden. Wenn nicht, dann bleiben Sie eben für immer hier, und Momo bleibt für immer bei uns. Überlegen sie sich's.

Wir machen dieses großzügige Angebot nur dies eine Mal. Also?«

Beppo schluckte zweimal und krächzte dann: »Einverstanden.«

»Sehr vernünftig«, sagte der graue Herr zufrieden, »also denken Sie daran: Völliges Stillschweigen und hunderttausend Stunden. Sobald wir die haben, bekommen Sie die kleine Momo wieder. Machen Sie's gut, mein Bester.«

Damit verließ der graue Herr den Schlafsaal. Die Rauchfahne, die hinter ihm zurückblieb, schien in der Dunkelheit matt zu leuchten wie ein Irrlicht.

Von dieser Nacht an erzählte Beppo seine Geschichte nicht mehr. Und wenn man ihn fragte, warum er sie früher erzählt habe, dann zuckte er nur traurig die Schultern. Wenige Tage später schon schickte man ihn nach Hause.

Aber Beppo ging nicht nach Hause, sondern geradewegs zu jenem großen Haus mit dem Hof, wo er und seine Kollegen immer ihre Besen und Karren in Empfang nahmen. Er holte seinen Besen, ging damit in die große Stadt und fing an zu kehren.

Aber nun kehrte er nicht mehr wie früher, bei jedem Schritt einen Atemzug und bei jedem Atemzug einen Besenstrich, sondern jetzt tat er es hastig und ohne Liebe zur Sache und nur um Stunden einzubringen. Mit peinigender Deutlichkeit wußte er, daß er damit seine tiefste Überzeugung, ja, sein ganzes bisheriges Leben verleugnete und verriet, und das machte ihn krank vor Widerwillen gegen das, was er tat. Wäre es nur um ihn gegangen, er wäre lieber verhungert, als sich selbst so untreu zu werden. Aber es ging ja um Momo, die er freikaufen mußte, und dies war die einzige Art Zeit zu sparen, die er kannte.

Er kehrte bei Tag und bei Nacht, ohne jemals nach Hause zu gehen. Wenn die Erschöpfung ihn übermannte, setzte er sich auf eine Anlagenbank oder auch einfach auf den Rinnstein und schlief ein wenig. Dann fuhr er nach kurzem wieder auf und kehrte weiter. Ebenso hastig würgte er zwischendurch rasch einmal irgend etwas zu essen hinunter. Zu seiner Hütte bei dem Amphitheater ging er nicht mehr zurück.

Er kehrte durch Wochen und durch Monate. Es kam der Herbst, und es kam der Winter. Beppo kehrte.

Und es kam der Frühling und wieder der Sommer. Beppo bemerkte es kaum, er kehrte und kehrte, um die hunderttausend Stunden Lösegeld zu ersparen.

Die Leute in der großen Stadt hatten keine Zeit, um auf den kleinen alten Mann zu achten. Und die wenigen, die es doch taten, tippten sich hinter seinem Rücken an die Stirn, wenn er keuchend an ihnen vorüberhastete und den Besen schwang, als gelte es sein Leben. Aber daß man ihn für närrisch hielt, war ja nichts Neues für Beppo, und er beachtete es kaum.

Nur wenn ihn manchmal jemand fragte, warum er es denn so eilig habe, dann unterbrach er seine Arbeit für einen Augenblick, schaute den Frager ängstlich und voll Trauer an und legte den Finger an die Lippen. –

Die schwierigste Aufgabe stellte es für die grauen Herren dar, die Kinder unter Momos Freunden nach ihren Plänen zu lenken. Nachdem Momo verschwunden war, hatten die Kinder sich dennoch, sooft es nur ging, im alten Amphitheater versammelt. Sie hatten immer neue Spiele erfunden, ein paar alte Kisten und Schachteln genügten ihnen, um darin fabelhafte Weltreisen zu unternehmen oder um daraus Burgen und Schlösser zu errichten. Sie hatten weiterhin ihre Pläne geschmiedet und einander Geschichten erzählt, kurzum, sie hatten einfach so getan, als sei Momo noch mitten unter ihnen. Und es hatte sich erstaunlicherweise gezeigt, daß es dadurch fast so war, als sei sie tatsächlich noch da.

Außerdem hatten diese Kinder keinen Augenblick daran gezweifelt, daß Momo wiederkommen würde. Darüber war zwar niemals gesprochen worden, aber das war auch gar nicht nötig. Die stillschweigende Gewißheit verband die

Kinder miteinander. Momo gehörte zu ihnen und war ihr heimlicher Mittelpunkt, ganz gleich, ob sie nun da war oder nicht.

Dagegen hatten die grauen Herren nicht ankommen können.

Wenn sie die Kinder nicht unmittelbar unter ihren Einfluß bringen konnten, um sie von Momo loszureißen, dann mußten sie es eben über einen Umweg zuwege bringen. Und dieser Umweg waren die Erwachsenen, die ja über die Kinder zu bestimmen hatten. Nicht alle Erwachsenen, versteht sich, aber diejenigen, die sich als Helfershelfer eigneten, und das waren leider gar nicht wenige. Obendrein waren es nun die eigenen Waffen der Kinder, welche die grauen Herren gegen sie verwendeten.

Plötzlich erinnerten sich nämlich einige Leute an die Umzüge, an die Plakate und Inschriften der Kinder.

»Wir müssen etwas unternehmen«, hieß es, »denn es geht nicht an, daß immer mehr und mehr Kinder allein sind und vernachlässigt werden. Den Eltern ist kein Vorwurf zu machen, denn das moderne Leben läßt ihnen eben keine Zeit, sich genügend mit ihren Kindern zu beschäftigen. Aber die Stadtverwaltung muß sich darum kümmern.«

»Es geht nicht an«, sagten andere, »daß der reibungslose Ablauf des Straßenverkehrs durch herumlungernde Kinder gefährdet wird. Die Zunahme von Unfällen, die durch Kinder auf den Straßen verursacht werden, kostet immer mehr Geld, das man anderweitig vernünftiger ausgeben könnte.«

»Kinder ohne Aufsicht«, erklärten wieder andere, »verwahrlosen moralisch und werden zu Verbrechern. Die Stadtverwaltung muß dafür sorgen, daß alle diese Kinder erfaßt werden. Man muß Anstalten schaffen, wo sie zu nützlichen und leistungsfähigen Mitgliedern der Gesellschaft erzogen werden.«

Und abermals andere meinten: »Kinder sind das Menschenmaterial der Zukunft. Die Zukunft wird eine Zeit der Düsenmaschinen und der Elektrogehirne. Ein Heer von Spezialisten und Facharbeitern wird notwendig sein, um alle diese Maschinen zu bedienen. Aber anstatt unsere Kinder auf diese Welt von morgen vorzubereiten, lassen wir es noch immer zu, daß viele von ihnen Jahre ihrer kostbaren Zeit mit nutzlosen Spielen verplempern. Es ist eine Schande für unsere Zivilisation und ein Verbrechen an der künftigen Menschheit!«

Das alles leuchtete den Zeit-Sparern ungemein ein. Und da schon sehr viele Zeit-Sparer in der großen Stadt waren, gelang es ihnen in ziemlich kurzer Zeit, die Stadtverwaltung von der Notwendigkeit zu überzeugen, etwas für die vielen vernachlässigten Kinder zu tun.

Daraufhin wurden in allen Stadtvierteln sogenannte »Kinder-Depots« gegründet. Das waren große Häuser, wo alle Kinder, um die sich niemand kümmern konnte, abgeliefert werden mußten und je nach Möglichkeit wieder abgeholt werden konnten.

Es wurde strengstens verboten, daß Kinder auf den Straßen oder in den Grünanlagen oder sonstwo spielten. Wurde ein Kind doch einmal dabei erwischt, so war sofort jemand da, der es in das nächste Kinder-Depot brachte. Und die Eltern mußten mit einer gehörigen Strafe rechnen.

Auch Momos Freunde entgingen dieser neuen Regelung nicht. Sie wurden voneinander getrennt, je nach der Gegend, aus der sie kamen, und wurden in verschiedene Kinder-Depots gesteckt. Davon, daß sie sich hier selbst Spiele einfallen lassen durften, war natürlich keine Rede mehr. Die Spiele wurden ihnen von Aufsichtspersonen vorgeschrieben, und es waren nur solche, bei denen sie irgend etwas Nützliches lernten. Etwas anderes verlernten sie freilich dabei, und das war: sich zu freuen, sich zu begeistern und zu träumen.

Nach und nach bekamen die Kinder Gesichter wie kleine Zeit-Sparer. Verdrossen, gelangweilt und feindselig taten sie, was man von ihnen verlangte. Und wenn sie doch einmal sich selbst überlassen blieben, dann fiel ihnen nichts mehr ein, was sie hätten tun können.

Das einzige, was sie nach all dem noch konnten, war Lärm machen – aber es war natürlich kein fröhlicher Lärm, sondern ein wütender und böser.

Aber die grauen Herren selbst kamen zu keinem der Kinder. Das Netz, das sie über die große Stadt gewebt hatten, war nun dicht und – wie es schien – unzerreißbar. Selbst den schlausten Kindern gelang es nicht, durch die Maschen zu schlüpfen. Der Plan der grauen Herren war ausgeführt. Alles war für Momos Rückkehr vorbereitet.

Von da an hatte das alte Amphitheater leer und verlassen dagelegen.

Und nun saß Momo also auf den steinernen Stufen und wartete auf ihre Freunde. Den ganzen Tag seit ihrer Rückkehr hatte sie so gesessen und gewartet. Aber niemand war gekommen. Niemand.

Die Sonne senkte sich dem westlichen Horizont zu. Die Schatten wuchsen, und es wurde kalt.

Endlich stand Momo auf. Sie war hungrig, denn niemand hatte daran gedacht, ihr etwas zu essen zu bringen. Das war noch nie geschehen. Selbst Gigi und Beppo mußten sie heute vergessen haben. Aber sicher, dachte Momo, war das Ganze nur ein Versehen, irgendein dummer Zufall, der sich morgen aufklären würde.

Sie stieg zur Schildkröte hinunter, die sich schon zum Schlafen in ihr Gehäuse zurückgezogen hatte. Momo hockte sich neben sie und klopfte mit dem Fingerknöchel schüchtern auf den Rückenpanzer. Die Schildkröte schob ihren Kopf hervor und blickte Momo an.

»Entschuldige bitte«, sagte Momo, »es tut mir leid, wenn ich dich geweckt habe, aber kannst du mir sagen, warum heute den ganzen Tag kein einziger von meinen Freunden gekommen ist?«

Auf dem Panzer erschienen die Worte: »KEINER MEHR DA.«

Momo las sie, verstand aber nicht, was sie bedeuten sollten.

»Na ja«, sagte sie zuversichtlich, »morgen wird sich's schon herausstellen. Morgen kommen meine Freunde bestimmt.«

»NIE MEHR«, war die Antwort.

Momo starrte die matt leuchtenden Buchstaben eine Weile an.

»Was meinst du damit?« fragte sie schließlich bang. »Was ist denn mit meinen Freunden?«

»ALLE FORT«, las sie.

Sie schüttelte den Kopf. »Nein«, sagte sie leise, »das kann nicht sein. Du irrst dich bestimmt, Kassiopeia. Gestern waren sie ja noch alle da zur großen Versammlung, aus der nichts geworden ist.«

»HAST LANG GESCHLAFEN«, lautete Kassiopeias Antwort.

Momo erinnerte sich, daß Meister Hora gesagt hatte, sie müsse einen Sonnenkreis hindurch schlafen wie ein Samenkorn in der Erde. Sie hatte nicht bedacht, wieviel Zeit das sein mochte, als sie zugestimmt hatte. Aber nun begann sie es zu ahnen.

»Wie lang?« fragte sie flüsternd.

»JAHR UND TAG.«

Momo brauchte eine Weile, ehe sie diese Antwort begriffen hatte.

»Aber Beppo und Gigi«, stammelte sie schließlich, »die beiden warten doch bestimmt noch auf mich!«

»NIEMAND MEHR DA«, stand auf dem Panzer.

»Wie kann denn das sein?« Momos Lippen zitterten. »Es kann doch nicht einfach alles weg sein – alles, was war...«

Und langsam erschien auf Kassiopeias Rücken das Wort: »VERGANGEN.«

Zum ersten Mal in ihrem Leben empfand Momo mit voller Gewalt, was dieses Wort bedeutet. Ihr Herz wurde schwer wie nie zuvor.

»Aber ich«, murmelte sie fassungslos, »ich bin doch noch da...«

Sie hätte gern geweint, aber sie konnte nicht.

Nach einer Weile fühlte sie, daß die Schildkröte sie an ihrem nackten Fuß berührte.

»Ich bin bei dir!« stand auf ihrem Panzer.

»Ja«, sagte Momo und lächelte tapfer, »du bist bei mir, Kassiopeia. Und ich bin froh darüber. Komm, wir wollen schlafen gehen.«

Sie nahm die Schildkröte hoch und trug sie durch das Einstiegsloch in der Mauer in ihren Raum hinunter. Im Licht der untergehenden Sonne sah Momo, daß alles noch so war, wie sie es verlassen hatte. (Beppo hatte das Zimmer damals wieder aufgeräumt). Aber überall lag dicker Staub und hingen Spinnweben.

Auf dem Tischchen aus Kistenbrettern lehnte an einer Blechbüchse ein Brief. Auch er war von Spinnweben bedeckt.

»An Momo«, stand darauf.

Momos Herz begann schneller zu klopfen. Sie hatte noch nie einen Brief bekommen. Sie nahm ihn in die Hand und betrachtete ihn von allen Seiten, dann riß sie das Kuvert auf und nahm einen Zettel heraus.

»Liebe Momo!« las sie. »Ich bin umgezogen. Falls du zurückkommst, melde dich bitte gleich bei mir. Ich mache mir große Sorgen um dich. Du fehlst mir sehr. Hoffentlich ist dir nichts passiert. Wenn du Hunger hast, dann geh bitte zu Nino. Er schickt mir die Rechnung, ich bezahle alles. Also iß nur, soviel du willst, hörst du? Alles Weitere sagt dir dann Nino. Behalte mich lieb! Ich behalte dich auch lieb!

Immer
dein Gigi«

Es dauerte lang, bis Momo diesen Brief buchstabiert hatte, obwohl Gigi sich offensichtlich alle Mühe gegeben hatte, schön und deutlich zu schreiben. Als sie endlich damit fertig war, erlosch gerade das letzte Restchen Tageslicht.

Aber Momo war getröstet.

Sie hob die Schildkröte hoch und legte sie neben sich auf

das Bett. Während sie sich in die staubige Decke hüllte, sagte sie leise: »Siehst du, Kassiopeia, ich bin doch nicht allein.«

Aber die Schildkröte schien bereits zu schlafen. Und Momo, die beim Lesen des Briefes Gigi ganz deutlich vor sich gesehen hatte, kam nicht auf den Gedanken, daß dieser Brief schon fast ein Jahr hier lag.

Sie legte ihre Wange auf das Papier. Jetzt war ihr nicht mehr kalt.

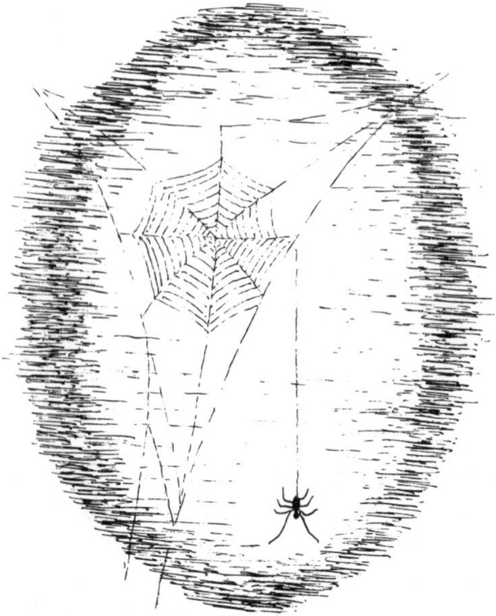

Vierzehntes Kapitel
Zu viel zu essen und zu wenig Antworten

Am nächsten Mittag nahm Momo die Schildkröte unter den Arm und machte sich auf den Weg zu Ninos kleinem Lokal.

»Du wirst sehen, Kassiopeia«, sagte sie, »jetzt wird sich alles aufklären. Nino weiß, wo Gigi und Beppo jetzt sind. Und dann gehen wir und holen die Kinder, und wir sind wieder alle zusammen. Vielleicht kommen Nino und seine Frau auch mit und die anderen alle. Sie werden dir bestimmt gut gefallen, meine Freunde. Vielleicht machen wir heute abend ein kleines Fest. Ich werde ihnen von den Blumen erzählen und von der Musik und von Meister Hora und allem. Ach, ich freu' mich schon drauf, sie alle wiederzusehen. Aber jetzt freu' ich mich erst mal auf ein schönes Mittagessen. Ich hab' schon richtigen Hunger, weißt du.«

So schwatzte sie fröhlich weiter. Immer wieder faßte sie nach Gigis Brief, den sie in der Jackentasche bei sich trug. Die Schildkröte schaute sie nur mit ihren uralten Augen an, antwortete aber nichts.

Momo begann im Gehen zu summen und schließlich zu singen. Wieder waren es die Melodien und die Worte der Stimmen, die in ihrer Erinnerung noch ebenso deutlich weiterklangen wie am Tage zuvor. Momo wußte jetzt, daß sie sie nie mehr verlieren würde.

Aber dann brach sie plötzlich ab. Vor ihr lag Ninos Lokal. Momo dachte im ersten Augenblick, sie hätte sich im Wege geirrt. Statt des alten Hauses mit dem regenfleckigen Verputz und der kleinen Laube vor der Tür stand dort jetzt ein langgestreckter Betonkasten mit großen Fensterscheiben, welche die ganze Straßenfront ausfüllten. Die Straße selbst war inzwischen asphaltiert, und viele Autos fuhren auf ihr. Auf der gegenüberliegenden Seite waren eine große Tankstelle und in nächster Nähe ein riesiges Bürohaus entstanden. Viele Fahrzeuge parkten vor dem neuen Lokal, über dessen Eingangstür in großen Lettern die Inschrift prangte:

NINOS SCHNELLRESTAURANT

Momo trat ein und konnte sich zunächst kaum zurechtfinden. An der Fensterseite entlang standen viele Tische mit winzigen Platten auf hohen Beinen, so daß sie wie sonderbare Pilze aussahen. Sie waren so hoch, daß ein Erwachsener im Stehen an ihnen essen konnte. Stühle gab es keine mehr.

Auf der anderen Seite befand sich eine lange Barriere aus blitzenden Metallstangen, eine Art Zaun. Dahinter zogen sich in kleinem Abstand lange Glaskästen hin, in denen Schinken- und Käsebrote, Würstchen, Teller mit Salaten, Pudding, Kuchen und alles mögliche andere stand, das Momo nicht kannte.

Aber alles das konnte Momo erst nach und nach wahrnehmen, denn der Raum war gedrängt voller Menschen, denen sie immerfort im Wege zu stehen schien; wo sie auch hintrat, wurde sie beiseite geschubst und weitergedrängt. Die meisten Leute balancierten Tabletts mit Tellern und Flaschen darauf und versuchten, einen Platz an den Tischchen zu ergattern. Hinter denen, die dort standen und hastig aßen, warteten schon jeweils andere auf deren Platz. Da und dort wechselten die Wartenden und die Essenden unfreundliche Worte. Überhaupt machten die Leute alle einen ziemlich mißvergnügten Eindruck.

Zwischen dem Metallzaun und den Glaskästen schob sich langsam eine Schlange von Leuten weiter. Jeder nahm sich da und dort einen Teller oder eine Flasche und einen Pappbecher aus den Glaskästen.

Momo staunte. Hier konnte sich also jeder nehmen, was er wollte! Sie konnte niemand sehen, der die Leute daran gehindert hätte oder wenigstens Geld dafür forderte. Vielleicht gab es hier alles umsonst! Das wäre freilich eine Erklärung für das Gedränge gewesen.

Nach einer Weile gelang es Momo, Nino zu erspähen. Er saß, von den vielen Leuten verdeckt, ganz am Ende der langen Reihe der Glaskästen hinter einer Kasse, auf der er ununterbrochen tippte, Geld einnahm und Wechselgeld herausgab. Also bei ihm bezahlten die Leute! Und durch den Metallzaun wurde jeder so gelenkt, daß er nicht zu den Tischchen kommen konnte, ohne an Nino vorbei zu müssen.

»Nino!« rief Momo und versuchte sich zwischen den Leuten durchzudrängen. Sie winkte mit Gigis Brief, aber Nino hörte sie nicht. Die Kasse machte zu viel Lärm und beanspruchte seine ganze Aufmerksamkeit.

Momo faßte sich ein Herz, kletterte über den Zaun und drängte sich durch die Menschenschlange zu Nino durch. Er blickte auf, weil einige Leute laut zu schimpfen anfingen.

Als er Momo sah, verschwand plötzlich der mißmutige Ausdruck auf seinem Gesicht.

»Momo!« rief er und strahlte, ganz wie früher, »du bist wieder da! Das ist aber eine Überraschung!«

»Weitergehen!« riefen Leute aus der Reihe, »das Kind soll sich hinten anstellen wie wir auch. Einfach vordrängen, das gibt's nicht! So ein unverschämtes Gör!«

»Moment!« rief Nino und hob beschwichtigend die Hände, »ein kleines bißchen Geduld, bitte!«

»Da könnte ja jeder kommen!« schimpfte einer aus der Reihe der Wartenden. »Weiter, weiter! Das Kind hat mehr Zeit als wir.«

»Gigi bezahlt alles für dich, Momo«, flüsterte Nino dem Mädchen hastig zu, »also nimm dir zu essen, was du willst. Aber stell dich hinten an wie die anderen. Du hörst ja selbst!«

Ehe Momo noch etwas fragen konnte, schoben die Leute sie einfach weiter. Es blieb ihr also nichts anderes übrig, als es genauso zu machen wie alle anderen. Sie stellte sich ans Ende der Menschenschlange und nahm sich aus einem Regal ein Tablett und aus einem Kasten Messer, Gabel und Löffel. Dann wurde sie langsam und schrittweise weitergeschoben.

Da sie beide Hände für das Tablett benötigte, setzte sie Kassiopeia einfach darauf. Im Vorbeigehen holte sie sich aus den Glaskästen da und dort etwas heraus und stellte es um die Schildkröte herum. Momo war von alledem etwas verwirrt, und so wurde es eine recht merkwürdige Zusammenstellung. Ein Stück gebratenen Fisch, ein Marmeladebrot, ein Würstchen, eine kleine Pastete und ein Pappbecher Limonade. Kassiopeia in der Mitte zog es vor, sich gänzlich in ihr Gehäuse zu verkriechen und sich nicht dazu zu äußern.

Als Momo endlich zur Kasse kam, fragte sie Nino schnell: »Weißt du, wo Gigi ist?«

»Ja«, sagte Nino, »unser Gigi ist berühmt geworden. Wir sind alle sehr stolz auf ihn, denn immerhin, er ist doch einer von uns! Man kann ihn oft im Fernsehen sehen, und im Radio spricht er auch. Und in den Zeitungen steht immer wieder etwas von ihm. Neulich sind sogar zwei Reporter zu mir gekommen und haben sich von früher erzählen lassen. Ich hab' ihnen die Geschichte erzählt, wie Gigi einmal ...«

»Weiter da vorne!« riefen einige Stimmen aus der Schlange.

»Aber, warum kommt er denn nicht mehr?« fragte Momo.

»Ach, weißt du«, flüsterte Nino, der schon ein bißchen nervös wurde, »er hat eben keine Zeit mehr. Er hat jetzt Wichtigeres zu tun, und am alten Amphitheater ist ja sowieso nichts mehr los.«

»Was ist denn mit euch?« riefen mehrere unwillige Stimmen von hinten. »Glaubt ihr, wir haben Lust, hier ewig herumzustehen?«

»Wo wohnt er denn jetzt?« erkundigte Momo sich hartnäckig.

»Auf dem Grünen Hügel irgendwo«, antwortete Nino, »er hat eine schöne Villa, wie man hört, mit einem Park drumherum. Aber geh jetzt erst mal weiter, bitte!«

Momo wollte eigentlich nicht, denn sie hatte ja noch viele, viele Fragen, aber sie wurde einfach weitergeschoben. Sie ging mit ihrem Tablett zu einem der Pilztischchen und erwischte tatsächlich nach kurzem Warten einen Platz. Allerdings war das Tischchen für sie so hoch, daß sie gerade eben mit der Nase über die Platte reichte.

Als sie ihr Tablett hinaufschob, schauten die Umstehenden mit angeekelten Gesichtern auf die Schildkröte.

»So was«, sagte einer zu seinem Nachbarn, »muß man sich heutzutage bieten lassen.«

Und der andere brummte: »Was wollen Sie – die Jugend von heute!« Aber sonst sagten sie nichts und kümmerten sich nicht weiter um Momo. Doch das Essen gestaltete sich auch so schon schwierig genug für sie, weil sie eben kaum auf ihren Teller gucken konnte. Da sie aber sehr hungrig war, verzehrte sie alles bis auf den letzten Rest.

Nun war sie zwar satt, wollte aber unbedingt noch erfahren, was aus Beppo geworden war. Also stellte sie sich noch einmal in die Reihe. Und weil sie befürchtete, daß die Leute sonst vielleicht wieder ärgerlich auf sie werden würden, wenn sie bloß so dazwischenstand, nahm sie sich im Vorübergehen noch einmal allerhand aus den Glaskästen.

Als sie schließlich wieder bei Nino ankam, fragte sie: »Und wo ist Beppo Straßenkehrer?«

»Er hat lang auf dich gewartet«, erklärte Nino hastig, weil er neuerlichen Unwillen seiner Kunden befürchtete. »Er dachte, es wäre dir was Schreckliches passiert. Er hat immer irgendwas von grauen Herren erzählt, ich weiß nicht mehr was. Na, du kennst ihn ja, er war ja immer schon ein bißchen wunderlich.«

»He, ihr zwei da vorn!« rief jemand aus der Schlange, »schlaft ihr?«

»Sofort, mein Herr!« rief Nino ihm zu.

»Und dann?« fragte Momo.

»Dann hat er die Polizei rebellisch gemacht«, fuhr Nino fort und strich sich nervös mit der Hand übers Gesicht. »Er wollte unbedingt, daß sie dich suchen sollten. Soviel ich weiß, haben sie ihn schließlich in eine Art Sanatorium gebracht. Mehr weiß ich auch nicht.«

»Verdammt noch mal!« schrie jetzt eine wütende Stimme

von hinten, »ist das hier eigentlich ein Schnellrestaurant oder ein Wartesaal? Ihr habt wohl ein Familientreffen da vorne, wie?«

»Sozusagen!« rief Nino flehend.

»Ist er noch dort?« erkundigte sich Momo.

»Ich glaube nicht«, erwiderte Nino, »es heißt, sie haben ihn wieder laufen lassen, weil er harmlos ist.«

»Ja, aber wo ist er denn jetzt?«

»Keine Ahnung, wirklich, Momo. Aber, bitte, geh jetzt weiter!«

Abermals wurde Momo einfach von den nachdrängenden Leuten weitergeschoben. Wieder ging sie zu einem der Pilztischchen, wartete, bis sie einen Platz fand und verdrückte die Mahlzeit, die auf ihrem Tablett stand. Diesmal schmeckte es ihr schon sehr viel weniger gut. Auf die Idee, das Essen einfach stehen zu lassen, kam Momo natürlich nicht. Nun mußte sie aber noch erfahren, was mit den Kindern war, die sie früher immer besucht hatten. Da half nichts, sie mußte sich wieder in die Reihe der Wartenden stellen, an den Glaskästen vorübermarschieren und ihr Tablett mit Speisen füllen, damit die Leute nicht böse auf sie würden.

Endlich war sie wieder bei Nino an der Kasse.

»Und die Kinder?« fragte sie. »Was ist mit denen?«

»Das ist jetzt alles anders geworden«, erklärte Nino, dem bei Momos neuerlichem Anblick der Schweiß auf die Stirn trat. »Ich kann dir das jetzt nicht so erklären, du siehst ja, wie es zugeht hier!«

»Aber warum kommen sie nicht mehr?« beharrte Momo eigensinnig auf ihrer Frage.

»Alle Kinder, um die sich niemand kümmern kann, sind jetzt in Kinder-Depots untergebracht. Die dürfen sich nicht mehr selbst überlassen bleiben, weil ... na, kurz und gut, für sie ist jetzt gesorgt.«

»Beeilt euch doch, ihr Trantanten da vorne!« riefen wieder Stimmen aus der Schlange. »Wir wollen schließlich auch mal zum Essen kommen.«

»Meine Freunde?« fragte Momo ungläubig. »Haben sie das wirklich selber gewollt?«

»Das hat man sie nicht gefragt«, erwiderte Nino und zappelte fahrig mit den Händen auf den Tasten seiner Kasse herum. »Kinder können doch über so was nicht entscheiden. Es ist dafür gesorgt, daß sie von der Straße wegkommen. Das ist schließlich das Wichtigste, nicht wahr?« Momo sagte darauf gar nichts, sondern schaute Nino nur prüfend an. Und das machte Nino vollends konfus.

»Zum Kuckuck noch mal!« schrie nun wieder eine erboste Stimme aus dem Hintergrund, »das ist ja zum Auswachsen, wie hier heute getrödelt wird. Müßt ihr euer gemütliches Schwätzchen denn ausgerechnet jetzt abhalten?«

»Und was soll ich jetzt machen«, fragte Momo leise, »ohne meine Freunde?«

Nino zuckte die Schultern und knetete seine Finger.

»Momo«, sagte er und holte tief Luft wie einer, der mit Gewalt seine Fassung zu bewahren sucht, »sei vernünftig und komm irgendwann wieder, ich habe jetzt wirklich keine Zeit, mit dir zu beraten, was du anfangen sollst. Du kannst hier immer essen, das weißt du ja. Aber ich an deiner Stelle würde eben einfach auch in solch ein Kinder-Depot gehen, wo du beschäftigt wirst und aufgehoben bist und sogar noch was lernst. Aber da werden sie dich sowieso hinbringen, wenn du so allein durch die Welt läufst.«

Momo sagte wieder nichts und sah Nino nur an. Die Menge der Nachdrängenden schob sie weiter. Automatisch ging sie zu einem der Tischchen, und ebenso automatisch verdrückte sie auch noch das dritte Mittagessen, obwohl sie es kaum hinunterwürgen konnte und es wie Pappendeckel und Holzwolle schmeckte. Danach fühlte sie sich elend.

Sie nahm Kassiopeia unter den Arm und ging still und ohne sich noch einmal umzudrehen hinaus.

»He, Momo!« rief Nino ihr nach, der sie im letzten Augenblick noch erspäht hatte, »warte doch mal! Du hast mir ja gar nicht erzählt, wo du inzwischen gesteckt hast!«

Aber dann drängten die nächsten Leute heran, und er

tippte wieder auf der Kasse, nahm Geld ein und gab Wechselgeld heraus. Das Lächeln auf seinem Gesicht war schon lange wieder verschwunden. –

»Viel zu essen«, sagte Momo zu Kassiopeia, als sie wieder im alten Amphitheater waren, »viel zu essen hab' ich ja schon gekriegt, viel zuviel. Aber ich hab' trotzdem das Gefühl, als ob ich nicht satt bin.« Und nach einer Weile fügte sie hinzu: »Ich hätte Nino auch nicht von den Blumen und der Musik erzählen können.« Und abermals nach einer Weile sagte sie: »Aber morgen gehen wir und suchen Gigi. Er wird dir bestimmt gefallen, Kassiopeia. Du wirst schon sehen.«

Aber auf dem Rücken der Schildkröte erschien nur ein großes Fragezeichen.

Fünfzehntes Kapitel
Gefunden und verloren

Am nächsten Tag machte Momo sich schon früh am Morgen auf, um Gigis Haus zu suchen. Die Schildkröte nahm sie natürlich wieder mit. Wo der Grüne Hügel war, wußte Momo. Es war ein Villenvorort, der weit entfernt lag von jener Gegend um das alte Amphitheater. Er lag in der Nähe jener gleichförmigen Neubauviertel, also auf der anderen Seite der großen Stadt.

Es war ein weiter Weg. Momo war zwar daran gewöhnt, barfuß zu laufen, aber als sie endlich auf dem Grünen Hügel ankam, taten ihr doch die Füße weh.

Sie setzte sich auf einen Rinnstein, um sich einen Augenblick auszuruhen.

Es war wirklich eine sehr vornehme Gegend. Die Straßen waren hier breit und sehr sauber und beinahe menschenleer. In den Gärten hinter den hohen Mauern und Eisengittern erhoben uralte Bäume ihre Wipfel in den Himmel. Die Häuser in den Gärten waren meist langgestreckte Gebäude aus Glas und Beton mit flachen Dächern. Die glattrasierten Wiesen vor den Häusern waren saftiggrün und luden förmlich ein, auf ihnen Purzelbäume zu machen. Aber nirgends sah man jemand in den Gärten spazierengehen oder auf dem Rasen spielen. Wahrscheinlich hatten die Besitzer keine Zeit dazu.

»Wenn ich nur wüßte«, sagte Momo zur Schildkröte, »wie ich jetzt herauskriegen kann, wo Gigi hier wohnt.«

»Wirst's gleich wissen«, stand auf Kassiopeias Rücken.

»Meinst du?« fragte Momo hoffnungsvoll.

»He, du Dreckspatz«, sagte plötzlich eine Stimme hinter ihr, »was suchst du denn hier?«

Momo drehte sich um. Da stand ein Mann, der eine sonderbare gestreifte Weste anhatte.

Momo wußte nicht, daß Diener von reichen Leuten solche Westen tragen. Sie stand auf und sagte: »Guten Tag, ich suche das Haus von Gigi. Nino hat mir gesagt, daß er jetzt hier wohnt.«

»Wessen Haus suchst du?«

»Von Gigi Fremdenführer. Er ist nämlich mein Freund.«

Der Mann mit der gestreiften Weste guckte das Kind mißtrauisch an. Hinter ihm war das Gartentor ein wenig offen geblieben, und Momo konnte einen Blick hineinwerfen. Sie sah einen weiten Rasen, auf dem einige Windhunde spielten und ein Springbrunnen plätscherte. Und auf einem Baum voller Blüten saß ein Pfauenpärchen. »Oh!« rief Momo bewundernd, »was für schöne Vögel!«

Sie wollte hineingehen, um sie aus der Nähe zu betrachten, aber der Mann mit der Weste hielt sie am Kragen zurück.

»Hiergeblieben!« sagte er. »Was fällt dir ein, Dreckspatz!«

Dann ließ er Momo wieder los und wischte sich die Hand mit seinem Taschentuch ab, als habe er etwas Unappetitliches angefaßt.

»Gehört das alles dir?« fragte Momo und zeigte durch das Tor.

»Nein«, sagte der Mann mit der Weste noch eine Spur unfreundlicher, »verschwinde jetzt! Du hast hier nichts zu suchen.«

»Doch«, versicherte Momo mit Nachdruck, »Gigi Fremdenführer muß ich suchen. Er wartet nämlich auf mich. Kennst du ihn denn nicht?«

»Hier gibt es keine Fremdenführer«, erwiderte der Mann mit der Weste und drehte sich um. Er ging in den Garten zurück und wollte das Tor schließen, doch im letzten Augenblick schien ihm noch etwas einzufallen.

»Du meinst doch nicht etwa Girolamo, den berühmten Erzähler?«

»Na ja, Gigi Fremdenführer eben«, antwortete Momo erfreut, »so heißt er doch. Weißt du, wo sein Haus ist?«

»Und er erwartet dich wirklich?« wollte der Mann wissen.

»Ja«, meinte Momo, »ganz bestimmt. Er ist mein Freund, und er bezahlt für mich alles, was ich bei Nino esse.«

Der Mann mit der Weste zog die Augenbrauen hoch und schüttelte den Kopf.

»Diese Künstler!« sagte er säuerlich, »was sie doch manchmal für ausgefallene Launen haben! Aber wenn du wirklich glaubst, daß er Wert auf deinen Besuch legt: Sein Haus ist das letzte ganz oben an der Straße.«

Und das Gartentor fiel ins Schloß.

»LACKAFFE!« stand auf Kassiopeias Panzer, aber die Schrift erlosch sogleich wieder.

Das letzte Haus ganz oben an der Straße war von einer übermannshohen Mauer umgeben. Und auch das Gartentor war, ähnlich wie das bei dem Mann mit der Weste, aus Eisenplatten, so daß man nicht hineinsehen konnte. Nirgends war ein Klingelknopf oder ein Namensschild zu finden.

»Ich möchte wissen«, sagte Momo, »ob das überhaupt Gigis neues Haus ist. Es sieht eigentlich gar nicht nach ihm aus.«

»IST ES ABER«, stand auf dem Rücken der Schildkröte.

»Warum ist denn alles so zu?« fragte Momo. »Da komm' ich nicht 'rein.«

»WARTE!« erschien als Antwort.

»Na ja«, meinte Momo seufzend, »da kann ich aber vielleicht lang warten. Woher soll Gigi wissen, daß ich hier draußen stehe – falls er überhaupt drin ist.«

»ER KOMMT GLEICH«, war auf dem Panzer zu lesen.

Also setzte Momo sich geradewegs vor das Tor und wartete geduldig. Lange Zeit geschah gar nichts, und Momo begann zu überlegen, ob Kassiopeia sich nicht vielleicht doch einmal geirrt hatte.

»Bist du wirklich ganz sicher?« fragte sie nach einer Weile.

Statt jeder erwarteten Antwort erschien aber auf dem Rückenpanzer das Wort: »LEBEWOHL!«

Momo erschrak. »Was meinst du denn damit, Kassiopeia?

Willst du mich denn wieder verlassen? Was hast du denn vor?«

»ICH GEH' DICH SUCHEN!« war Kassiopeias noch rätselhaftere Auskunft.

In diesem Augenblick flog plötzlich das Tor auf, und ein langes, elegantes Auto schoß in voller Fahrt heraus. Momo konnte sich gerade noch durch einen Sprung nach rückwärts retten und fiel hin.

Das Auto raste noch ein Stückchen weiter, dann bremste es, daß die Reifen quietschten. Eine Tür wurde aufgerissen, und Gigi sprang heraus.

»Momo!« schrie er und breitete die Arme aus, »das ist doch wirklich und wahrhaftig meine kleine Momo!«

Momo war aufgesprungen und lief auf ihn zu, und Gigi fing sie auf und hob sie hoch, küßte sie hundert Mal auf beide Backen und tanzte mit ihr auf der Straße herum.

»Hast du dir weh getan?« fragte er atemlos, aber er wartete gar nicht ab, was sie sagte, sondern redete aufgeregt weiter. »Es tut mir leid, daß ich dich erschreckt habe, aber ich hab's schrecklich eilig, verstehst du? Ich bin schon wieder mal zu spät dran. Wo hast du denn nur gesteckt die ganze Zeit? Du mußt mir alles erzählen. Also ich habe nicht mehr geglaubt, daß du zurückkommen würdest. Hast du meinen Brief gefunden? Ja? War er noch da? Gut, und bist du zu Nino essen gegangen? Hat es dir geschmeckt? Ach, Momo, wir müssen uns so viel erzählen, es ist ja so schrecklich viel passiert inzwischen. Wie geht es dir denn? So rede doch endlich! Und unser alter Beppo, was macht er? Ich hab' ihn schon ewig nicht mehr gesehen. Und die Kinder? Ach, weißt du, Momo, ich denke oft an die Zeit, als wir noch alle zusammen waren und ich euch Geschichten erzählt habe. Das waren schöne Zeiten. Aber jetzt ist alles anders, ganz, ganz anders.«

Momo hatte mehrmals versucht, auf Gigis Fragen zu antworten. Aber da er seinen Redestrom nicht unterbrach, wartete sie einfach ab und schaute ihn an. Er sah anders aus als früher, so schön gepflegt, und er duftete gut. Aber irgendwie war er ihr seltsam fremd.

Inzwischen waren aus dem Auto noch vier andere Personen ausgestiegen und herangekommen: ein Mann in einer ledernen Chauffeursuniform und drei Damen mit strengen, aber stark geschminkten Gesichtern.

»Hat das Kind sich verletzt?« fragte die eine, eher vorwurfsvoll als besorgt.

»Nein, nein, keine Spur«, versicherte Gigi, »es hat sich nur erschreckt.«

»Was lungert es aber auch vor dem Tor herum!« sagte die zweite Dame.

»Aber das ist doch Momo!« rief Gigi lachend. »Meine alte Freundin Momo ist das!«

»Ach, dieses Mädchen gibt es also wirklich?« fragte die dritte Dame erstaunt. »Ich hatte es immer für eine Ihrer Erfindungen gehalten. – Aber das könnten wir doch gleich an Presse und Rundfunk geben! ›Wiedersehen mit der Märchenprinzessin‹ oder so, das wird bei den Leuten fabelhaft ankommen! Ich werde das sofort veranlassen. Das wird *der* Knüller!«

»Nein«, sagte Gigi, »das möchte ich eigentlich nicht.«

»Aber du, Kleine«, wandte sich die erste Dame nun an Momo und lächelte, »du möchtest doch bestimmt gern in der Zeitung stehen, nicht wahr?«

»Lassen Sie das Kind in Ruhe!« sagte Gigi ärgerlich.

Die zweite Dame warf einen Blick auf ihre Armbanduhr. »Wenn wir jetzt nicht mächtig auf die Tube drücken, dann fliegt uns das Flugzeug wirklich noch vor der Nase weg. Sie wissen ja selbst, was das bedeuten würde.«

»Mein Gott«, antwortete Gigi nervös, »kann ich denn nicht mal mehr mit Momo in Ruhe ein paar Worte wechseln nach so langer Zeit! Aber du siehst ja selbst, Kind, sie lassen mich nicht, diese Sklaventreiber, sie lassen mich nicht!«

»Oh!« versetzte die zweite Dame spitz, »uns ist das völlig gleich. Wir erledigen nur unseren Job. Wir werden von Ihnen dafür bezahlt, daß wir Ihre Termine organisieren, verehrter Meister.«

»Ja natürlich, natürlich!« lenkte Gigi ein. »Also fahren wir schon! Weißt du was, Momo? Du fährst einfach mit zum Flugplatz. Dann können wir unterwegs reden. Und mein Fahrer bringt dich anschließend nach Hause, einverstanden?«

Er wartete nicht ab, was Momo dazu sagen würde, sondern zog sie an der Hand hinter sich her zum Auto. Die drei Damen nahmen auf dem Rücksitz Platz. Gigi setzte sich neben den Fahrer und nahm Momo auf den Schoß. Und ab ging die Fahrt.

»Also«, sagte Gigi, »und jetzt erzähle, Momo! Aber hübsch der Reihe nach. Wieso bist du damals so plötzlich verschwunden?«

Momo wollte eben anfangen, von Meister Hora und den Stunden-Blumen zu erzählen, als sich eine der Damen nach vorn beugte.

»Entschuldigung«, sagte sie, »aber mir kommt gerade eine fabelhafte Idee. Wir sollten Momo unbedingt der Public-Film-Gesellschaft vorführen. Sie wäre doch haargenau der neue Kinderstar für Ihre Vagabunden-Story, die als nächstes gedreht wird. Stellen Sie sich die Sensation vor! Momo spielt Momo!«

»Haben Sie nicht verstanden?« fragte Gigi scharf. »Ich möchte auf keinen Fall, daß Sie das Kind da hineinziehen!«

»Ich weiß wirklich nicht, was Sie wollen«, entgegnete die Dame gekränkt. »Jeder andere würde sich die Finger ablekken nach einer solchen Gelegenheit.«

»Ich bin nicht jeder andere!« schrie Gigi plötzlich wütend. Und zu Momo gewandt fügte er hinzu: »Entschuldige, Momo, du kannst das vielleicht nicht verstehen, aber ich will einfach nicht, daß dieses Pack auch dich noch in die Finger kriegt.«

Nun waren alle drei Damen beleidigt.

Gigi griff sich stöhnend an den Kopf, dann holte er ein silbernes Döschen aus seiner Westentasche, nahm eine Pille heraus und schluckte sie.

Ein paar Minuten lang sagte niemand mehr etwas.

Schließlich drehte sich Gigi nach hinten zu den Damen. »Verzeihen Sie«, murmelte er abgekämpft, »*Sie* hab' ich nicht gemeint. Ich bin einfach mit den Nerven fertig.«

»Na ja, das kennt man ja allmählich schon«, antwortete die erste Dame.

»Und nun«, fuhr Gigi fort und lächelte Momo etwas schief an, »wollen wir nur noch von uns reden, Momo.«

»Nur eine Frage noch, ehe es zu spät ist«, mischte sich nun die zweite Dame dazwischen. »Wir sind nämlich gleich da. Könnten Sie mich nicht wenigstens rasch ein Interview mit dem Kind machen lassen?«

»Schluß!« brüllte Gigi, aufs Äußerste gereizt. »*Ich* will jetzt mit Momo reden, und zwar privat! Das ist wichtig für mich! Wie oft soll ich Ihnen das noch erklären?«

»Sie selbst werfen mir doch dauernd vor«, erwiderte die Dame nun ebenfalls wütend, »daß ich nicht genügend wirkungsvolle Reklame für Sie mache!«

»Richtig!« stöhnte Gigi. »Aber nicht jetzt! *Nicht jetzt!*«

»Sehr schade!« meinte die Dame. »So was würde bei den Leuten auf die Tränendrüsen drücken. Aber wie Sie wollen. Vielleicht können wir's ja auch später machen, wenn wir...«

»Nein!« fuhr ihr Gigi in die Rede. »Nicht jetzt und nicht später, sondern überhaupt nicht. Und jetzt halten Sie gefälligst Ihren Mund, während ich mit Momo rede!«

»Na erlauben Sie mal!« antwortete die Dame ebenso heftig. »Schließlich geht's ja um *Ihre* Publicity, nicht um meine! Sie sollten es sich gut überlegen, ob Sie sich's zur Zeit leisten können, eine solche Gelegenheit auszulassen!«

»Nein«, schrie Gigi verzweifelt, »ich kann es mir nicht leisten! Aber Momo bleibt aus dem Spiel! Und jetzt – ich flehe Sie an! – lassen Sie uns beide für fünf Minuten in Ruhe!«

Die Damen schwiegen. Gigi fuhr sich mit der Hand erschöpft über die Augen.

»Da siehst du's nun – so weit ist es mit mir gekommen.«

Er ließ ein kleines bitteres Lachen hören. »Ich kann nicht mehr zurück, selbst wenn ich wollte. Es ist vorbei mit mir. ›Gigi bleibt Gigi!‹ – Erinnerst du dich noch? Aber Gigi ist nicht Gigi geblieben. Ich sage dir eines, Momo, das Gefährlichste, was es im Leben gibt, sind Wunschträume, die erfüllt werden. Jedenfalls, wenn es so geht wie bei mir. Für mich gibt's nichts mehr zu träumen. Ich könnte es auch bei euch nicht wieder lernen. Ich hab' alles so satt.«

Er starrte trübe zum Wagenfenster hinaus.

»Das einzige, was ich jetzt noch tun könnte, das wäre – den Mund halten, nichts mehr erzählen, verstummen, vielleicht für den Rest meines Lebens, oder doch wenigstens so lang, bis man mich vergessen hat und bis ich wieder ein unbekannter, armer Teufel bin.

Aber arm sein ohne Träume – nein, Momo, das ist die Hölle. Darum bleibe ich schon lieber, wo ich jetzt bin. Das ist zwar auch eine Hölle, aber wenigstens eine bequeme. – Ach, was rede ich da? Das kannst du natürlich alles nicht verstehen.«

Momo sah ihn nur an. Sie verstand vor allem, daß er krank war, todkrank. Sie ahnte, daß die grauen Herren dabei ihre Finger im Spiel hatten. Und sie wußte nicht, wie sie ihm hätte helfen können, wo er es doch selbst gar nicht wollte.

»Aber ich rede immerfort nur von mir«, sagte Gigi, »nun erzähle doch endlich mal, was du inzwischen erlebt hast, Momo!«

In diesem Augenblick hielt das Auto vor dem Flughafen. Sie stiegen alle aus und eilten in die Halle. Hier wurde Gigi bereits von uniformierten Stewardessen erwartet. Einige Zeitungsreporter knipsten ihn und stellten ihm Fragen. Aber die Stewardessen drängten ihn, weil das Flugzeug in wenigen Minuten starten würde.

Gigi beugte sich zu Momo herunter und sah sie an. Und plötzlich hatte er Tränen in den Augen.

»Hör zu, Momo«, sagte er so leise, daß die Umstehenden es nicht hören konnten, »bleib bei mir! Ich nehme dich mit auf diese Reise und überallhin. Du wohnst bei mir in meinem schönen Haus und gehst in Samt und Seide wie eine richtige kleine Prinzessin. Du sollst nur da sein und mir zuhören. Vielleicht fallen mir dann wieder wirkliche Geschichten ein, solche wie damals, weißt du? Du brauchst nur ja zu sagen, Momo, und alles kommt in Ordnung. Bitte, hilf mir!«

Momo wollte Gigi so gerne helfen. Das Herz tat ihr davon weh. Aber sie fühlte, daß es so nicht richtig war, daß er wieder Gigi werden mußte und daß es ihm nichts helfen würde, wenn sie nicht mehr Momo wäre. Auch ihre Augen füllten sich mit Tränen. Sie schüttelte den Kopf.

Und Gigi verstand sie. Er nickte traurig, dann wurde er von den Damen, die er selbst dafür bezahlte, weggezogen. Er winkte noch einmal aus der Ferne, Momo winkte zurück, und dann war er verschwunden. Momo hatte während der ganzen Begegnung mit Gigi kein einziges Wort sagen können. Und sie hätte ihm doch so viel zu sagen gehabt. Ihr war, als hätte sie ihn dadurch, daß sie ihn gefunden hatte, nun erst wirklich verloren.

Langsam drehte sie sich um und ging dem Ausgang der Halle zu. Und plötzlich durchfuhr sie ein heißer Schreck: Auch Kassiopeia hatte sie verloren!

Sechzehntes Kapitel
Die Not im Überfluß

»Also, wohin?« fragte der Fahrer, als Momo sich wieder zu ihm in Gigis langes elegantes Auto setzte.

Das Mädchen starrte verstört vor sich hin. Was sollte sie ihm sagen? Wohin wollte sie denn eigentlich? Sie mußte Kassiopeia suchen. Aber wo? Wo und wann hatte sie sie denn verloren? Bei der ganzen Fahrt mit Gigi war sie schon nicht mehr dabeigewesen, das wußte Momo ganz sicher.

Also vor Gigis Haus! Und nun fiel ihr auch ein, daß auf ihrem Rückenpanzer »LEBEWOHL!« und »ICH GEH' DICH SUCHEN« gestanden hatte. Natürlich hatte Kassiopeia vorher gewußt, daß sie sich gleich verlieren würden. Und nun ging sie also Momo suchen. Aber wo sollte Momo Kassiopeia suchen?

»Na, wird's bald?« sagte der Chauffeur und trommelte mit den Fingern auf dem Lenkrad. »Ich habe noch was anderes zu tun als dich spazierenzufahren.«

»Zu Gigis Haus, bitte«, antwortete Momo.

Der Fahrer blickte etwas überrascht drein. »Ich denke, ich soll dich zu dir nach Hause bringen. Oder wirst du jetzt etwa bei uns wohnen?«

»Nein«, erwiderte Momo, »ich hab' was auf der Straße verloren. Das muß ich jetzt suchen.«

Dem Fahrer war es recht, denn dorthin mußte er ja sowieso.

Als sie vor Gigis Villa ankamen, stieg Momo aus und begann sofort, alles ringsum abzusuchen.

»Kassiopeia!« rief sie immer wieder leise, »Kassiopeia!«

»Was suchst du denn eigentlich?« fragte der Fahrer aus dem Wagenfenster.

»Meister Horas Schildkröte«, antwortete Momo, »sie heißt Kassiopeia und weiß immer eine halbe Stunde die Zukunft voraus. Sie schreibt nämlich Buchstaben auf ihrem

Rückenpanzer. Ich muß sie unbedingt wiederfinden. Hilfst du mir bitte?«

»Ich hab' keine Zeit für dumme Witze!« knurrte er und fuhr durch das Tor, das hinter dem Auto zufiel.

Momo suchte also allein. Sie suchte die ganze Straße ab, aber keine Kassiopeia war zu sehen.

»Vielleicht«, dachte Momo, »hat sie sich schon auf den Heimweg zum Amphitheater gemacht.«

Momo ging also den gleichen Weg, den sie gekommen war, langsam zurück. Dabei spähte sie in jede Mauerecke und suchte in jedem Straßengraben. Immer wieder rief sie den Namen der Schildkröte. Aber vergebens.

Tief in der Nacht erst kam Momo im alten Amphitheater an. Auch hier suchte sie sorgfältig alles ab, soweit es in der Dunkelheit möglich war. Sie hegte die zaghafte Hoffnung, daß die Schildkröte durch ein Wunder schon vor ihr nach Hause gekommen wäre. Aber das war ja natürlich gar nicht möglich, so langsam wie sie war.

Momo kroch in ihr Bett. Und nun war sie wirklich zum ersten Mal ganz allein.

Die nächsten Wochen verbrachte Momo damit, ziellos in der großen Stadt umherzuirren und Beppo Straßenkehrer zu suchen. Da niemand ihr etwas über seinen Verbleib sagen konnte, blieb ihr nur die verzweifelte Hoffnung, ihre Wege würden sich durch Zufall kreuzen. Aber freilich, in dieser riesengroßen Stadt war die Möglichkeit, daß zwei Menschen sich zufällig begegneten, so verschwindend gering wie die, daß eine Flaschenpost, die ein Schiffbrüchiger irgendwo im weiten Ozean in die Wellen wirft, von einem Fischerboot an einer fernen Küste aufgefischt wird.

Und doch, so sagte sich Momo, waren sie sich vielleicht ganz nah. Wer weiß, wie oft es geschah, daß sie just an einer Stelle vorüberkam, wo Beppo erst vor einer Stunde, einer Minute, ja vielleicht erst vor einem Augenblick gewesen war. Oder umgekehrt, wie oft mochte Beppo wohl kurz oder lang nach ihr über diesen Platz oder an diese Straßenekke kommen. Momo wartete deshalb oft an einer Stelle viele

Stunden. Aber schließlich mußte sie doch irgendwann weitergehen, und so war es wieder möglich, daß sie sich nur um ein weniges verfehlten.

Wie gut hätte sie jetzt Kassiopeia brauchen können! Wenn sie noch bei ihr gewesen wäre, sie hätte ihr geraten »WARTE!« oder »GEH WEITER!«, aber so wußte Momo nie, was sie tun sollte. Sie mußte fürchten, Beppo zu verfehlen, weil sie wartete, und sie mußte fürchten, ihn zu verfehlen, weil sie es nicht tat.

Auch nach den Kindern, die früher immer zu ihr gekommen waren, hielt sie Ausschau. Aber sie sah niemals eines. Sie sah überhaupt keine Kinder mehr auf den Straßen, und sie erinnerte sich an Ninos Worte, daß für die Kinder jetzt gesorgt sei.

Daß Momo selbst niemals von einem Polizisten oder einem Erwachsenen aufgegriffen und in ein Kinder-Depot gebracht wurde, lag an der heimlichen, unablässigen Überwachung durch die grauen Herren. Denn das hätte ja nicht in die Pläne gepaßt, die sie mit Momo hatten. Aber davon wußte Momo nichts.

Jeden Tag ging sie einmal zu Nino zum Essen. Aber mehr als bei ihrer ersten Begegnung konnte sie nie mit ihm reden. Nino war immer in der gleichen Eile und hatte niemals Zeit.

Aus den Wochen wurden Monate. Und immer war Momo allein.

Ein einziges Mal erblickte sie, als sie in der Abenddämmerung auf dem Geländer einer Brücke saß, in der Ferne auf einer anderen Brücke eine kleine gebückte Gestalt. Diese schwang hastig einen Besen, als gelte es ihr Leben. Momo glaubte Beppo zu erkennen und schrie und winkte, aber die Gestalt unterbrach ihre Tätigkeit keinen Augenblick. Momo rannte los, aber als sie auf der anderen Brücke ankam, konnte sie niemand mehr entdecken.

»Es wird wohl nicht Beppo gewesen sein«, sagte Momo zu sich, um sich zu trösten. »Nein, das kann er gar nicht gewesen sein. Ich weiß doch, wie Beppo kehrt.«

An manchen Tagen blieb sie auch zu Hause im alten Amphitheater, weil sie plötzlich hoffte, Beppo könnte vielleicht vorbeikommen, um nachzusehen, ob sie schon zurückgekommen sei. Wenn sie dann gerade nicht da wäre, mußte er natürlich glauben, sie sei noch immer verschwunden. Auch hier quälte sie wieder die Vorstellung, daß genau das vielleicht schon geschehen war, vor einer Woche oder gestern! Also wartete sie, aber sie wartete natürlich vergebens. Schließlich malte sie in großen Buchstaben an die Wand ihres Zimmers: BIN WIEDER DA. Aber niemals las es jemand außer ihr selbst.

Eines jedoch verließ sie nicht in all dieser Zeit: Die lebendige Erinnerung an das Erlebnis bei Meister Hora, an die Blumen und die Musik. Sie brauchte nur die Augen zu schließen und in sich hineinzuhorchen, so sah sie die glühende Farbenpracht der Blüten und hörte die Musik der Stimmen. Und wie am ersten Tag konnte sie die Worte nachsprechen und die Melodien mitsingen, obgleich diese sich immerfort neu bildeten und niemals die gleichen waren.

Manchmal saß sie ganze Tage allein auf den steinernen Stufen und sprach und sang vor sich hin. Niemand war da, der ihr zuhörte, außer den Bäumen und den Vögeln und den alten Steinen.

Es gibt viele Arten von Einsamkeit, aber Momo erlebte eine, die wohl nur wenige Menschen kennengelernt haben, und die wenigsten mit solcher Gewalt.

Sie kam sich vor wie eingeschlossen in einer Schatzhöhle voll unermeßlicher Reichtümer, die immer mehr und mehr wurden und sie zu ersticken drohten. Und es gab keinen Ausgang! Niemand konnte zu ihr dringen, und sie konnte sich niemand bemerkbar machen, so tief vergraben unter einem Berg von Zeit.

Es kamen sogar Stunden, in denen sie sich wünschte, sie hätte die Musik nie gehört und die Farben nie geschaut. Und dennoch, wäre sie vor die Wahl gestellt worden, sie hätte diese Erinnerung um nichts in der Welt wieder hergegeben. Auch wenn sie daran sterben mußte. Denn das war es, was sie nun erfuhr: Es gibt Reichtümer, an denen man zugrunde geht, wenn man sie nicht mit anderen teilen kann. –

Alle paar Tage lief Momo zu Gigis Villa und wartete oft lange vor dem Gartentor. Sie hoffte, ihn noch einmal zu sehen. Sie war inzwischen mit allem einverstanden. Sie wollte bei ihm bleiben, ihm zuhören und zu ihm sprechen, ganz gleich, ob es so werden würde wie früher. Aber das Tor öffnete sich nie wieder.

Es waren nur einige Monate, die so vergingen – und doch war es die längste Zeit, die Momo je durchlebte. Denn die wirkliche Zeit ist eben nicht nach der Uhr und dem Kalender zu messen.

Über eine solche Art von Einsamkeit kann man in Wahrheit auch nichts erzählen. Es genügt vielleicht, nur dies eine noch zu sagen: Wenn Momo den Weg zu Meister Hora hätte finden können – und sie versuchte es oft und oft – so wäre sie zu ihm hingegangen und hätte ihn gebeten, ihr keine Zeit mehr zuzuteilen, oder ihr zu erlauben, bei ihm im Nirgend-Haus für immer zu bleiben.

Aber ohne Kassiopeia konnte sie den Weg nicht wiederfinden. Und die war und blieb verschwunden. Vielleicht war sie längst zu Meister Hora zurückgekehrt. Oder sie hatte sich irgendwo auf der Welt verirrt. Jedenfalls kam sie nicht wieder. –

Statt dessen geschah etwas ganz anderes.

Eines Tages nämlich begegnete Momo in der Stadt drei Kindern, die früher immer zu ihr gekommen waren. Es waren Paolo, Franco und das Mädchen Maria, das früher immer das kleine Geschwisterchen Dedé herumgetragen hatte. Alle drei sahen ganz verändert aus. Sie trugen eine Art grauer Uniform, und ihre Gesichter wirkten seltsam erstarrt und leblos. Selbst als Momo sie jubelnd begrüßte, lächelten sie kaum. »Ich hab' euch so gesucht«, sagte Momo atemlos, »kommt ihr jetzt wieder zu mir?«

Die drei wechselten Blicke, dann schüttelten sie die Köpfe.

»Aber morgen vielleicht, ja?« fragte Momo. »Oder übermorgen?«

Wiederum schüttelten die drei die Köpfe.

»Ach, kommt doch wieder!« bat Momo. »Früher seid ihr doch immer gekommen.«

»Früher!« antwortete Paolo, »aber jetzt ist alles anders. Wir dürfen unsere Zeit nicht mehr nutzlos vertun.«

»Das haben wir doch nie getan«, meinte Momo.

»Ja, es war schön«, sagte Maria, »aber darauf kommt es nicht an.«

Die drei Kinder gingen eilig weiter. Momo lief neben ihnen her.

»Wo geht ihr denn jetzt hin?« wollte sie wissen.

»In die Spielstunde«, antwortete Franco. »Da lernen wir spielen.«

»Was denn?« fragte Momo.

»Heute spielen wir Lochkarten«, erklärte Paolo, »das ist sehr nützlich, aber man muß höllisch aufpassen.«

»Und wie geht das?«

»Jeder von uns stellt eine Lochkarte dar. Jede Lochkarte enthält eine Menge verschiedener Angaben: wie groß, wie alt, wie schwer, und so weiter. Aber natürlich nie das, was man wirklich ist, sonst wäre es ja zu einfach. Manchmal sind wir auch nur lange Zahlen, MUX/763/y zum Beispiel. Dann werden wir gemischt und kommen in eine Kartei. Und dann muß einer von uns eine bestimmte Karte herausfinden. Er muß Fragen stellen, und zwar so, daß er alle anderen Karten aussondert und nur die eine zum Schluß übrig bleibt. Wer es am schnellsten kann, hat gewonnen.«

»Und das macht Spaß?« fragte Momo etwas zweifelnd.

»Darauf kommt es nicht an«, meinte Maria ängstlich, »so darf man nicht reden.«

»Aber worauf kommt es denn an?« wollte Momo wissen.

»Darauf«, antwortete Paolo, »daß es nützlich für die Zukunft ist.«

Inzwischen waren sie vor dem Tor eines großen, grauen Hauses angekommen. »Kinder-Depot« stand über der Tür.

»Ich hätte euch so viel zu erzählen«, sagte Momo.

»Vielleicht sehen wir uns irgendwann mal wieder«, antwortete Maria traurig.

Um sie herum waren noch mehr Kinder, die alle in das Tor hineingingen. Und alle sahen ähnlich aus wie die drei Freunde von Momo. »Bei dir war's viel schöner«, sagte Franco plötzlich. »Da ist uns selber immer eine Menge eingefallen. Aber dabei lernt man nichts, sagen sie.«

»Könnt ihr denn nicht einfach ausreißen?« schlug Momo vor.

Die drei schüttelten die Köpfe und blickten sich um, ob es jemand gehört hatte.

»Ich hab's schon ein paar Mal versucht, am Anfang«, flüsterte Franco, »aber es ist zwecklos. Sie kriegen einen immer wieder.«

»So darf man nicht reden«, meinte Maria, »schließlich wird doch jetzt für uns gesorgt.«

Alle schwiegen und blickten vor sich hin. Schließlich faßte Momo sich ein Herz und fragte: »Könntet ihr mich nicht vielleicht mitnehmen? Ich bin jetzt immer so allein.«

Doch nun geschah etwas Sonderbares: Ehe eines der Kinder antworten konnte, wurden sie wie von einer riesigen Magnetkraft in das Haus hineingesaugt. Hinter ihnen schlug hallend das Tor zu.

Momo hatte es erschrocken beobachtet. Dennoch trat sie nach einer Weile an das Tor heran, um zu klingeln oder zu klopfen. Sie wollte noch einmal bitten, daß man sie mitspielen lassen sollte, ganz gleich was für Spiele es sein würden. Aber kaum hatte sie einen Schritt auf das Tor zu gemacht, als sie vor Schreck erstarrte. Zwischen ihr und der Tür stand plötzlich einer der grauen Herren.

»Zwecklos!« sagte er mit dünnem Lächeln, die Zigarre im Mundwinkel. »Versuche es gar nicht erst! Es liegt nicht in unserem Interesse, daß du dort hineinkommst.«

»Warum?« fragte Momo. Sie fühlte wieder die eisige Kälte in sich aufsteigen.

»Weil wir mit dir etwas anderes vorhaben«, erklärte der

Graue und paffte einen Rauchring, der sich wie eine Schlinge um Momos Hals legte und nur langsam verging.

Leute gingen vorüber, aber sie hatten es alle sehr eilig.

Momo zeigte mit dem Finger auf den grauen Herrn und wollte um Hilfe rufen, aber sie brachte keinen Laut hervor.

»Laß das doch!« sagte der graue Herr und ließ ein freudloses, aschengraues Gelächter hören. »Kennst du uns denn noch immer so wenig? Weißt du noch immer nicht, wie mächtig wir sind? Wir haben dir alle deine Freunde genommen. Niemand kann dir mehr helfen. Und auch mit dir können wir machen, was wir wollen. Aber wir verschonen dich, wie du siehst.«

»Warum?« brachte Momo mühsam hervor.

»Weil wir möchten, daß du uns einen kleinen Dienst erweist«, erwiderte der graue Herr. »Wenn du vernünftig

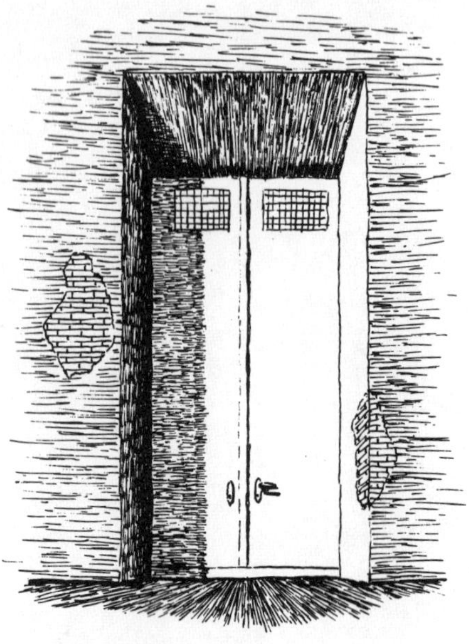

bist, kannst du viel dabei gewinnen für dich – und deine Freunde. Möchtest du das?«

»Ja«, flüsterte Momo.

Der graue Herr lächelte dünn. »Dann wollen wir uns heute um Mitternacht zur Besprechung treffen.«

Momo nickte stumm. Aber der graue Herr war schon nicht mehr da. Nur der Rauch seiner Zigarre hing noch in der Luft.

Wo sie ihn treffen sollte, hatte er ihr nicht gesagt.

Siebzehntes Kapitel
Große Angst und größerer Mut

Momo fürchtete sich davor, ins alte Amphitheater zurückzukehren. Sicherlich würde der graue Herr, der sie um Mitternacht treffen wollte, dorthin kommen.

Und bei dem Gedanken, dort ganz allein mit ihm zu sein, packte Momo das Entsetzen.

Nein, sie wollte ihm überhaupt nicht mehr begegnen, weder dort noch anderswo. Was auch immer er ihr vorzuschlagen hatte – daß es in Wahrheit nichts Gutes für sie und ihre Freunde sein würde, war ja mehr als deutlich gewesen.

Aber wo konnte sie sich vor ihm verstecken?

Am sichersten schien es ihr mitten in der Menge anderer Menschen. Zwar hatte sie ja gesehen, daß niemand auf sie und den grauen Herren geachtet hatte, aber wenn er ihr wirklich etwas tun würde und sie um Hilfe schrie, dann würden die Leute doch wohl aufmerksam werden und sie retten. Außerdem, so sagte sie sich, war sie mitten in einer dichten Menschenmenge auch am schwersten zu finden.

Den restlichen Nachmittag und den ganzen Abend über bis tief in die Nacht hinein lief Momo also mitten im Gedränge der Passanten über die belebtesten Straßen und Plätze, bis sie wie in einem großen Kreis wieder dorthin zurückkam, wo sie diesen Weg begonnen hatte. Sie lief ihn ein zweites und ein drittes Mal. Sie ließ sich einfach mittreiben in dem Strom der immer eiligen Menschenmassen.

Aber sie war ja schon den ganzen Tag über herumgelaufen, und allmählich schmerzten ihre Füße vor Müdigkeit. Es wurde spät und später, und Momo marschierte halb im Schlaf dahin, immer weiter, weiter, weiter ...

»Nur einen Augenblick ausruhen«, dachte sie endlich, »nur einen winzigen Augenblick, dann kann ich wieder besser achtgeben ...«

Am Straßenrand stand gerade ein kleiner, dreirädriger

Lieferwagen, auf dessen Ladefläche allerlei Säcke und Kisten lagen. Momo kletterte hinauf und lehnte sich gegen einen Sack, der angenehm weich war. Sie zog die müden Füße hoch und steckte sie unter ihren Rock. Ach, das tat gut! Sie seufzte erleichtert, schmiegte sich gegen den Sack und war, ehe sie es selbst merkte, vor Erschöpfung eingeschlafen.

Wirre Träume suchten sie heim. Sie sah den alten Beppo, der seinen Besen als Balancierstange benutzte, hoch über einem finsteren Abgrund auf einem Seil dahinschwanken.

»Wo ist das andere Ende?« hörte sie ihn immer wieder rufen. »Ich kann das andere Ende nicht finden!«

Und das Seil schien tatsächlich unendlich lang. Es verlor sich nach beiden Seiten in der Dunkelheit.

Momo wollte Beppo so gerne helfen, aber sie konnte sich ihm nicht einmal bemerkbar machen. Er war zu weit fort, zu hoch droben.

Dann sah sie Gigi, der sich einen endlosen Papierstreifen aus dem Munde zog. Er zog und zog immer weiter, aber der Papierstreifen hörte nicht auf und riß auch nicht ab. Gigi stand schon auf einem ganzen Berg von Papierstreifen. Und es schien Momo, als ob er sie flehend anblickte, als ob er keine Luft mehr bekommen könne, wenn sie ihm nicht zu Hilfe käme.

Sie wollte zu ihm hinlaufen, aber ihre Füße verfingen sich in den Papierstreifen. Und je heftiger sie sich zu befreien versuchte, desto mehr verwickelte sie sich darin.

Dann sah sie die Kinder. Sie waren alle ganz flach wie Spielkarten. Und in jede Karte waren richtige Muster kleiner Löcher gestanzt. Die Karten wurden durcheinandergewirbelt, dann mußten sie sich neu ordnen, und neue Löcher wurden in sie hineingestanzt. Die Kartenkinder weinten lautlos, aber schon wurden sie wieder gemischt, und dabei fielen sie übereinander, daß es knatterte und ratterte.

»Halt!« wollte Momo rufen und »aufhören!«, aber das Knattern und Rattern übertönte ihre schwache Stimme. Und es wurde immer lauter und lauter, bis sie schließlich davon aufwachte.

Im ersten Augenblick wußte sie nicht mehr, wo sie sich befand, denn es war dunkel um sie.

Doch dann fiel ihr wieder ein, daß sie sich auf den Lieferwagen gesetzt hatte. Und dieser Wagen fuhr jetzt, und sein Motor machte solchen Lärm.

Momo wischte sich die Wangen ab, die noch naß von Tränen waren. Wo war sie überhaupt?

Der Wagen mußte wohl schon eine ganze Weile gefahren sein, ohne daß sie es gemerkt hatte, denn er befand sich jetzt in einem Teil der Stadt, der um diese späte Nachtzeit wie ausgestorben wirkte. Die Straßen waren menschenleer und die hohen Häuser dunkel.

Der Lieferwagen fuhr nicht sehr schnell, und Momo sprang ab, ehe sie sich's recht überlegt hatte. Sie wollte auf die belebten Straßen zurück, wo sie vor dem grauen Herren sicher zu sein glaubte. Aber dann fiel ihr ein, was sie geträumt hatte, und sie blieb stehen.

Das Motorengeräusch verklang allmählich in den dunklen Straßen, und es wurde still.

Momo wollte nicht mehr fliehen. Sie war davongelaufen, in der Hoffnung, sich zu retten. Die ganze Zeit hatte sie nur an sich, an ihre eigene Verlassenheit, an ihre eigene Angst gedacht! Und dabei waren es doch in Wirklichkeit ihre Freunde, die in Not waren. Wenn es überhaupt noch jemand gab, der ihnen Hilfe bringen konnte, dann war sie es. Mochte die Möglichkeit, die grauen Herren dazu zu bewegen, ihre Freunde freizugeben, auch noch so winzig sein, versuchen mußte sie es wenigstens.

Als sie so weit gedacht hatte, fühlte sie plötzlich eine seltsame Veränderung in sich. Das Gefühl der Angst und Hilflosigkeit war so groß geworden, daß es plötzlich umschlug und sich ins Gegenteil verwandelte. Es war durchgestanden. Sie fühlte sich nun so mutig und zuversichtlich, als ob keine Macht der Welt ihr etwas anhaben könnte, oder vielmehr: es kümmerte sie überhaupt nicht mehr, was mit ihr geschehen würde.

Jetzt *wollte* sie dem grauen Herren begegnen. Sie wollte es um jeden Preis.

»Ich muß sofort zum alten Amphitheater«, sagte sie zu sich, »vielleicht ist es noch nicht zu spät, vielleicht wartet er auf mich.«

Aber das war nun leichter beschlossen als getan. Sie wußte nicht, wo sie sich befand, und hatte nicht die leiseste Ahnung, in welche Richtung sie überhaupt laufen mußte. Trotzdem lief sie aufs Geratewohl los.

Sie lief immer weiter und weiter durch die dunklen, totenstillen Straßen. Und da sie barfuß war, hörte sie nicht einmal den Klang ihrer eigenen Schritte. Jedesmal, wenn sie in eine neue Straße einbog, hoffte sie, irgend etwas zu entdecken, das ihr verriet, wie sie weiterlaufen mußte, irgendein Zeichen, das sie wiedererkannte. Aber sie fand keines. Und fragen konnte sie auch niemand, denn das einzige lebendige Wesen, das ihr begegnete, war ein magerer, schmutziger Hund, der in einem Abfallhaufen nach Eßbarem suchte und ängstlich floh, als sie näher kam.

Schließlich gelangte Momo zu einem riesenhaften, leeren Platz. Es war keiner von den schönen Plätzen, auf denen Bäume oder Brunnen stehen, sondern einfach eine weite, leere Fläche. Nur am Rande hoben sich dunkel die Umrisse der Häuser gegen den nächtlichen Himmel ab. Momo überquerte den Platz. Als sie eben dessen Mitte erreicht hatte, begann ziemlich in der Nähe eine Turmuhr zu schlagen. Sie schlug viele Male, also war es nun vielleicht schon Mitternacht. Wenn der graue Herr jetzt im Amphitheater auf sie wartete, dachte Momo, dann konnte sie unmöglich noch rechtzeitig hinkommen. Er würde unverrichteterdinge wieder fortgehen. Die Möglichkeit, ihren Freunden zu helfen, würde vorüber sein – vielleicht ein für allemal!

Momo biß sich auf die Faust. Was sollte, was konnte sie jetzt noch tun? Sie wußte sich keinen Rat.

»Hier bin ich!« rief sie, so laut sie konnte, in die Dunkelheit hinein. Aber sie hatte keine Hoffnung, daß der graue Herr sie hören würde. Doch darin hatte sie sich getäuscht.

Kaum war nämlich der letzte Glockenschlag verhallt, als gleichzeitig in allen Straßen, die ringsum auf den großen, leeren Platz mündeten, ein schwacher Lichtschein auftauchte, der rasch heller wurde. Und dann erkannte Momo, daß es die Scheinwerfer von vielen Autos waren, die nun sehr langsam von allen Seiten auf die Mitte des Platzes zukamen, wo sie stand. In welche Richtung sie sich auch wandte, von überallher strahlte ihr grelles Licht entgegen, und sie mußte ihre Augen mit der Hand schützen. Sie kamen also!

Aber mit einem so gewaltigen Aufgebot hatte Momo nicht gerechnet. Für einen Augenblick schwand ihr ganzer Mut wieder dahin. Und da sie eingekreist war und nicht weglaufen konnte, verkroch sie sich, soweit das möglich war, in ihrer viel zu großen Männerjacke.

Aber dann dachte sie an die Blumen und an die Stimmen in der großen Musik, und im Nu fühlte sie sich getröstet und gestärkt.

Mit leise brummenden Motoren waren die Autos näher und näher herangekommen. Schließlich blieben sie, Stoßstange neben Stoßstange, in einem Kreis stehen, dessen Mittelpunkt Momo war.

Dann stiegen die Herren aus. Momo konnte nicht sehen, wie viele es waren, denn sie blieben im Dunkeln hinter den Scheinwerfern. Aber sie spürte, daß viele Blicke auf sie gerichtet waren – Blicke, die nichts Freundliches enthielten. Und ihr wurde kalt.

Eine ganze Weile sagte niemand ein Wort, Momo nicht und auch keiner der grauen Herren.

»Das also«, hörte sie schließlich eine aschenfarbene Stimme, »ist dieses Mädchen Momo, das uns einmal herausfordern zu können glaubte. Seht es euch jetzt an, dieses Häufchen Unglück!«

Diesen Worten folgte ein rasselndes Geräusch, das sich entfernt anhörte wie vielstimmiges Gelächter.

»Vorsicht!« sagte eine andere aschenfarbene Stimme unterdrückt, »Sie wissen, wie gefährlich uns die Kleine werden kann. Es hat keinen Zweck, ihr etwas vorzumachen.«

Momo horchte auf.

»Na schön«, sagte die erste Stimme aus dem Dunkel hinter den Scheinwerfern, »versuchen wir's also mit der Wahrheit.«

Wieder entstand eine lange Stille. Momo fühlte, daß die grauen Herren sich davor fürchteten, die Wahrheit zu sagen. Es schien sie eine unvorstellbare Anstrengung zu kosten. Momo hörte etwas, das wie ein Keuchen aus vielen Kehlen klang.

Endlich begann wieder einer zu reden. Die Stimme kam aus einer anderen Richtung, aber klang genauso aschenfarben:

»Reden wir also offen miteinander. Du bist allein, armes Kind. Deine Freunde sind unerreichbar für dich. Es gibt niemand mehr, mit dem du deine Zeit teilen kannst.

Das alles war unser Plan. Du siehst, wie mächtig wir sind. Es hat keinen Sinn, sich uns zu widersetzen. Die vielen einsamen Stunden, was sind sie jetzt für dich? Ein Fluch, der dich erdrückt, eine Last, die dich erstickt, ein Meer, das dich ertränkt, eine Qual, die dich versengt. Du bist ausgesondert von allen Menschen.«

Momo hörte zu und schwieg weiterhin.

»Einmal«, fuhr die Stimme fort, »kommt der Augenblick, wo du es nicht mehr erträgst, morgen, in einer Woche, in einem Jahr. Uns ist es gleich, wir warten einfach. Denn wir wissen, daß du einmal gekrochen kommen wirst und sagst: Ich bin zu allem bereit, nur befreit mich von dieser Last! – Oder bist du schon so weit? Du brauchst es nur zu sagen.« Momo schüttelte den Kopf.

»Du willst dir nicht von uns helfen lassen?« fragte die Stimme eisig. Eine Welle von Kälte kam von allen Seiten auf Momo zu, aber sie biß die Zähne zusammen und schüttelte abermals den Kopf.

»Sie weiß, was die Zeit ist«, zischelte eine andere Stimme.

»Das beweist, daß sie wirklich beim Sogenannten war«, antwortete die erste Stimme ebenso. Und dann fragte sie laut: »Kennst du Meister Hora?«

Momo nickte.

»Und du warst tatsächlich bei ihm?«

Momo nickte wieder.

»Dann kennst du also die – Stunden-Blumen?«

Momo nickte zum dritten Mal. Oh, und wie gut sie sie kannte!

Wieder entstand eine längere Stille. Als die Stimme von neuem zu reden anfing, kam sie abermals aus einer anderen Richtung.

»Du liebst deine Freunde, nicht wahr?«

Momo nickte.

»Und du würdest sie gern aus unserer Gewalt befreien?«

Wieder nickte Momo.

»Du könntest es, wenn du nur wolltest.«

Momo zog sich ihre Jacke ganz eng um den Leib, denn sie bebte an allen Gliedern vor Kälte.

»Es würde dich wirklich nur eine Kleinigkeit kosten, deine Freunde zu befreien. Wir helfen dir, und du hilfst uns. Das ist doch nicht mehr als recht und billig.«

Momo blickte aufmerksam in die Richtung, aus welcher die Stimme jetzt kam.

»Wir möchten diesen Meister Hora nämlich auch gern einmal persönlich kennenlernen, verstehst du? Aber wir wissen nicht, wo er wohnt. Wir wollen von dir nicht mehr, als daß du uns zu ihm führst. Das ist alles. Ja, höre nur gut zu, Momo, damit du auch sicher bist, daß wir vollkommen offen mit dir reden und es ehrlich meinen: Du bekommst dafür deine Freunde zurück, und ihr könnt wieder euer altes, lustiges Leben führen. Das ist doch ein lohnendes Angebot!«

Jetzt tat Momo zum ersten Mal den Mund auf. Es kostete sie Anstrengung zu sprechen, denn ihre Lippen waren wie eingefroren.

»Was wollt ihr von Meister Hora?« fragte sie langsam.

»Wir wollen ihn kennenlernen«, antwortete die Stimme scharf, und die Kälte nahm zu. »Damit laß dir genug sein.«

Momo blieb stumm und wartete ab. Unter den grauen

Herren entstand eine Bewegung, sie schienen unruhig zu werden.

»Ich verstehe dich nicht«, sagte die Stimme, »denk doch an dich und deine Freunde! Was machst du dir Gedanken um Meister Hora. Das laß doch seine Sorge sein. Er ist alt genug, um für sich selbst zu sorgen. Und außerdem – wenn er vernünftig ist und sich gütlich mit uns einigt, dann werden wir ihm kein Haar krümmen. Andernfalls haben wir unsere Mittel, ihn zu zwingen.«

»Wozu?« fragte Momo mit blauen Lippen.

Plötzlich klang die Stimme nun schrill und überanstrengt, als sie antwortete: »Wir haben es satt, uns die Stunden, Minuten und Sekunden der Menschen einzeln zusammenzuraffen. Wir wollen die ganze Zeit aller Menschen. Die muß Hora uns überlassen!«

Momo starrte entsetzt ins Dunkel, woher die Stimme kam.

»Und die Menschen?« fragte sie. »Was wird dann aus denen?«

»Menschen«, schrie die Stimme und überschlug sich, »sind längst überflüssig. Sie selbst haben die Welt so weit gebracht, daß für ihresgleichen kein Platz mehr ist. *Wir* werden die Welt beherrschen!«

Die Kälte war jetzt so schrecklich, daß Momo nur noch mühsam die Lippen bewegen, aber kein Wort mehr hervorbringen konnte.

»Aber keine Sorge, kleine Momo«, fuhr die Stimme nun plötzlich wieder leise und beinahe schmeichelnd fort, »du und deine Freunde, ihr seid natürlich ausgenommen. Ihr werdet die letzten Menschen sein, die spielen und sich Geschichten erzählen. Ihr mischt euch nicht mehr in unsere Angelegenheiten, und wir lassen euch in Ruhe.«

Die Stimme verstummte, begann aber gleich darauf aus anderer Richtung wieder zu reden: »Du weißt, daß wir die Wahrheit gesagt haben. Wir werden unser Versprechen halten. Und nun führst du uns zu Hora.«

Momo versuchte zu sprechen. Die Kälte raubte ihr fast

die Besinnung. Nach mehreren Versuchen brachte sie schließlich hervor: »Selbst wenn ich's könnte, ich tät's nicht.«

Von irgendwoher fragte die Stimme drohend: »Was heißt das, wenn du es könntest? Du kannst es doch! Du warst doch bei Hora, also weißt du den Weg!«

»Ich finde ihn nicht wieder«, flüsterte Momo, »ich hab's versucht. Nur Kassiopeia weiß ihn.«

»Wer ist das?«

»Meister Horas Schildkröte.«

»Wo ist sie jetzt?«

Momo, kaum noch bei Bewußtsein, stammelte: »Sie ist – mit mir – zurückgekommen – – – aber – ich hab' sie – verloren.«

Wie aus weiter Ferne hörte sie um sich her aufgeregtes Stimmengewirr.

»Sofort Großalarm!« hörte sie rufen. »Man muß diese Schildkröte finden. Jede Schildkröte muß geprüft werden! Diese Kassiopeia muß gefunden werden! Sie muß! Sie muß!«

Die Stimmen verklangen. Es wurde still. Langsam kam Momo wieder zu sich. Sie stand allein auf dem großen Platz, über den nur noch ein kalter Windstoß hinfuhr, der wie aus einer großen Leere zu kommen schien, ein aschengrauer Wind.

Achtzehntes Kapitel
Wenn man voraussieht ohne zurückzuschauen

Momo wußte nicht, wieviel Zeit vergangen war. Die Turmuhr schlug manchmal, aber Momo hörte es kaum. Nur sehr langsam kehrte die Wärme in ihre erstarrten Glieder zurück. Sie fühlte sich wie gelähmt und konnte keinen Entschluß fassen.

Sollte sie nach Hause gehen ins alte Amphitheater und sich schlafen legen? Jetzt, nachdem alle Hoffnung für sie und ihre Freunde ein für allemal dahin war? Denn nun wußte sie ja, daß es nie wieder gut werden würde, nie wieder...

Dazu kam die Angst um Kassiopeia. Was, wenn die grauen Herren sie tatsächlich finden würden? Momo begann sich bittere Vorwürfe zu machen, daß sie die Schildkröte überhaupt erwähnt hatte. Aber sie war so benommen gewesen, daß sie gar nicht dazu gekommen war, sich all das zu überlegen.

»Und vielleicht«, versuchte Momo sich zu trösten, »ist Kassiopeia schon längst wieder bei Meister Hora. Ja, hoffentlich sucht sie nicht mehr nach mir. Es wäre ein Glück für sie – und für mich...«

In diesem Augenblick berührte etwas sie zart an ihrem nackten Fuß. Momo erschrak und beugte sich langsam hinunter.

Vor ihr saß die Schildkröte! Und in der Dunkelheit leuchteten langsam die Buchstaben auf: »Da bin ich wieder.«

Ohne sich zu besinnen packte Momo sie und steckte sie unter ihre Jacke. Dann richtete sie sich auf und horchte und spähte in die Dunkelheit ringsum, denn sie fürchtete, die grauen Herren könnten noch in der Nähe sein.

Aber alles blieb still.

Kassiopeia strampelte heftig unter der Jacke und versuchte sich zu befreien. Momo hielt sie fest an sich gedrückt, guckte aber zu ihr hinein und flüsterte: »Bitte, halt dich ruhig!«

»Was soll der Unfug?« stand leuchtend auf dem Panzer.

»Man darf dich nicht sehen!« raunte Momo.

Jetzt erschienen auf dem Rücken der Schildkröte die Worte: »Freust Dich wohl gar nicht?«

»Doch«, sagte Momo und schluchzte fast, »doch Kassiopeia, und wie!« Und sie küßte sie mehrmals auf die Nase.

Die Buchstaben auf dem Panzer der Schildkröte erröteten sichtlich, als sie antwortete: »Muß doch sehr bitten!«

Momo lächelte.

»Hast du mich denn die ganze lange Zeit gesucht?«

»Freilich.«

»Und wieso hast du mich ausgerechnet jetzt und ausgerechnet hier gefunden?«

»Wusste es vorher«, war die Antwort.

Also hatte die Schildkröte offenbar all die Zeit davor nach Momo gesucht, obgleich sie wußte, daß sie sie nicht finden würde? Dann hätte sie ja eigentlich gar nicht zu suchen brauchen? Das war wieder so eines von Kassiopeias Rätseln, bei dem einem der Verstand stillstand, wenn man zu lange darüber nachdachte. Aber jetzt war jedenfalls nicht der geeignete Augenblick, über diese Frage zu grübeln.

Flüsternd berichtete Momo nun der Schildkröte, was inzwischen geschehen war.

»Was sollen wir jetzt tun?« fragte sie zuletzt.

Kassiopeia hatte aufmerksam zugehört. Nun erschienen auf ihrem Panzer die Worte: »Wir gehen zu Hora.«

»Jetzt?« rief Momo ganz entsetzt. »Aber sie suchen dich überall! Nur gerade hier sind sie nicht. Ist es nicht gescheiter, hier zu bleiben?«

Aber auf der Schildkröte stand nur: »Ich weiss, wir gehen.«

»Dann«, sagte Momo, »werden wir ihnen geradewegs in die Arme laufen.«

»Wir begegnen keinem«, war Kassiopeias Antwort.

Nun, wenn sie das so sicher wußte, dann konnte man sich

freilich darauf verlassen. Momo setzte Kassiopeia auf den Boden. Aber dann dachte sie an den langen mühevollen Weg, den sie damals gegangen waren, und plötzlich fühlte sie, daß ihre Kräfte dazu nicht mehr ausreichen würden.

»Geh allein Kassiopeia«, sagte sie leise, »ich kann nicht mehr. Geh allein und grüß Meister Hora schön von mir.«

»Es ist ganz nah!« stand auf Kassiopeias Rücken.

Momo las es und schaute sich erstaunt um. Nach und nach dämmerte ihr, daß dies der armselige und wie ausgestorben wirkende Stadtteil war, von dem aus sie damals in jene andere Gegend mit den weißen Häusern und dem seltsamen Licht gelangt waren. Wenn es so war, dann konnte sie es vielleicht tatsächlich noch bis zur Niemals-Gasse und zum Nirgend-Haus schaffen.

»Gut«, sagte Momo, »ich geh' mit dir. Aber könnte ich dich nicht vielleicht tragen, damit es schneller geht?«

»Leider nein«, war auf Kassiopeias Rücken zu lesen.

»Warum mußt du denn unbedingt selbst krabbeln?« fragte Momo.

Darauf erschien die rätselhafte Antwort: »Der Weg ist in mir.«

Damit setzte sich die Schildkröte in Bewegung, und Momo folgte ihr, langsam und Schrittchen für Schrittchen.

Kaum waren das Mädchen und die Schildkröte in einer der einmündenden Gassen verschwunden, als es rund um den Platz in den finsteren Schatten der Häuser lebendig wurde. Ein knisterndes Rascheln ging über den Platz hin wie tonloses Kichern. Es waren die grauen Herren, die die ganze Szene belauscht hatten. Ein Teil von ihnen war zurückgeblieben, um heimlich das Mädchen zu beobachten. Sie hatten lange warten müssen, aber daß dieses Warten einen solchen unverhofften Erfolg zeitigen würde, hatten sie selbst nicht geahnt.

»Da gehen sie!« flüsterte eine aschengraue Stimme. »Sollen wir zupacken?«

»Natürlich nicht«, raunte eine andere. »Wir lassen sie laufen.«

»Wieso?« fragte die erste Stimme. »Wir müssen doch die Schildkröte fangen. Um jeden Preis, hieß es.«

»Stimmt. Und wozu brauchen wir sie?«

»Damit sie uns zu Hora führt.«

»Eben. Und genau das tut sie jetzt. Und wir brauchen sie nicht einmal dazu zu zwingen. Sie tut es freiwillig – wenn auch nicht absichtlich.«

Wieder wehte tonloses Kichern durch die finsteren Schatten rund um den Platz.

»Geben Sie sofort Nachricht an alle Agenten in der Stadt. Die Suche kann abgebrochen werden. Alle sollen sich uns anschließen. Aber höchste Vorsicht, meine Herren! Keiner von uns darf sich ihnen in den Weg stellen. Man soll ihnen überall freie Bahn geben. Sie dürfen keinem von uns begegnen. Und nun, meine Herren, lassen Sie uns in aller Ruhe unseren beiden ahnungslosen Führern folgen!«

Und so kam es, daß Momo und Kassiopeia tatsächlich keinem einzigen ihrer Verfolger begegneten. Denn wohin auch immer sie ihre Schritte wandten, die Verfolger wichen aus und verschwanden rechtzeitig, um sich hinter dem Mädchen und der Schildkröte ihren Genossen anzuschließen. Eine größer und größer werdende Prozession von grauen Herren, immer durch Mauern und Häuserecken verborgen, folgte lautlos dem Weg der beiden Fliehenden. –

Momo war so müde wie noch nie in ihrem ganzen Leben zuvor. Manchmal glaubte sie, daß sie im nächsten Augenblick einfach hinfallen und einschlafen würde. Aber dann zwang sie sich noch zum nächsten Schritt und wieder zum nächsten. Und dann wurde es für ein kleines Weilchen wieder ein wenig besser.

Wenn nur die Schildkröte nicht so schrecklich langsam gekrabbelt wäre! Aber daran war ja nun nichts zu ändern. Momo schaute nicht mehr nach links und nach rechts, sondern nur noch auf ihre eigenen Füße und auf Kassiopeia.

Nach einer Ewigkeit, wie es ihr vorkam, bemerkte sie, daß die Straße unter ihren Füßen plötzlich heller wurde. Momo hob ihre Augenlider, die ihr schwer wie Blei zu sein schienen, und blickte umher.

Ja, sie waren endlich in den Stadtteil gelangt, in dem jenes Licht herrschte, das nicht Morgen- noch Abenddämmerung war und wo alle Schatten in verschiedene Richtungen fielen. Blendend weiß und unnahbar standen die Häuser mit den schwarzen Fenstern. Und dort war auch wieder jenes seltsame Denkmal, das nichts darstellte als ein riesengroßes Ei auf einem schwarzen Steinquader.

Momo schöpfte Mut, denn nun konnte es nicht mehr allzulange dauern, bis sie bei Meister Hora sein würden.

»Bitte«, sagte sie zu Kassiopeia, »können wir nicht ein bißchen schneller gehen?«

»JE LANGSAMER, DESTO SCHNELLER«, war die Antwort der Schildkröte. Sie krabbelte weiter, eher noch langsamer als vorher. Und Momo bemerkte – wie schon beim vorigen Mal – daß sie hier gerade dadurch schneller vorwärts kamen. Es war geradezu, als glitte die Straße unter ihnen dahin, immer schneller, je langsamer sie beide gingen.

Denn dies war das Geheimnis jenes weißen Stadtteils: Je langsamer man voranschritt, desto schneller kam man vom Fleck. Und je mehr man sich beeilte, desto langsamer kam man voran. Das hatten die grauen Herren damals, als sie Momo mit den drei Autos verfolgten, nicht gewußt. So war Momo ihnen entkommen.

Damals!

Aber jetzt war die Sache anders. Denn jetzt wollten sie das Mädchen und die Schildkröte ja gar nicht einholen. Jetzt folgten sie den beiden genauso langsam wie diese gingen. Und so entdeckten sie nun auch dieses Geheimnis. Langsam füllten sich die weißen Straßen hinter den beiden mit dem Heer der grauen Herren. Und da diese nun wußten, wie man sich hier bewegen mußte, gingen sie sogar noch etwas langsamer als die Schildkröte, und dadurch holten sie auf und kamen näher und näher heran.

Es war wie ein umgekehrter Wettlauf, ein Wettlauf der Langsamkeit.

Kreuz und quer ging der Weg durch diese Traumstraßen, immer tiefer und tiefer hinein ins Innere des weißen Stadtteils. Dann war die Ecke der Niemals-Gasse erreicht.

Kassiopeia war schon eingebogen und lief auf das Nirgend-Haus zu. Momo erinnerte sich, daß sie in dieser Gasse nicht hatte weiterkommen können, bis sie sich umgedreht hatte und rückwärts gegangen war. Und deshalb tat sie es jetzt wieder.

Und nun blieb ihr fast das Herz stehen vor Schreck.

Wie eine graue, wandernde Mauer kamen die Zeit-Diebe heran, einer neben dem anderen, die ganze Straßenbreite ausfüllend, und Reihe hinter Reihe, so weit man sehen konnte.

Momo schrie auf, aber sie konnte ihre eigene Stimme nicht hören. Sie lief rückwärts in die Niemals-Gasse hinein und starrte mit aufgerissenen Augen auf das nachfolgende Heer der grauen Herren.

Aber nun geschah abermals etwas Seltsames: Als die ersten der Verfolger in die Niemals-Gasse einzudringen versuchten, lösten sie sich buchstäblich vor Momos Augen in Nichts auf. Zuerst verschwanden ihre vorgestreckten Hände, dann die Beine und Körper und schließlich auch die Gesichter, auf denen ein überraschter und entsetzter Ausdruck lag.

Aber nicht nur Momo hatte diesen Vorgang beobachtet, sondern natürlich auch die anderen nachdrängenden grauen Herren. Die ersten stemmten sich gegen die Masse der nachfolgenden, und für einen Augenblick entstand eine Art Handgemenge unter ihnen. Momo sah ihre zornigen Gesichter und ihre drohend geschüttelten Fäuste. Aber keiner wagte es, ihr weiter zu folgen.

Dann hatte Momo endlich das Nirgend-Haus erreicht. Die große schwere Tür aus grünem Metall öffnete sich. Momo stürzte hinein, rannte durch den Gang mit den steinernen Figuren, öffnete die ganz kleine Tür am anderen

Ende, schlüpfte hindurch, lief durch den Saal mit den unzähligen Uhren auf das kleine Zimmerchen in der Mitte der Standuhren zu, warf sich auf das zierliche Sofa und versteckte ihr Gesicht unter einem Kissen, um nichts mehr zu sehen und zu hören.

Neunzehntes Kapitel
Die Eingeschlossenen müssen sich entschließen

Eine leise Stimme sprach.

Langsam tauchte Momo aus der Tiefe ihres traumlosen Schlafes empor. Sie fühlte sich auf wunderbare Weise erquickt und ausgeruht. »Das Kind kann nichts dafür«, hörte sie die Stimme sagen, »aber du, Kassiopeia – warum hast du das nur getan?«

Momo schlug die Augen auf. Am Tischchen vor dem Sofa saß Meister Hora. Er blickte mit kummervollem Gesicht vor sich auf den Boden nieder, wo die Schildkröte saß. »Konntest du dir nicht denken, daß die Grauen euch folgen würden?«

»Weiss nur vorher«, erschien auf Kassiopeias Rücken, »Denke nicht nach!«

Meister Hora schüttelte seufzend den Kopf. »Ach, Kassiopeia, Kassiopeia –, manchmal bist du auch mir ein Rätsel!«

Momo setzte sich auf.

»Ah, unsere kleine Momo ist aufgewacht!« sagte Meister Hora freundlich. »Ich hoffe, du fühlst dich wieder gut?«

»Sehr gut, danke«, antwortete Momo, »entschuldige bitte, daß ich hier einfach eingeschlafen bin.«

»Mach dir darüber keine Gedanken«, erwiderte Hora. »Das war ganz in Ordnung. Du brauchst mir nichts zu erklären. Soweit ich nicht alles selbst durch meine Allsicht-Brille beobachtet habe, hat Kassiopeia mir inzwischen berichtet.«

»Und was ist mit den grauen Herren?« fragte Momo.

Meister Hora zog ein großes blaues Taschentuch aus seiner Jacke. »Sie belagern uns. Sie haben das Nirgend-Haus von allen Seiten umstellt. Das heißt, soweit sie eben herankommen können.«

»Zu uns hereinkommen«, fragte Momo, »können sie doch nicht?«

Meister Hora schneuzte sich. »Nein, das nicht. Du hast ja selbst gesehen, daß sie sich einfach in Nichts auflösen, wenn sie die Niemals-Gasse betreten.«

»Wie kommt denn das?« wollte Momo wissen.

»Das macht der Zeit-Sog«, antwortete Meister Hora. »Du weißt ja, daß man dort alles rückwärts tun muß, nicht wahr? Rings um das Nirgend-Haus läuft die Zeit nämlich umgekehrt. Sonst ist es doch so, daß die Zeit in dich hineingeht. Dadurch, daß du immer mehr Zeit in dir hast, wirst du älter. Aber in der Niemals-Gasse geht die Zeit aus dir heraus. Man kann sagen, daß du jünger geworden bist, während du durch sie hindurchgegangen bist. Nicht viel, nur eben die Zeit, die du dazu gebraucht hast, sie zu durchqueren.«

»Davon hab' ich gar nichts gemerkt«, meinte Momo verwundert.

»Nun ja«, erklärte Meister Hora lächelnd, »für einen Menschen bedeutet das nicht so viel, weil er sehr viel mehr ist, als bloß die Zeit, die in ihm steckt. Aber bei den grauen Herren ist das anders. Sie bestehen nur aus gestohlener Zeit. Und die geht im Handumdrehen aus ihnen heraus, wenn sie in den Zeit-Sog geraten, so wie die Luft aus einem geplatzten Luftballon. Nur bleibt vom Ballon wenigstens noch die Hülle übrig, von ihnen aber gar nichts.«

Momo dachte angestrengt nach.

»Könnte man dann«, fragte sie nach einer Weile, »nicht einfach alle Zeit umgekehrt laufen lassen? Nur ganz kurz, meine ich. Dann würden alle Leute ein bißchen jünger, das würde ja nichts machen. Aber die Zeit-Diebe würden sich in Nichts auflösen.«

Meister Hora lächelte. »Das wäre freilich schön. Aber es geht leider nicht. Die beiden Strömungen halten sich im Gleichgewicht. Wenn man die eine aufhebt, verschwindet auch die andere. Dann gäbe es gar keine Zeit mehr ...«

Er hielt inne und schob seine Allsicht-Brille auf die Stirn.

»Das heißt ...«, murmelte er, stand auf und ging einige Male tief in Gedanken in dem kleinen Zimmer auf und ab. Momo beobachtete ihn gespannt, auch Kassiopeia verfolgte ihn mit den Augen.

Schließlich setzte er sich wieder und sah Momo prüfend an.

»Du hast mich da auf eine Idee gebracht«, sagte er, »aber es hängt nicht allein von mir ab, ob sie auszuführen ist.«

Er wandte sich an die Schildkröte zu seinen Füßen: »Kassiopeia, meine Teure! Was ist nach deiner Ansicht das Beste, das man während einer Belagerung tun kann?«

»FRÜHSTÜCKEN!« erschien als Antwort auf deren Panzer.

»Ja«, sagte Meister Hora. »Auch keine schlechte Idee!«

Im gleichen Augenblick war der Tisch auch schon gedeckt. Oder war er es eigentlich schon die ganze Zeit gewesen, und Momo hatte es nur bisher nicht bemerkt? Jedenfalls standen da wieder die kleinen goldenen Täßchen und das ganze übrige goldschimmernde Frühstück: Die Kanne mit dampfender Schokolade, der Honig, die Butter und die knusprigen Brötchen.

Momo hatte in der Zwischenzeit oft mit Sehnsucht an diese köstlichen Sachen zurückgedacht und begann sofort mit Heißhunger zu schmausen. Und diesmal schmeckte es ihr fast noch besser als beim ersten Mal. Übrigens griff jetzt auch Meister Hora herzhaft zu.

»Sie wollen«, sagte Momo nach einer Weile, mit vollen Backen kauend, »daß du ihnen die ganze Zeit aller Menschen gibst. Aber das wirst du doch nicht tun?«

»Nein, Kind«, antwortete Meister Hora, »das werde ich niemals tun. Die Zeit hat einmal angefangen, und sie wird einmal enden, aber erst, wenn die Menschen sie nicht mehr brauchen. Von mir werden die grauen Herren nicht den kleinsten Augenblick bekommen.«

»Aber sie sagen«, fuhr Momo fort, »sie können dich dazu zwingen.«

»Ehe wir uns darüber weiter unterhalten«, sagte er sehr ernst, »möchte ich, daß du sie dir selber ansiehst.«

Er nahm seine kleine goldene Brille ab und reichte sie Momo hinüber, die sie sich aufsetzte.

Zuerst war da wieder der Wirbel aus Farben und Formen, der sie schwindelig machte wie beim ersten Mal. Aber diesmal ging es bald vorüber. Nach einer kleinen Weile schon hatten sich ihre Augen auf die Allsicht eingestellt.

Und nun sah sie das Heer der Belagerer!

Schulter an Schulter standen die grauen Herren in einer unabsehbar langen Reihe nebeneinander. Sie standen nicht nur vor der Niemals-Gasse, sondern weiter noch, immer weiter in einem großen Kreis, der sich durch den Stadtteil mit den schneeweißen Häusern zog und dessen Mittelpunkt das Nirgend-Haus war. Die Umzingelung war lückenlos. Aber dann bemerkte Momo noch etwas anderes, etwas Befremdliches. Zuerst meinte sie nur, die Gläser der Allsicht-Brille seien vielleicht beschlagen, oder sie könne noch immer nicht ganz deutlich sehen, denn ein merkwürdiger Nebel ließ die Umrisse der grauen Herren nur verschwommen erkennen.

Aber dann begriff sie, daß dieser Dunst nichts mit der Brille und nichts mit ihren Augen zu tun hatte, sondern daß er dort draußen in den Straßen aufstieg. An manchen Stellen war er schon dicht und undurchsichtig, an anderen begann er erst, sich zu bilden. Die grauen Herren standen unbeweglich. Jeder hatte wie immer seinen steifen runden Hut auf dem Kopf, seine Aktentasche in der Hand, und in seinem Mund qualmte die kleine graue Zigarre. Aber diese Rauchwolken verteilten sich nicht, wie sie es sonst in gewöhnlicher Luft taten. Hier, wo sich kein Windhauch regte, in dieser gläsernen Luft zog sich der Rauch in zähen Schleiern wie Spinnweben dahin, kroch über die Straßen an den Fassaden der schneeweißen Häuser empor und spannte sich in langen Fahnen von Vorsprung zu Vorsprung. Er ballte sich zu ekligen, bläulich-grünen Schwaden, die sich langsam aber stetig immer höher übereinander türmten und das Nirgend-Haus von allen Seiten wie mit einer unaufhaltsam wachsenden Mauer umgaben.

Momo sah auch, daß ab und zu neue Herren ankamen und an Stelle anderer, die durch sie abgelöst wurden, in die Reihe traten. Aber warum geschah dies alles? Welchen Plan verfolgten die Zeit-Diebe? Sie nahm die Brille ab und schaute Meister Hora fragend an.

»Hast du genug gesehen?« fragte er. »Dann gib mir bitte die Brille wieder.«

Während er sie sich aufsetzte, fuhr er fort: »Du hast gefragt, ob sie mich zu etwas zwingen können. Mich selbst können sie nicht erreichen, wie du nun weißt. Aber sie können den Menschen einen Schaden zufügen, der viel schlimmer ist, als alles, was sie bis jetzt getan haben. Und damit versuchen sie, mich zu erpressen.«

»Etwas noch Schlimmeres?« fragte Momo erschrocken.

Meister Hora nickte. »Ich teile jedem Menschen seine Zeit zu. Dagegen können die grauen Herren nichts tun. Sie können die Zeit, die ich aussende, auch nicht aufhalten. Aber sie können sie vergiften.«

»Die Zeit vergiften?« fragte Momo entgeistert.

»Mit dem Rauch ihrer Zigarren«, erklärte Meister Hora. »Hast du jemals einen von ihnen ohne seine kleine graue Zigarre gesehen? Gewiß nicht, denn ohne sie könnte er nicht mehr existieren.«

»Was sind denn das für Zigarren?« wollte Momo wissen.

»Du erinnerst dich an die Stunden-Blumen«, sagte Meister Hora. »Ich habe dir damals gesagt, daß jeder Mensch einen solchen goldenen Tempel der Zeit besitzt, weil jeder ein Herz hat. Wenn die Menschen dort die grauen Herren einlassen, dann gelingt es denen, mehr und mehr von diesen Blüten an sich zu reißen. Aber die Stunden-Blumen, die so herausgerissen sind aus dem Herzen eines Menschen, können nicht sterben, denn sie sind ja nicht wirklich vergangen. Sie können aber auch nicht leben, denn sie sind ja von ihrem wirklichen Eigentümer getrennt. Sie streben mit allen Fasern ihres Wesens zurück zu dem Menschen, dem sie gehören.«

Momo hörte atemlos zu.

»Du mußt wissen, Momo, daß auch das Böse sein Geheimnis hat. Ich weiß nicht, wo die grauen Herren die geraubten Stunden-Blumen aufbewahren. Ich weiß nur, daß sie diese durch ihre eigene Kälte einfrieren, bis die Blüten hart sind wie gläserne Kelche. Dadurch werden sie gehindert, zurückzukehren. Irgendwo tief unter der Erde müssen sich riesige Speicher befinden, in welchen die ganze gefrorene Zeit liegt. Doch auch dort sterben die Stunden-Blumen noch immer nicht.«

Momos Wangen begannen vor Empörung zu glühen.

»Aus diesen Vorratskellern versorgen die grauen Herren sich immerzu. Sie reißen den Stunden-Blumen die Blütenblätter aus, lassen sie verdorren, bis sie grau und hart werden, und daraus drehen sie sich ihre kleinen Zigarren. Aber bis zu diesem Augenblick ist noch immer ein Rest von Leben in den Blättern. Lebendige Zeit ist jedoch für die grauen Herren unbekömmlich. Darum zünden sie die Zigarren an und rauchen sie. Denn erst in diesem Rauch ist die Zeit nun wirklich ganz und gar tot. Und von solcher toten Menschenzeit fristen sie ihr Dasein.«

Momo war aufgestanden. »Ach!« sagte sie, »soviel tote Zeit ...«

»Ja, diese Mauer von Rauch, die sie dort draußen rund um das Nirgend-Haus wachsen lassen, besteht aus toter Zeit. Noch ist genügend freier Himmel da, noch kann ich den Menschen ihre Zeit unversehrt zusenden. Aber wenn die finstere Qualmglocke sich rundherum und über uns geschlossen haben wird, dann mischt sich in jede Stunde, die von mir ausgeschickt wird, etwas von der abgestorbenen, gespenstischen Zeit der grauen Herren. Und wenn die Menschen die empfangen, dann werden sie krank davon, todkrank sogar.«

Momo starrte Meister Hora fassungslos an. Leise fragte sie: »Und was ist das für eine Krankheit?«

»Am Anfang merkt man noch nicht viel davon. Man hat eines Tages keine Lust mehr, irgend etwas zu tun. Nichts interessiert einen, man ödet sich. Aber diese Unlust verschwindet nicht wieder, sondern sie bleibt und nimmt langsam immer mehr zu. Sie wird schlimmer von Tag zu Tag, von Woche zu Woche. Man fühlt sich immer mißmutiger, immer leerer im Innern, immer unzufriedener mit sich und der Welt. Dann hört nach und nach sogar dieses Gefühl auf, und man fühlt gar nichts mehr. Man wird ganz gleichgültig und grau, die ganze Welt kommt einem fremd vor und geht einen nichts mehr an. Es gibt keinen Zorn mehr und keine Begeisterung, man kann sich nicht mehr freuen und nicht mehr trauern, man verlernt das Lachen und das Weinen. Dann ist es kalt geworden in einem, und man kann nichts und niemand mehr lieb haben. Wenn es einmal soweit gekommen ist, dann ist die Krankheit unheilbar. Es gibt keine Rückkehr mehr. Man hastet mit leerem, grauem Gesicht umher, man ist genauso geworden wie die grauen Herren selbst. Ja, dann ist man einer der ihren. Diese Krankheit heißt: Die tödliche Langeweile.«

Momo überlief ein Schauder.

»Und wenn du ihnen also nicht die Zeit aller Menschen gibst«, fragte sie, »dann machen sie, daß alle Menschen so werden wie sie?«

»Ja«, antwortete Meister Hora, »damit wollen sie mich erpressen.« Er stand auf und wandte sich ab.

»Ich habe bis jetzt darauf gewartet, daß die Menschen selbst sich von diesen Plagegeistern befreien würden. Sie hätten es gekonnt, denn sie selbst haben ihnen ja auch zum Dasein verholfen. Aber nun kann ich nicht länger warten. Ich muß etwas tun. Aber ich kann es nicht allein.« Er blickte Momo an. »Willst du mir helfen?«

»Ja«, flüsterte Momo.

»Ich muß dich in eine Gefahr schicken, die gar nicht zu ermessen ist«, sagte Meister Hora. »Und es wird von dir abhängen, Momo, ob die Welt für immer still stehen wird, oder ob sie von neuem beginnen wird, zu leben. Willst du es wirklich wagen?«

»Ja«, wiederholte Momo, und diesmal klang ihre Stimme fest.

»Dann«, sagte Meister Hora, »gib jetzt genau acht auf das, was ich dir sage, denn du wirst ganz und gar auf dich gestellt sein, und ich werde dir nicht mehr helfen können. Ich nicht und niemand sonst.«

Momo nickte und schaute Meister Hora mit äußerster Aufmerksamkeit an.

»Du mußt wissen«, begann er, »daß ich niemals schlafe. Wenn ich einschliefe, würde im gleichen Augenblick alle Zeit aufhören. Die Welt würde still stehen. Wenn es aber keine Zeit mehr gibt, dann können die grauen Herren auch niemand mehr bestehlen. Zwar können sie noch eine Weile weiterexistieren, da sie ja große Vorräte an Zeit besitzen. Aber wenn diese verbraucht sind, müssen sie sich in Nichts auflösen.«

»Aber dann«, meinte Momo, »ist es doch ganz einfach!«

»Leider ist es eben nicht so einfach, sonst brauchte ich ja nicht deine Hilfe, Kind. Wenn es nämlich keine Zeit mehr gibt, dann kann ich ja auch nicht wieder aufwachen. Und damit bliebe die Welt still und starr für alle Ewigkeit. Aber es liegt in meiner Macht, dir, Momo, dir ganz allein eine Stunden-Blume zu geben. Freilich nur eine einzige, weil ja immer nur eine blüht. Wenn also alle Zeit auf der Welt aufgehört hat, so hättest du noch eine Stunde.«

»Dann kann ich dich doch wecken!« sagte Momo.

»Damit allein«, versetzte Meister Hora, »hätten wir nichts erreicht, denn die Vorräte der grauen Herren sind viel, viel größer. In einer einzigen Stunde hätten sie davon so gut wie nichts verbraucht. Sie wären also danach noch immer da. Die Aufgaben, die du lösen müßtest, sind viel schwerer! Sobald die grauen Herren merken, daß die Zeit aufgehört hat – und das werden sie sehr schnell merken, weil ihr Zigarren-Nachschub ausbleiben wird – werden sie die Belagerung abbrechen und zu ihren Zeitvorräten streben. Und dorthin mußt du ihnen folgen, Momo. Wenn du ihr Versteck gefunden hast, dann mußt du sie daran hindern, an ihre Zeitvorräte zu kommen. Sobald ihre Zigarren zu Ende sind, geht es auch mit ihnen zu Ende. Aber danach bleibt noch etwas zu tun, und das wird vielleicht von allem das Schwerste sein. Wenn der letzte Zeit-Dieb verschwunden ist, dann mußt du die ganze geraubte Zeit befreien. Denn nur, wenn diese zurückkehrt zu den Menschen, wird die Welt aufhören, still zu stehen, und ich selbst kann wieder aufwachen. Und für alles das bleibt dir nur eine einzige Stunde.«

Momo sah Meister Hora ratlos an. Mit einem solchen Berg von Schwierigkeiten und Gefahren hatte sie nicht gerechnet.

»Willst du es trotzdem versuchen?« fragte Meister Hora. »Es ist die einzige und letzte Möglichkeit.«

Momo schwieg.

Es schien ihr unmöglich, daß sie das schaffen konnte.

»ICH GEH MIT DIR!« las sie plötzlich auf Kassiopeias Rükken.

Was konnte die Schildkröte ihr bei all dem helfen! Und doch war es ein winziger Hoffnungsstrahl für Momo. Die Vorstellung, nicht ganz allein zu sein, machte ihr Mut. Es war zwar ein Mut ohne jeden vernünftigen Grund, aber er bewirkte, daß sie sich auf einmal entscheiden konnte.

»Ich will es versuchen«, sagte sie entschlossen.

Meister Hora blickte sie lange an und begann zu lächeln.

»Vieles wird leichter sein, als du jetzt glaubst. Du hast die Stimmen der Sterne gehört. Du mußt keine Angst haben.«

Dann wandte er sich der Schildkröte zu und fragte: »Und du, Kassiopeia, willst also mitgehen?«

»NATÜRLICH!« stand auf dem Panzer. Die Schrift verschwand, und es erschienen die Worte: »JEMAND MUß DOCH AUF SIE AUFPASSEN!«

Meister Hora und Momo lächelten sich an.

»Kriegt sie auch eine Stunden-Blume?« fragte Momo.

»Kassiopeia braucht das nicht«, erklärte Meister Hora und kraulte die Schildkröte zärtlich am Hals, »sie ist ein Wesen von außerhalb der Zeit. Sie trägt ihre eigene kleine Zeit in sich selbst. Sie könnte auch über die Welt krabbeln, wenn alles für immer still stünde.«

»Gut«, sagte Momo, in der nun plötzlich der Tatendrang erwachte, »und was sollen wir jetzt tun?«

»Jetzt«, antwortete Meister Hora, »wollen wir Abschied nehmen.«

Momo schluckte, dann fragte sie leise: »Werden wir uns denn nicht mehr wiedersehen?«

»Wir werden uns wiedersehen, Momo«, entgegnete Meister Hora, »und bis dahin wird jede Stunde deines Lebens dir einen Gruß von mir bringen. Denn wir bleiben doch Freunde, nicht wahr?«

»Ja«, sagte Momo und nickte.

»Ich werde nun gehen«, fuhr Meister Hora fort, »und du darfst mir nicht folgen und auch nicht fragen, wohin ich gehe. Denn mein Schlaf ist kein gewöhnlicher Schlaf, und es ist besser, wenn du nicht dabei bist. Nur eines noch: Sowie ich fort bin, mußt du sogleich die beiden Türen öffnen, die kleine, auf der mein Name steht, und die große aus grünem Metall, die auf die Niemals-Gasse hinausführt. Denn sobald die Zeit aufhört, steht alles still, und auch diese Türen sind durch keine Macht der Welt mehr zu bewegen. Hast du alles gut verstanden und behalten, mein Kind?«

»Ja«, sagte Momo, »aber woran soll ich erkennen, daß die Zeit aufgehört hat?«

»Sei unbesorgt, du wirst es bemerken.«

Meister Hora stand auf, und auch Momo erhob sich. Er strich ihr leise mit der Hand über ihren struppigen Haarschopf.

»Leb wohl, kleine Momo«, sagte er, »es war eine große Freude für mich, daß du auch mir zugehört hast.«

»Ich werde allen von dir erzählen«, antwortete Momo, »später.«

Und nun sah Meister Hora plötzlich wieder unbegreiflich alt aus, ganz wie damals, als er sie in den goldenen Tempel getragen hatte, alt wie ein Felsenberg oder ein uralter Baum.

Er wandte sich ab und ging rasch aus dem kleinen Zimmer, das aus Uhrenkästen gebildet war. Momo hörte seine Schritte immer ferner und ferner, und dann waren sie von dem Ticken der vielen Uhren nicht mehr zu unterscheiden. Vielleicht war er in dieses Ticken hineingegangen.

Momo hob Kassiopeia hoch und drückte sie fest an sich. Ihr größtes Abenteuer hatte unwiderruflich begonnen.

Zwanzigstes Kapitel
Die Verfolgung der Verfolger

Als erstes ging Momo nun hin und öffnete die kleine innere Tür, auf der Meister Horas Name stand. Dann lief sie geschwind durch den Gang mit den großen Steinfiguren und machte auch die äußere große Tür aus grünem Metall auf. Sie mußte all ihre Kraft aufwenden, denn die riesigen Torflügel waren sehr schwer.

Als sie damit fertig war, lief sie in den Saal mit den unzähligen Uhren zurück und wartete, Kassiopeia auf dem Arm, was nun geschehen würde.

Und dann geschah es!

Es gab plötzlich eine Art Erschütterung, die aber nicht den Raum beben machte, sondern die Zeit, ein Zeit-Beben sozusagen. Es gibt keine Worte dafür, wie sich das anfühlte. Dieses Ereignis wurde von einem Klang begleitet, wie ihn zuvor noch nie ein Mensch gehört hat. Es war wie ein Seufzen, das aus der Tiefe von Jahrhunderten kam.

Und dann war alles vorüber.

Im gleichen Augenblick hörte das vielstimmige Ticken und Schnarren und Klingen und Schlagen der unzähligen Uhren ganz plötzlich auf. Die schwingenden Perpendikel blieben stehen, wie sie eben standen. Nichts, gar nichts regte sich mehr. Und eine Stille breitete sich aus, so vollkommen, wie sie nie und nirgends zuvor auf der Welt geherrscht hatte. Die Zeit hatte aufgehört.

Und Momo wurde gewahr, daß sie in ihrer Hand eine wunderbare, sehr große Stunden-Blume trug. Sie hatte nicht gefühlt, wie diese Blume in ihre Hand hineingekommen war. Sie war einfach ganz plötzlich da, als sei sie immer schon da gewesen.

Vorsichtig machte Momo einen Schritt. Tatsächlich, sie konnte sich bewegen, mühelos wie immer. Auf dem Tischchen standen noch die Reste des Frühstücks. Momo setzte sich auf eines der Polsterstühlchen, aber die Polster waren jetzt hart wie Marmelstein und gaben nicht mehr nach. In ihrer Tasse war noch ein Schluck Schokolade, aber das Täßchen war nicht mehr von der Stelle zu bewegen. Momo wollte den Finger in die Flüssigkeit tauchen, aber sie war hart wie Glas. Das gleiche war mit dem Honig. Sogar die Brotkrümchen, die auf dem Teller lagen, waren vollkommen unbeweglich. Nichts, nicht die winzigste Kleinigkeit konnte jetzt mehr verändert werden, wo es keine Zeit mehr gab. Kassiopeia strampelte, und Momo schaute sie an.

»ABER DEINE ZEIT VERLIERST DU!« stand auf ihrem Rückenpanzer.

Um Himmels willen, ja! Momo raffte sich auf. Sie lief durch den Saal, schlüpfte durch das kleine Türchen, lief weiter durch den Gang und spähte bei der großen Tür um die Ecke und fuhr im gleichen Augenblick zurück. Ihr Herz begann rasend zu klopfen. Die Zeit-Diebe liefen gar nicht fort! Im Gegenteil, sie kamen durch die Niemals-Gasse, in der ja nun auch die rückwärtslaufende Zeit aufgehört hatte, auf das Nirgend-Haus zu! Das war im Plan nicht vorgesehen gewesen!

Momo rannte zurück in den großen Saal und versteckte sich, mit Kassiopeia im Arm, hinter einer großen Standuhr.

»Das fängt ja schon gut an«, murmelte sie.

Dann hörte sie die Schritte der grauen Herren draußen im Gang hallen. Einer nach dem anderen zwängte sich durch das kleine Türchen, bis ein ganzer Trupp von ihnen im Saal stand. Sie schauten sich um.

»Eindrucksvoll!« sagte einer von ihnen. »Das ist also unser neues Heim.«

»Das Mädchen Momo hat uns die Tür geöffnet«, sagte eine andere aschengraue Stimme, »ich habe es genau beobachtet. Ein vernünftiges Kind! Ich bin gespannt, wie sie es angestellt hat, den Alten herumzukriegen.«

Und eine dritte, ganz ähnliche Stimme antwortete: »Nach meiner Ansicht hat der Sogenannte selbst klein beigegeben. Denn daß der Zeit-Sog in der Niemals-Gasse ausgesetzt hat, kann nur bedeuten, daß er ihn abgestellt hat. Er hat also eingesehen, daß er sich uns fügen muß. Jetzt werden wir kurzen Prozeß mit ihm machen. Wo steckt er denn?« Die grauen Herren sahen sich suchend um, dann sagte plötzlich einer von ihnen, und seine Stimme klang noch eine Spur aschenfarbener: »Da stimmt was nicht, meine Herren! Die Uhren! Sehen Sie sich doch nur die Uhren an! Sie stehen alle. Sogar die Sanduhr hier.«

»Er hat sie eben angehalten«, meinte ein anderer unsicher.

»Eine Sanduhr kann man nicht anhalten!« rief der erste. »Und doch, sehen Sie nur, meine Herren, der rinnende Sand ist mitten im Fall stehengeblieben! Man kann die Uhr auch nicht bewegen! Was bedeutet das?«

Noch während er redete, klangen laufende Schritte aus dem Gang herein, dann quetschte sich ein weiterer grauer Herr aufgeregt gestikulierend durch die kleine Tür und rief: »Soeben ist Nachricht unserer Agenten aus der Stadt gekommen. Ihre Autos stehen. Alles steht. Die Welt steht still. Es ist unmöglich, irgendeinem Menschen noch das kleinste bißchen Zeit zu entreißen. Unser gesamter Nachschub ist zusammengebrochen! Es gibt keine Zeit mehr! Hora hat die Zeit abgestellt!«

Einen Augenblick herrschte Totenstille. Dann fragte einer: »Was sagen Sie? Unser Nachschub ist zusammengebrochen? Aber was wird dann aus uns, wenn unsere mitgeführten Zigarren verbraucht sind?«

»Das wissen Sie selbst, was dann aus uns wird!« schrie ein anderer. »Das ist eine fürchterliche Katastrophe, meine Herren!«

Und nun schrien plötzlich alle durcheinander: »Hora will uns vernichten! – Wir müssen sofort die Belagerung abbrechen! – Wir müssen versuchen, zu unseren Zeit-Speichern zu kommen! – Ohne Wagen? Das können wir nicht rechtzeitig schaffen! Meine Zigarren reichen nur noch für siebenundzwanzig Minuten! – Meine für achtundvierzig! – Dann geben Sie her! – Sind Sie verrückt? – Rette sich, wer kann!«

Alle waren auf das kleine Türchen zugerannt und drängten

gleichzeitig hinaus. Momo konnte aus ihrem Versteck beobachten, wie sie sich in ihrer Panik gegenseitig wegboxten, schoben und zogen und immer heftiger in ein Handgemenge gerieten. Jeder wollte vor dem anderen hinaus und kämpfte um sein graues Leben. Sie schlugen sich die Hüte von den Köpfen, sie rangen miteinander und rissen sich gegenseitig die kleinen grauen Zigarren aus den Mündern. Und jeder, dem das widerfuhr, schien plötzlich alle Kraft zu verlieren. Er stand da, die Hände ausgestreckt, mit einem greinenden, angstvollen Ausdruck im Gesicht, wurde rasch immer durchsichtiger und verschwand zuletzt. Nichts blieb von ihm übrig, nicht einmal sein Hut.

Schließlich waren nur noch drei der grauen Herren im Saal, und denen gelang es nun doch, nacheinander durch das kleine Türchen hinauszuschlüpfen und davonzukommen.

Momo, unter einem Arm die Schildkröte, in der anderen Hand die Stunden-Blume, lief hinter ihnen her. Jetzt kam alles darauf an, daß sie die grauen Herren nicht mehr aus den Augen verlor.

Als sie aus dem großen Tor trat, sah sie, daß die Zeit-Diebe schon bis zum Anfang der Niemals-Gasse gelaufen waren. Dort standen in den Rauchschwaden andere Gruppen von grauen Herren, die aufgeregt gestikulierend aufeinander einredeten.

Als sie die aus dem Nirgend-Haus Gekommenen rennen sahen, begannen sie ebenfalls zu rennen, andere schlossen sich den Fliehenden an, und binnen kurzem befand sich das ganze Heer Hals über Kopf auf dem Rückzug. Eine schier endlose Karawane grauer Herren rannte stadteinwärts durch die seltsame Traumgegend mit den schneeweißen Häusern und den verschieden fallenden Schatten. Durch das Verschwinden der Zeit hatte nun natürlich auch hier die geheimnisvolle Umkehrung von schnell und langsam aufgehört.

Der Zug der grauen Herren führte vorbei an dem großen Ei-Denkmal und weiter bis dorthin, wo die ersten gewöhnlichen Häuser standen, jene grauen, verfallenen Mietskasernen, in denen die Menschen wohnten, die eben am Rande der Zeit lebten. Aber auch hier war nun alles starr.

In gebührendem Abstand hinter den letzten Nachzüglern folgte Momo. Und so begann nun eine umgekehrte Jagd durch die große Stadt, eine Jagd, bei welcher die riesige Schar der grauen Herren floh und ein kleines Mädchen mit einer Blume in der Hand und einer Schildkröte unter dem Arm sie verfolgte.

Aber wie sonderbar sah diese Stadt nun aus! Auf den Fahrbahnen standen die Autos Reihe neben Reihe, hinter den Steuerrädern saßen bewegungslos die Fahrer, die Hände an der Schaltung oder auf der Hupe (einer tippte sich gerade mit dem Finger an die Stirn und starrte wütend zu seinem Nachbarn hinüber), Radfahrer, die den Arm ausgestreckt hielten, um zu zeigen, daß sie abbiegen wollten, und auf den Gehsteigen all die Fußgänger, Männer, Frauen, Kinder, Hunde und Katzen vollkommen reglos und starr, sogar der Rauch aus den Auspuffrohren.

Auf den Straßenkreuzungen waren die Verkehrspolizisten, ihre Trillerpfeife im Mund, mitten im Winken stehen geblieben. Ein Schwarm Tauben schwebte über einem Platz unbeweglich in der Luft. Hoch über allem stand ein Flugzeug wie gemalt am Himmel. Das Wasser der Springbrunnen sah aus wie Eis. Blätter, die von Bäumen fielen, lagen reglos mitten in der Luft. Und ein kleiner Hund, der gerade ein Bein an einem Lichtmast hob, stand, als wäre er ausgestopft.

Mitten durch diese Stadt, die leblos war wie eine Fotografie, rannten und jagten die grauen Herren. Und Momo immer hinterdrein, doch immer vorsichtig darauf bedacht, von den Zeit-Dieben nicht bemerkt zu werden. Aber die achteten sowieso auf nichts mehr, denn ihre Flucht gestaltete sich immer schwieriger und anstrengender.

Sie waren ja nicht daran gewöhnt, so große Strecken im Laufschritt zurückzulegen. Sie keuchten und rangen nach Atem. Dabei mußten sie immer noch ihre kleinen grauen Zigarren, ohne die sie ja verloren waren, im Mund behalten. Manch einem entglitt die seine im Laufen, und ehe er sie noch auf dem Boden wiederfinden konnte, löste er sich bereits auf.

Aber nicht nur diese äußeren Umstände machten ihre Flucht immer beschwerlicher, sondern mehr und mehr drohte jetzt schon Gefahr von seiten der eigenen Leidensgenossen. Manche nämlich, deren eigene Zigarren zu Ende brannten, rissen in der Verzweiflung einfach einem anderen die seine aus dem Mund. Und so verringerte sich ihre Anzahl langsam, aber ständig.

Diejenigen, die noch einen kleinen Vorrat von Zigarren in ihren Aktentaschen trugen, mußten sehr achtgeben, daß die anderen nichts davon merkten, sonst stürzten sich die, welche keine mehr hatten, auf die Reicheren und versuchten, ihnen ihre Schätze zu entreißen. Es gab wilde Schlägereien. Ganze Haufen von ihnen warfen sich aufeinander, um etwas von den Vorräten zu grapschen. Dabei rollten die Zigarren über die Straße und wurden im Tumult zertreten. Die Angst, von der Welt verschwinden zu müssen, hatte die grauen Herren vollkommen kopflos gemacht.

Und noch etwas bereitete ihnen immer zunehmende Schwierigkeiten, je weiter stadteinwärts sie kamen. An manchen Stellen der großen Stadt stand die Menschenmenge so dicht, daß sich die grauen Herren nur mühsam zwischen den Leuten durchschieben konnten, als seien diese Bäume in einem dichten Wald. Momo, die ja klein und schmal war, hatte es da natürlich bedeutend leichter. Aber selbst ein Flaumfederchen, das reglos in der Luft hing, war so unbeweglich, daß die grauen Herren sich fast die Köpfe daran einschlugen, wenn sie aus Versehen dagegen rannten.

Es war ein langer Weg, und Momo hatte keine Ahnung, wie lang er noch sein würde. Besorgt blickte sie auf ihre Stunden-Blume. Aber die war inzwischen erst voll aufgeblüht. Noch bestand also kein Grund zur Sorge.

Doch dann geschah etwas, was Momo augenblicklich alles andere vergessen ließ: Sie erblickte in einer kleinen Seitenstraße Beppo Straßenkehrer!

»Beppo!« schrie sie, außer sich vor Freude, und rannte zu

ihm hin. »Beppo, ich hab' dich überall gesucht! Wo warst du denn die ganze Zeit? Warum bist du nie gekommen? Ach, Beppo, lieber Beppo!«

Sie wollte ihm um den Hals fallen, aber sie prallte von ihm ab, als ob er aus Eisen wäre. Momo hatte sich ziemlich weh getan, und die Tränen schossen ihr in die Augen. Schluchzend stand sie vor ihm und schaute ihn an.

Seine kleine Gestalt wirkte noch gebückter als früher. Sein gutes Gesicht war ganz schmal und ausgezehrt und sehr blaß. Um das Kinn war ihm ein weißer, struppiger Stoppelbart gewachsen, denn zum Rasieren hatte er sich keine Zeit mehr genommen. In den Händen hielt er einen alten Besen, der schon ganz abgenützt war vom vielen Kehren. So stand er da, reglos wie alles andere, und schaute durch seine kleine Brille vor sich auf den Schmutz der Straße.

Jetzt endlich hatte Momo ihn also gefunden, jetzt, wo es gar nichts mehr half, weil sie sich ihm nicht mehr bemerkbar machen konnte. Und vielleicht würde es das letzte Mal sein, daß sie ihn sah. Wer konnte wissen, wie alles ausgehen würde. Wenn es schlecht ausging, würde der alte Beppo in alle Ewigkeit so hier stehen.

Die Schildkröte zappelte in Momos Arm.

»WEITER!« stand auf ihrem Panzer.

Momo rannte auf die Hauptstraße zurück und erschrak. Keiner der Zeit-Diebe war mehr zu sehen! Momo lief ein Stück in der Richtung, in welcher vorher die grauen Herren geflüchtet waren, aber vergebens. Sie hatte ihre Spur verloren!

Ratlos blieb sie stehen. Was sollte sie nun tun? Fragend blickte sie auf Kassiopeia.

»DU FINDEST SIE, LAUF WEITER!« lautete der Rat der Schildkröte.

Nun, wenn Kassiopeia vorherwußte, daß sie die Zeit-Diebe finden würde, dann war es ja auf jeden Fall richtig, ganz gleich, welchen Weg Momo einschlug.

Sie lief also einfach weiter, wie es ihr gerade in den Sinn kam, mal links, mal rechts, mal geradeaus.

Inzwischen war sie in jenen Teil am nördlichen Rande der großen Stadt gekommen, wo die Neubauviertel mit den immer gleichen Häusern und den schnurgeraden Straßen sich bis zum Horizont dehnten. Momo lief weiter und weiter, aber da ja alle Häuser und Straßen einander vollkommen glichen, hatte sie bald das Gefühl, gar nicht vom Fleck zu kommen und an der gleichen Stelle zu laufen.

Es war ein wahrer Irrgarten, aber ein Irrgarten der Regelmäßigkeit und Gleichheit.

Momo war schon nahe daran, den Mut zu verlieren, als sie plötzlich einen letzten grauen Herren um eine Ecke biegen sah. Er humpelte, seine Hose war zerrissen, Hut und Aktentasche fehlten ihm, nur in seinem verbissen zusammengepreßten Mund qualmte noch der Stummel einer kleinen grauen Zigarre.

Momo folgte ihm, bis zu einer Stelle, wo in der endlosen Reihe der Häuser plötzlich eines fehlte. Statt dessen war dort ein hoher Bauzaun aus rohen Brettern errichtet, der ein

weites Geviert umgab. In diesem Bauzaun war ein Tor, das ein wenig offenstand, und dort hinein huschte der letzte Nachzügler der grauen Herren.

Über dem Tor befand sich ein Schild, und Momo blieb stehen, um es zu entziffern.

Einundzwanzigstes Kapitel
Das Ende, mit dem etwas Neues beginnt

Momo hatte sich mit dem Buchstabieren der Warntafel aufgehalten. Als sie nun durch das Tor schlüpfte, war auch von dem letzten grauen Herren nichts mehr zu sehen.

Vor ihr lag eine riesige Baugrube, die wohl zwanzig, dreißig Meter tief sein mochte. Bagger und andere Baumaschinen standen umher. Auf einer schrägen Rampe, die zum Grunde der Grube hinunterführte, waren einige Lastwagen mitten in der Fahrt stehengeblieben. Da und dort standen Bauarbeiter, reglos in ihren jeweiligen Haltungen erstarrt.

Aber wohin nun? Momo konnte keinen Eingang entdekken, den der graue Herr benutzt haben mochte. Sie schaute auf Kassiopeia, aber diese schien auch nicht weiterzuwissen. Keine Buchstaben erschienen auf ihrem Panzer.

Momo kletterte auf den Grund der Baugrube hinunter und schaute sich um. Und nun sah sie plötzlich noch mal ein bekanntes Gesicht. Da stand Nicola, der Maurer, der ihr damals das schöne Blumenbild an die Wand ihres Zimmers gemalt hatte. Natürlich war auch er reglos, wie alle anderen, aber seine Haltung war seltsam. Er stand da, eine Hand an den Mund gelegt, als ob er irgendwem etwas zuriefe, und mit der anderen Hand zeigte er auf die Öffnung eines riesenhaften Rohres, das neben ihm aus dem Boden der Baugrube ragte. Und es ergab sich gerade so, daß er dabei Momo anzublicken schien.

Momo überlegte nicht lang, sie nahm es einfach als ein Zeichen und kletterte in das Rohr hinein. Kaum war sie drin, geriet sie ins Rutschen, denn das Rohr führte steil abwärts. Es machte allerlei Windungen, so daß sie wie auf einer Rutschbahn hin und her geschleudert wurde. Hören und Sehen verging ihr beinahe bei der rasenden Fahrt, tiefer und tiefer hinunter. Manchmal trudelte sie um sich selbst, so daß sie mit dem Kopf voran dahinsauste. Aber sie ließ dabei weder die Schildkröte noch die Blume los. Je tiefer sie kam, desto kälter wurde es.

Einen Augenblick dachte sie auch daran, wie sie wohl je wieder hier herauskommen könne, aber noch ehe sie recht dazu kam, sich Gedanken zu machen, endete die Röhre plötzlich in einem unterirdischen Gang.

Hier war es nicht mehr finster. Es herrschte ein aschengraues Halblicht, das von den Wänden selbst auszugehen schien.

Momo stand auf und lief weiter. Da sie barfuß war, machten ihre Schritte kein Geräusch, wohl aber die der grauen Herrn, die sie nun wieder vor sich hörte. Sie folgte dem Klang.

Von dem Gang zweigten nach allen Seiten andere Gänge ab, ein unterirdisches Aderngeflecht, das sich, wie es schien, unter dem ganzen Neubau-Viertel hinzog.

Dann hörte sie Stimmengewirr. Sie ging ihm nach und lugte vorsichtig um eine Ecke.

Vor ihren Augen lag ein riesiger Saal mit einem schier endlosen Konferenztisch in der Mitte. Um diesen Tisch saßen in zwei langen Reihen die grauen Herren – oder vielmehr, das Häuflein, das von ihnen noch übrig war. Und wie armselig sahen diese letzten Zeit-Diebe jetzt aus! Ihre Anzüge waren zerfetzt, sie hatten Beulen und Schrunden auf ihren grauen Glatzen, und ihre Gesichter wirkten verzerrt von Angst.

Nur ihre Zigarren brannten noch.

Momo sah, daß ganz hinten an der Rückwand des Saales eine riesige Panzertür ein wenig offenstand. Eisige Kälte wehte aus dem Saal. Obwohl Momo wußte, daß es nichts half, kauerte sie sich nieder und wickelte die nackten Füße in ihren Rock.

»Wir müssen«, hörte sie nun einen grauen Herrn sagen, der ganz oben am Konferenztisch vor der Panzertür saß, »sparsam mit unseren Vorräten umgehen, denn wir wissen nicht, wie lange wir mit ihnen auskommen müssen. Wir müssen uns einschränken.«

»Wir sind nur noch wenige!« schrie ein anderer. »Die Vorräte reichen auf Jahre hinaus!«

»Je eher wir zu sparen beginnen«, fuhr der Redner ungerührt fort, »desto länger werden wir durchhalten. Und Sie wissen, meine Herren, was ich mit sparen meine. Es genügt völlig, wenn *einige* von uns diese Katastrophe überstehen. Wir müssen die Dinge sachlich betrachten! So, wie wir hier sitzen, meine Herren, sind wir zu viele! Wir müssen unsere Zahl beträchtlich verringern. Das ist ein Gebot der Vernunft. Darf ich Sie bitten, meine Herren, nun abzuzählen?«

Die grauen Herren zählten ab. Danach zog der Vorsitzende eine Münze aus der Tasche und erklärte: »Wir werden losen. Zahl bedeutet, daß die Herren mit den geraden Zahlen bleiben, Kopf bedeutet die mit den ungeraden.«

Er warf die Münze in die Luft und fing sie auf.

»Zahl!« rief er. »Die Herren mit den geraden Zahlen bleiben, die mit den ungeraden werden ersucht, sich unverzüglich aufzulösen!«

Ein tonloses Stöhnen lief durch die Reihe der Verlierer, aber keiner wehrte sich.

Die Zeit-Diebe mit den geraden Zahlen nahmen den anderen ihre Zigarren fort, und die Verurteilten lösten sich in Nichts auf.

»Und nun«, sagte der Vorsitzende in die Stille hinein, »dasselbe noch einmal, wenn ich bitten darf.«

Die gleiche schauerliche Prozedur erfolgte ein zweites, ein drittes und schließlich sogar ein viertes Mal. Zuletzt waren nur noch sechs der grauen Herren übrig. Sie saßen sich zu drei und drei am Kopfende des endlosen Tisches gegenüber und sahen sich eisig an.

Momo hatte den Vorgang mit Schaudern beobachtet. Sie bemerkte, daß jedesmal, wenn die Zahl der grauen Herren geringer wurde, die fürchterliche Kälte merklich nachließ. Im Vergleich zu vorher war es jetzt schon beinahe erträglich.

»Sechs«, sagte einer der grauen Herren, »ist eine häßliche Zahl.«

»Genug jetzt«, antwortete einer von der anderen Seite des Tisches, »es hat keinen Zweck mehr, unsere Zahl noch weiter zu verringern. Wenn es uns sechsen nicht gelingt, die Katastrophe zu überdauern, dann gelingt es dreien auch nicht.«

»Das ist nicht gesagt«, meinte ein anderer, »aber falls es nötig sein sollte, können wir ja immer noch darüber reden. Später, meine ich.« Eine Weile war es still, dann erklärte einer: »Wie gut, daß die Tür zu den Vorrats-Speichern gerade offenstand, als die Katastrophe begann. Wäre sie im entscheidenden Augenblick geschlossen gewesen, dann könnte sie jetzt keine Macht der Welt öffnen. Wir wären verloren.«
»Leider haben Sie nicht ganz recht, mein Bester«, antwortete ein anderer. »Indem das Tor offensteht, entweicht die Kälte aus den Gefrier-Kellern. Nach und nach werden die Stunden-Blumen auftauen. Und Sie alle wissen, daß wir sie dann nicht mehr daran hindern können, dorthin zurückzukehren, wo sie hergekommen sind.«

»Sie meinen«, fragte ein dritter, »daß unsere Kälte jetzt nicht mehr ausreicht, die Vorräte tiefgekühlt zu halten?«

»Wir sind leider nur sechs«, erwiderte der zweite Herr, »und Sie können sich selbst ausrechnen, wieviel wir ausrichten können. Mir scheint, es war ziemlich voreilig, unsere Anzahl derartig rigoros zu vermindern. Wir werden nichts dabei gewinnen.«

»Für eine von beiden Möglichkeiten mußten wir uns entscheiden«, rief der erste Herr, »und wir haben uns entschieden.«

Wieder entstand eine Stille.

»So werden wir also nun vielleicht jahrelang sitzen und nichts tun, als uns gegenseitig bewachen«, meinte einer. »Ich muß gestehen – eine trostlose Vorstellung.«

Momo dachte nach. Hier nur zu sitzen und weiter zu warten, hatte gewiß keinen Sinn. Wenn es keine grauen Herren mehr gab, dann würden die Stunden-Blumen also von selbst auftauen. Aber vorläufig gab es die grauen Herren ja noch. Und es würde sie immer weiter geben, wenn sie nichts tat. Aber was konnte sie tun, da die Tür zu den Vorrats-Speichern ja offenstand und die Zeit-Diebe sich nach Belieben Nachschub holen konnten?

Kassiopeia strampelte, und Momo schaute sie an.

»Du machst die Tür zu!« stand auf ihrem Panzer.

»Das geht nicht!« flüsterte Momo. »Sie ist doch unbeweglich.«

»Mit der Blume berühren!« war die Antwort.

»Ich kann sie bewegen, wenn ich sie mit der Stunden-Blume berühre?« wisperte Momo.

»Du wirst es tun«, stand auf dem Panzer.

Wenn Kassiopeia es vorauswußte, dann mußte es wohl auch so sein. Momo setzte die Schildkröte vorsichtig auf den Boden. Dann steckte sie die Stundenblume, die inzwischen schon ziemlich welk war und nicht mehr sehr viele Blütenblätter hatte, unter ihre Jacke.

Ungesehen von den sechs grauen Herren gelang es ihr, unter den langen Konferenztisch zu kriechen. Dort lief sie auf allen vieren weiter, bis sie das andere Ende des langen Tisches erreichte. Nun saß sie zwischen den Füßen der Zeit-Diebe. Das Herz klopfte ihr zum Zerspringen.

Leise, leise zog sie die Stunden-Blume hervor, nahm sie zwischen die Zähne und krabbelte zwischen den Stühlen hindurch, ohne daß einer der grauen Herren es bemerkte.

Sie erreichte die offenstehende Tür, berührte sie mit der Blüte und schob gleichzeitig mit der Hand. Die Tür drehte sich geräuschlos in ihren Angeln, drehte sich wirklich, und fiel donnernd ins Schloß. Der Hall löste ein vielfaches Echo im Saal und in den tausend unterirdischen Gängen aus.

Momo sprang auf. Die grauen Herren, die nicht im entferntesten damit gerechnet hatten, daß außer ihnen noch irgendein anderes Wesen vom völligen Stillstand ausgenommen sein könnte, saßen vor Schreck erstarrt auf ihren Stühlen und stierten das Mädchen an.

Ohne sich zu besinnen, rannte Momo an ihnen vorbei auf den Ausgang des Saales zu. Und nun rafften sich auch die grauen Herren auf und jagten hinter ihr drein.

»Das ist doch dieses schreckliche kleine Mädchen!« hörte sie einen rufen. »Das ist Momo!«

»Das gibt es nicht!« schrie ein anderer. »Wieso kann sie sich bewegen?«

»Sie hat eine Stunden-Blume!« brüllte ein dritter.

»Und damit«, fragte der vierte, »konnte sie die Tür bewegen?«

Der fünfte schlug sich wild vor den Kopf: »Dann hätten wir das ja auch gekonnt! Wir haben doch genügend davon!«

»Gehabt, gehabt!« kreischte der sechste, »aber jetzt ist die Tür zu! Es gibt nur noch eine Rettung: Wir müssen die Stunden-Blume des Mädchens kriegen, sonst ist alles aus!«

Inzwischen war Momo schon irgendwo in den Gängen verschwunden, die sich immer wieder verzweigten. Aber hier wußten die grauen Herren natürlich besser Bescheid. Momo jagte kreuz und quer, manchmal lief sie einem Verfolger fast in die Arme, aber immer wieder gelang es ihr zu entwischen.

Und auch Kassiopeia beteiligte sich auf ihre Art an diesem Kampf. Sie konnte zwar nur langsam krabbeln, aber da sie ja immer im voraus wußte, wo die Verfolger laufen würden, erreichte sie die Stelle rechtzeitig und legte sich so in den Weg, daß die Grauen über sie stolperten und sich auf dem Boden überkugelten. Die Nachkommenden fielen über die Liegenden, und so rettete die Schildkröte mehrmals das Mädchen vor dem fast schon sicheren Gefaßtwerden. Natürlich flog sie dabei selbst oft, von einem Fußtritt getroffen, gegen die Wand. Aber das hielt sie nicht ab, weiterhin das zu tun, wovon sie eben vorherwußte, daß sie es tun würde.

Bei dieser Verfolgung verloren einige der grauen Herren – besinnungslos vor Gier nach der Stunden-Blume – ihre Zigarren und lösten sich, einer nach dem andern, in Nichts auf. Schließlich waren nur noch zwei von ihnen übrig.

Momo war in den großen Saal mit dem langen Tisch zurückgeflohen. Die beiden Zeit-Diebe verfolgten sie rund um den Tisch, konnten sie aber nicht einholen. Dann teilten sie sich und liefen in entgegengesetzten Richtungen.

Und nun gab es für Momo kein Entrinnen mehr. Sie stand in eine Ecke des Saales gepreßt und blickte den beiden Verfolgern angsterfüllt entgegen. Die Blume hielt sie an sich gedrückt. Nur noch drei schimmernde Blütenblätter hingen daran.

Der erste Verfolger wollte eben die Hand nach der Blume ausstrecken, als der zweite ihn zurückriß.

»Nein«, schrie er, »mir gehört die Blume! Mir!«

Die beiden fingen an, sich gegenseitig zurückzureißen. Dabei schlug der erste dem zweiten die Zigarre aus dem Mund, und der drehte sich mit einem geisterhaften Wehlaut um sich selbst, wurde durchsichtig und verschwand. Und nun kam der letzte der grauen Herren auf Momo zu. In seinem Mundwinkel qualmte noch ein winziger Stummel.

»Her mit der Blume!« keuchte er, dabei fiel ihm der winzige Stummel aus dem Mund und rollte fort. Der Graue warf sich auf den Boden und grapschte mit ausgestrecktem Arm danach, konnte ihn aber nicht mehr erreichen. Er wandte Momo sein aschengraues Gesicht zu, richtete sich mühsam halb auf und hob zitternd seine Hand.

»Bitte«, flüsterte er, »bitte, liebes Kind, gib mir die Blume!«

Momo stand noch immer in die Ecke gepreßt, drückte die Blume an sich und schüttelte, keines Wortes mehr mächtig, den Kopf.

Der letzte graue Herr nickte langsam. »Es ist gut«, murmelte er, »es ist gut –, daß nun – alles – vorbei – ist – – –«

Und dann war auch er verschwunden.

Momo starrte fassungslos auf die Stelle, wo er gelegen hatte. Aber dort krabbelte jetzt Kassiopeia, auf deren Rükken stand: »DU MACHST DIE TÜR AUF.«

Momo ging zu der Tür, berührte sie wieder mit ihrer Stunden-Blume, an der nur noch ein einziges, letztes Blütenblatt hing, und öffnete sie weit.

Mit dem Verschwinden des letzten Zeit-Diebes war auch die Kälte gewichen.

Momo ging mit staunenden Augen in die riesigen Vorratsspeicher hinein. Unzählige Stunden-Blumen standen hier wie gläserne Kelche aufgereiht in endlosen Regalen, und eine war herrlicher anzusehen als die andere, und keine war einer anderen gleich – Hunderttausende, Millionen von Lebensstunden. Es wurde warm und wärmer wie in einem Treibhaus.

Während das letzte Blatt von Momos eigener Stunden-Blume abfiel, begann mit einem Mal eine Art Sturm. Wolken von Stunden-Blumen wirbelten um sie her und an ihr vorüber. Es war wie ein warmer Frühlingssturm, aber ein Sturm aus lauter befreiter Zeit.

Momo schaute wie im Traum umher und sah Kassiopeia vor sich auf dem Boden. Und auf ihrem Rückenpanzer stand in leuchtender Schrift:

»FLIEGE HEIM, KLEINE MOMO, FLIEGE HEIM!«

Und dies war das letzte, was Momo von Kassiopeia sah. Denn nun verstärkte sich der Sturm der Blüten ganz unbeschreiblich, wurde so gewaltig, daß Momo aufgehoben und davongetragen wurde, als sei sie selbst eine der Blumen, hinaus, hinaus aus den finsteren Gängen, hinauf über die Erde und hinauf über die große Stadt. Sie flog dahin über die Dächer und Türme in einer riesigen Wolke aus Blumen, die immer größer und größer wurde. Und es war wie ein übermütiger Tanz nach einer herrlichen Musik, in dem sie auf und nieder schwebte und sich um sich selbst drehte.

Dann senkte sich die Blütenwolke langsam und sacht hernieder, und die Blumen fielen wie Schneeflocken auf die erstarrte Welt. Und wie Schneeflocken, so lösten sie sich sanft auf und wurden wieder unsichtbar, um dorthin zurückzukehren, wohin sie eigentlich gehörten: in die Herzen der Menschen.

Im selben Augenblick begann die Zeit wieder, und alles regte und bewegte sich von neuem. Die Autos fuhren, die

Verkehrsschutzleute pfiffen, die Tauben flogen und der kleine Hund am Lichtmast machte sein Bächlein.

Davon, daß die Welt für eine Stunde still gestanden hatte, hatten die Menschen nichts bemerkt. Denn es war ja tatsächlich keine Zeit verstrichen zwischen dem Aufhören und dem neuen Beginn. Es war für sie vorübergegangen wie ein Wimpernschlag.

Und doch war etwas anders geworden als vorher. Alle Leute hatten nämlich plötzlich unendlich viel Zeit. Natürlich war darüber jedermann außerordentlich froh, aber niemand wußte, daß es in Wirklichkeit seine eigene gesparte Zeit war, die nun auf wunderbare Weise zu ihm zurückkehrte.

Als Momo wieder recht zur Besinnung kam, fand sie sich auf einer Straße wieder. Es war die Seitenstraße, wo sie vorher Beppo gefunden hatte, und wirklich, dort stand er noch! Stand mit dem Rücken zu ihr, auf seinen Besen gestützt, und schaute nachdenklich vor sich hin, ganz wie früher. Er hatte es auf einmal gar nicht mehr eilig und konnte sich selbst nicht erklären, wieso er sich plötzlich so getröstet und voller Hoffnung fühlte.

»Vielleicht«, dachte er, »habe ich jetzt die hunderttausend Stunden eingespart und Momo freigekauft.«

Und genau in diesem Augenblick zupfte ihn jemand an der Jacke, und er drehte sich um, und die kleine Momo stand vor ihm.

Es gibt wohl keine Worte, die das Glück des Wiedersehens beschreiben können. Beide lachten und weinten abwechselnd und redeten fortwährend durcheinander und natürlich lauter dummes Zeug, wie das eben so ist, wenn man vor Freude wie betrunken ist. Und sie umarmten sich immer wieder, und die Leute, die vorübergingen, blieben stehen und freuten sich und lachten und weinten mit, denn sie hatten ja nun alle genügend Zeit dazu.

Endlich schulterte Beppo seinen Besen, denn es versteht sich wohl von selbst, daß er für diesen Tag nicht mehr ans Arbeiten dachte. So wanderten die beiden Arm in Arm durch die Stadt, heimwärts zum alten Amphitheater. Und jeder hatte dem anderen unendlich viel zu erzählen.

Und in der großen Stadt sah man, was man seit langem nicht mehr gesehen hatte: Kinder spielten mitten auf der Straße, und die Autofahrer, die warten mußten, guckten lächelnd zu, und manche stiegen aus und spielten einfach mit. Überall standen Leute, plauderten freundlich miteinander und erkundigten sich ausführlich nach dem gegenseitigen Wohlergehen. Wer zur Arbeit ging, hatte Zeit, die Blumen in einem Fenster zu bewundern oder einen Vogel zu füttern. Und die Ärzte hatten jetzt Zeit, sich jedem ihrer Patienten ausführlich zu widmen. Die Arbeiter konnten ruhig und mit Liebe zur Sache arbeiten, denn es kam nicht mehr darauf an, möglichst viel in möglichst kurzer Zeit fertigzubringen. Jeder konnte sich zu allem so viel Zeit nehmen, wie er brauchte und haben wollte, denn von nun an war ja wieder genug davon da.

Aber viele Leute haben nie erfahren, wem das alles zu verdanken war, und was in Wirklichkeit während jenes Augenblicks, der ihnen wie ein Wimpernschlag vorkam, geschehen ist. Die meisten Leute hätten es wohl auch nicht geglaubt. Geglaubt und gewußt haben es nur Momos Freunde.

Denn als die kleine Momo und der alte Beppo an diesem Tag ins alte Amphitheater zurückkamen, waren sie alle schon da und warteten: Gigi Fremdenführer, Paolo, Massimo, Franco, das Mädchen Maria mit dem kleinen Geschwisterchen Dedé, Claudio und alle anderen Kinder, Nino, der Wirt, mit Liliana, seiner dicken Frau, und seinem Baby, Nicola, der Maurer, und alle Leute aus der Umgebung, die früher immer gekommen waren, und denen Momo zugehört hatte. Dann wurde ein Fest gefeiert, so vergnügt, wie nur Momos Freunde es zu feiern verstehen, und es dauerte, bis die alten Sterne am Himmel standen.

Und nachdem der Jubel und das Umarmen und Händeschütteln und Lachen und Durcheinanderschreien sich gelegt hatte, setzten alle sich rundherum auf die grasbewachsenen steinernen Stufen. Es wurde ganz still.

Momo stellte sich in die Mitte des freien runden Platzes. Sie dachte an die Stimmen der Sterne und an die Stunden-Blumen.

Und dann begann sie mit klarer Stimme zu singen.

Im Nirgend-Haus aber saß Meister Hora, den die zurückgekehrte Zeit aus seinem ersten und einzigen Schlaf erweckt hatte, auf seinem Stuhl an dem kleinen zierlichen Tischchen und schaute Momo und ihren Freunden lächelnd durch seine Allsicht-Brille zu. Er war noch sehr blaß und sah aus, als sei er eben von einer schweren Krankheit genesen. Aber seine Augen strahlten.

Da fühlte er, wie etwas ihn am Fuß berührte. Er nahm seine Brille ab und beugte sich hinunter. Vor ihm saß die Schildkröte.

»Kassiopeia«, sagte er zärtlich und kraulte sie am Hals, »das habt ihr beide sehr gut gemacht. Du mußt mir alles erzählen, denn diesmal konnte ich euch ja nicht zusehen.«

»SPÄTER!« stand auf dem Rückenpanzer. Dann nieste Kassiopeia.

»Du hast dich doch nicht etwa erkältet?« fragte Meister Hora besorgt.

»UND WIE!« war Kassiopeias Antwort.

»Das wird durch die Kälte der grauen Herren gekommen sein«, meinte Meister Hora. »Ich kann mir denken, daß du sehr erschöpft bist und dich erst einmal gründlich ausruhen möchtest. Also ziehe dich ruhig zurück.«

»DANKE!« stand auf dem Panzer.

Dann hinkte Kassiopeia davon und suchte sich einen stillen und dunklen Winkel. Sie zog ihren Kopf und ihre vier Glieder ein, und auf ihrem Rücken, für niemand mehr sichtbar als nur für den, der diese Geschichte gelesen hat, erschienen langsam die Buchstaben:

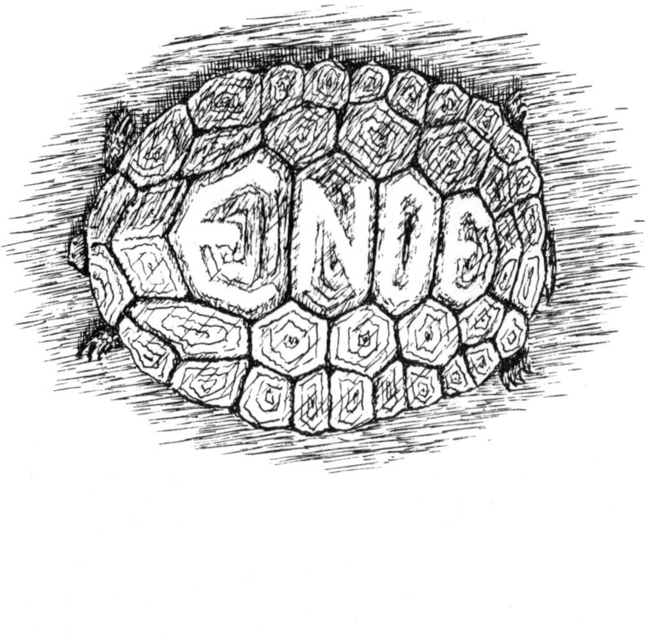
ENDE

Vielleicht wird manch einer meiner Leser nun viele Fragen auf dem Herzen haben. Aber ich fürchte, ich werde ihm da nicht helfen können. Ich muß nämlich gestehen, daß ich diese ganze Geschichte aus dem Gedächtnis so niedergeschrieben habe, wie sie mir selbst erzählt worden ist. Persönlich habe ich weder die kleine Momo noch einen ihrer Freunde je kennengelernt. Ich weiß nicht, wie es ihnen weiterhin ergangen ist und wie es ihnen heute geht. Und auch was die große Stadt betrifft, bin ich selbst nur auf Vermutungen angewiesen.

Das einzige, was ich noch dazu bemerken möchte, ist folgendes:

Ich war damals gerade auf einer großen Reise (und bin es immer noch), als ich eines Nachts mein Eisenbahnabteil mit einem merkwürdigen Passagier teilte. Merkwürdig insofern, als es mir völlig unmöglich war, sein Alter zu bestimmen. Anfangs glaubte ich, einem Greis gegenüber zu sitzen, doch bald sah ich, daß ich mich getäuscht haben mußte, denn mein Mitreisender erschien mir plötzlich sehr jung. Doch auch dieser Eindruck erwies sich bald wieder als Irrtum.

Jedenfalls erzählte er mir während der langen Nachtfahrt diese ganze Geschichte.

Nachdem er damit zu Ende war, schwiegen wir beide ein Weilchen. Dann fügte der rätselhafte Passagier noch einen Satz hinzu, den ich dem Leser nicht vorenthalten darf.

»Ich habe Ihnen das alles erzählt«, sagte er nämlich, »als sei es bereits geschehen. Ich hätte es auch so erzählen können, als geschehe es erst in der Zukunft. Für mich ist das kein so großer Unterschied.«

Er muß dann wohl an der nächsten Station ausgestiegen sein, denn ich bemerkte nach einer Weile, daß ich allein im

Abteil war. Leider bin ich dem Erzähler seither nicht wieder begegnet.

Aber falls ich ihn zufällig noch einmal treffen sollte, dann möchte ich ihn vieles fragen.

Inhalt

Dritter Teil: Die Stunden-Blumen

Michael Ende im dtv

Die unendliche Geschichte

Das Reich der Phantasie verschwindet allmählich im Nichts, denn die Menschen kommen schon lange nicht mehr hierher – bis sich der kleine Bastian entschließt, den Bewohnern Phantasiens zu Hilfe zu eilen. dtv 10795

Das Gauklermärchen

Ein kleiner Zirkus steht vor dem Ruin. Da bietet ein Chemiekonzern den Gauklern an, als Werbetruppe für seine Pharmaprodukte durchs Land zu ziehen. Sie müßten sich dafür allerdings von Eli trennen, einem behinderten Mädchen, das die Zirkusleute drei Jahre zuvor nach einem Chemieunfall im Straßengraben aufgelesen haben. dtv 10903

Momo

Eine gespenstische Gesellschaft »grauer Herren« veranlaßt immer mehr Menschen, Zeit zu sparen, um die so gewonnenen Stunden zu horten und daraus ihre Macht zu ziehen. Bis Meister Hora und die kleine Momo eingreifen...
dtv 10958

Das Michael Ende Lesebuch

»Ich glaube, daß unser Detailwissen entgleitet, wenn wir es nicht fertigbringen, hinter all dem unseren eigenen Mythos zu finden.« Nicht nur die schönsten Geschichten Michael Endes, sondern auch Essays, ein Gespräch über Kunst, Balladen, Lieder und Nonsens-Gedichte. Eine repräsentative Auswahl aus seinen wichtigsten Werken. dtv 11133

Der Spiegel im Spiegel
Ein Labyrinth

Ganz im Sinne einer modernen meditativen Kunst sucht Ende das Bild jenseits des Bildes. Wenn Bildern erlaubt wird, ihr Eigenleben zu entwickeln, so muß man auch ihrer autonomen Wirklichkeit folgen und die innere Gesetzmäßigkeit eines Bildes erkennen. Mit 18 Zeichnungen von Edgar Ende, dem sein Sohn Michael sein Buch gewidmet hat. dtv 11304